Tamina Berger
Elfengift

Weitere Bücher von Tamina Berger im Arena Verlag:
Frostengel
Engelsträne
Wenn Küsse töten können

Tamina Berger

Elfengift

Arena

1. Auflage 2015
© 2015 Arena Verlag GmbH, Würzburg
Alle Rechte vorbehalten
Dieses Werk wurde vermittelt durch die Literarische Agentur
Thomas Schlück GmbH, 30827 Garbsen
Covergestaltung: Frauke Schneider
Gesamtherstellung: Westermann Druck Zwickau GmbH
ISBN 978-3-401-60026-0

www.arena-verlag.de
facebook.com/arenathriller
Mitreden unter *forum.arena-verlag.de*

Prolog

Riedeshagen an der Ostsee, 1967

Die Morgensonne schien durch den Spalt der Vorhänge. Ulrike blickte zum Bett ihrer schlafenden Schwester.
»Helene! Bist du wach?«
Ihre Schwester murmelte etwas, das sie nicht verstand, und drehte sich auf die andere Seite.
»Ich muss dir was erzählen.«
Sie hatte noch niemandem ihr Geheimnis anvertraut, weil sie selbst nicht wusste, was sie fühlen sollte – ja, ob sie sich überhaupt freuen durfte. Vor drei Tagen hatte sie es erfahren, geahnt hatte sie es schon länger. So war der erste Schock schnell einem warmen Bauchgefühl gewichen und nun musste sie es endlich loswerden.
Helene stöhnte, drehte sich aber in ihre Richtung und blinzelte sie verschlafen an. »Ulli, meine Güte! Wie spät ist es überhaupt?«
»Zehn nach sechs. In zwanzig Minuten musst du eh aufstehen.«
Seufzend setzte sich Helene auf. Ihre Haare standen wirr vom Kopf ab. Ulrike lächelte. Wenn sich ihre Schwester jetzt selbst sehen könnte, würde sie garantiert einen Schreikrampf kriegen, wo sie doch so auf ihr Äußeres bedacht war.
Helene streckte sich und rieb sich die Augen. »Gut, ich

bin wach, ich höre dir zu. Was musst du mir erzählen? Hast du einen Heiratsantrag bekommen?«

»Nein, noch nicht. Aber das ist nur eine Frage der Zeit. Ich bekomme ein Baby!«

Ulrike hatte sich verschiedenste Reaktionen ihrer Schwester ausgemalt: einen Jubelschrei – schließlich bedeutete diese Enthüllung, dass Helene Tante wurde –, ein ungläubiges »Nein? Wirklich?« oder die Frage, ob es ihre Eltern und ihr Liebster schon wissen. Doch stattdessen schlug Helene die Decke zurück, setzte sich auf den Bettrand und sagte: »Okay, das ist kein Weltuntergang. Zwar eine Katastrophe, aber nichts, was sich nicht wieder geradebiegen lässt. Wir müssen es nicht mal wem erzählen. Es gibt da einen Arzt in Pegeritz –«

»Spinnst du?« Fassungslos fiel Ulrike ihrer Schwester ins Wort. »Hast du mir eben nicht zugehört? Das ist eine wunderbare Neuigkeit für mich, ich lass es nicht wegmachen!«

Beschwichtigend hob Helene die Hände. »Ulli, ich will dir nur helfen. Ich kann mir nicht vorstellen, dass unsere Eltern über diese ... Entwicklung erfreut sein werden. Vater wird dich eigenhändig umbringen, du weißt, was er von –«

»Ja, ich weiß«, unterbrach Ulrike ihre Schwester erneut. »Aber jetzt müssen sie uns heiraten lassen.«

Sie war inzwischen aufgestanden und kämpfte darum, ihre Übelkeit in den Griff zu bekommen. Hoffentlich hörte das bald auf. Von wegen *Morgen*übelkeit: Ihr war den ganzen Tag über schlecht. Es war nicht gerade einfach, das vor ihren Eltern geheim zu halten. Wenigstens hörte dieses Versteckspiel jetzt, da sie Gewissheit hatte und sich offenbaren würde, auf.

Entschlossen ging sie zu ihrer Schwester hinüber und streckte ihr beide Hände entgegen. Statt sie jedoch zu ergreifen, stand Helene auf und drehte sich weg. Während sie sich anzog, sprach sie kein Wort.

Ulrike biss sich auf die Lippen, um die Tränen zu unterdrücken. Zumindest von ihrer Schwester hatte sie sich Verständnis erhofft. Sie war also tatsächlich auf sich allein gestellt.

Niedergeschlagen machte Ulrike sich fertig. Sie hatte eine Stelle als Sekretärin bei einem Immobilienmakler, allerdings würde sie heute einen kleinen Umweg nehmen und ihrem Liebsten die freudige Nachricht überbringen. Sie fand, er sollte es noch vor ihren Eltern erfahren.

Er arbeitete an einem Bauprojekt auf der nahen Insel. Dort entstand gerade ein großer Ferienkomplex. Die Wohnungen waren bereits fertig, im Moment wurde ein Gemeinschaftszentrum errichtet, in dem sich die zukünftigen Bewohner zu Veranstaltungen treffen konnten.

Ulrike setzte einen Fuß auf die Brücke, die über den Fluss hinüber zur Insel führte. Die beeindruckende Konstruktion war erst vor einem knappen Jahr eröffnet worden und jedes Mal, wenn Ulrike sie sah, wurde sie mit Stolz erfüllt. Er hatte daran mitgearbeitet, hatte zu etwas beigetragen, das Jahrzehnte, wenn nicht sogar Jahrhunderte überdauern würde. Noch wurde die Brücke hauptsächlich von den Arbeitern benutzt und natürlich von den Lkws, die mehrmals am Tag entweder Material heran- oder Schutt abtransportierten. Aber später würden unzählige Urlauber den Fluss zu Fuß oder mit dem Auto überqueren. Ein wunderbarer Gedanke, fand Ulrike.

Etliche Menschen waren mit ihr unterwegs auf die andere Seite. In wenigen Minuten war Arbeitsbeginn auf der Baustelle. Manche Leute wollten wahrscheinlich bloß Zaungast spielen. Sie nickte Marianne Winkler zu. Hier kannte jeder jeden. Marianne war ein wenig älter als sie und ging vermutlich mit ihrem kleinen Sohn die Bagger ansehen.

Ulrike hatte etwa die Hälfte der Brücke überquert, als es plötzlich einen Ruck gab. Die Beine knickten unter ihr weg, sie konnte sich gerade noch am Geländer festhalten. Was zum Teufel war das? Ein Erdbeben? So etwas hatte es hier noch nie zuvor gegeben.

Dann neigte sich der Boden unter ihr, sie geriet ins Rutschen, Leute schrien, darunter auch Marianne, die verzweifelt mit einer Hand ihr Kind und mit der anderen einen Pfosten umklammerte.

Wie in Zeitlupe brach die Brücke entzwei, langsam genug, um zu realisieren, dass sie sterben würde, doch zu schnell, um sich noch in Sicherheit zu bringen – sich und ihr ungeborenes Kind.

Ulrike fiel. Geröll und Schutt, Betonbrocken und Steine lösten sich von dem Bauwerk, trafen sie am Körper, ehe sie in den Fluten des Flusses versank. Das eisige Wasser umschloss sie, zog sie hinab und der letzte Gedanke galt ihrem Baby, das mit ihr sterben würde, ohne dass sein Vater je von ihm erfahren hatte.

Kapitel 1

Die Nudeln waren fertig, die Pilzsoße roch verführerisch. Ich stellte den Herd ab und betrachtete prüfend den Tisch. Alles so weit klar. Mit ein paar letzten Handgriffen richtete ich das Besteck, gerade rechtzeitig, um Mom mit dem Abendessen zu überraschen.

Der Schlüssel wurde im Schloss umgedreht und gleich darauf kam sie herein. »Oh Gott, das duftet bis nach draußen, was ...« Sie stockte, als sie den gedeckten Tisch sah. »Essen, Kerzen, sogar Servietten? Hab ich Geburtstag oder was?«

Bei dem Lob wurde ich ein wenig rot. Zugegeben: Die Mühe, die ich mir gemacht hatte, war nicht ganz uneigennützig. Kein Geburtstag, kein Jubiläum, nicht mal eine Sechs in Physik.

Erst vor knapp drei Monaten hatte ich einen sehr amtlich aussehenden Brief von einem Notar erhalten, in dem ich eingeladen wurde, zur Testamentseröffnung von meiner Tante Helene zu kommen. Sie war die ältere Schwester meines Vaters, zu dem ich jedoch kaum Kontakt hatte. Ich hatte sie das letzte Mal besucht, als ich sieben war, sodass ich mich leider nur noch vage an sie erinnern konnte. Doch eins wusste ich genau: Ich hatte sie sehr gemocht. Wie traurig, dass ich sie vor ihrem Tod nicht noch einmal gesehen hatte! Dennoch hatte sie mich in ihrem Nachlass berücksichtigt. Weshalb nur? Mein Kopf war voller Fragezeichen.

Als ich mit Mom schließlich zum Notar fuhr, erhielt ich

Gewissheit. Er eröffnete uns, dass ich gemeinsam mit meinem Bruder – okay, Halbbruder – das Haus meiner Tante geerbt hatte. Nun, eigentlich war es bloß ein Häuschen, es gab dort nur zwei winzige Schlafzimmer, einen Wohnraum, die Küche und die Diele, dafür einen wahnsinnig tollen Garten. Früher, als meine Eltern noch nicht getrennt lebten, sind wir ab und an hingefahren – Christopher, Papas Sohn aus erster Ehe, war häufig ebenfalls dabei. Wir spielten Verstecken oder gingen auf Entdeckungsreise.

Nach der Trennung meiner Eltern hörten die Besuche in Riedeshagen auf, eine Weile vermisste ich das Meer und den Strand. Noch mehr vermisste ich allerdings Paps und ein bisschen auch Christopher. Doch dann kamen die neue Wohnung, die neue Stadt, die neue Schule, neue Freunde – und all das verdrängte die Erinnerungen an das Vergangene.

Bis zur Testamentseröffnung hatte ich, ehrlich gesagt, gar nicht mehr daran gedacht. Und nun war ich stolze Besitzerin eines Ferienhäuschens an der Ostsee. Na gut, stolze Besitzerin eines *halben* Ferienhäuschens, wenn man es genau nahm. Oder, wenn man es noch genauer nehmen wollte: Das Häuschen würde mir an meinem achtzehnten Geburtstag gehören, also erst in einem Jahr. Bis dahin war Mom als meine gesetzliche Vertreterin eingesetzt.

Wir wollten eigentlich gemeinsam hinfahren, um uns anzusehen, was alles repariert werden musste. Doch dann wurde ihr Urlaub gestrichen und ich hatte beschlossen, dass ich alt genug sei, um allein zu reisen. Nur wusste Mom noch nichts davon. Und genau deshalb hatte ich mich so ins Zeug gelegt, das Abendessen gekocht, den Tisch gedeckt und mir auf alle Argumente, die sie gegen meine Reise vorbringen würde, Antworten überlegt.

Mom setzte sich und blickte mich mit ihren grünen Augen, die so anders waren als meine braunen, an. Einzelne lange blonde Haarsträhnen hatten sich aus ihrem französischen Zopf gelöst. Sie sah müde aus. Darüber konnte auch ihr Lächeln nicht hinwegtäuschen.

»Also, Leni, rück raus mit der Sprache. Was hast du angestellt?«

Ich blies empört die Luft aus den Wangen. »Warum denkst du, ich hätte was angestellt? Ich wollte dich einfach überraschen, wo du doch so viel arbeiten musst.«

Gut, erster Punkt erfüllt. Sie sollte ruhig ein schlechtes Gewissen bekommen, weil sie die ganzen Ferien über kaum Zeit für mich hatte.

Mom kostete einen Bissen. »Köstlich. Trotzdem kenne ich dich gut genug, um zu wissen, dass du etwas im Schilde führst.«

Mist! Eiskalt erwischt. Ich legte die Gabel beiseite. »Okay, du hast recht, es ist ein Bestechungsversuch.«

Moms Augenbrauen wanderten nach oben. »Hast du etwa wieder dein Handy geschrottet?«

»Nein!«, rief ich und legte so viel Empörung in meine Stimme, wie ich konnte, ohne unglaubwürdig zu wirken. Bloß, weil das Teil vor einem halben Jahr aus meiner Tasche gefallen und unter die Räder eines Kleinbusses geraten war, hieß das noch lange nicht, dass ich meine Handys im Halbjahrestakt ruinierte.

»Was dann?«

Ich seufzte. Es hatte keinen Sinn, es länger vor mir herzuschieben. »Ich möchte nach Riedeshagen«, sagte ich und pikste mit der Gabel betont gleichmütig einen Pilz auf.

»Aber du weißt, dass ich ...«

Ich nickte. »Ja, deine Arbeit, du kannst nicht weg – ich

weiß. Deshalb habe ich mir überlegt, ich fahre einfach allein.«

Zweiter Punkt. Check. So tun, als ob es das Selbstverständlichste auf der Welt wäre.

»Nein.«

»Mom, bitte. Ich bin kein Kleinkind mehr. Und wir wollten ohnehin fahren. Dafür, dass du nicht freibekommst, kann ich schließlich nichts.«

Mom blies sich genervt eine Haarsträhne aus dem Gesicht. »Magdalena, bitte lass uns morgen darüber reden, ich bin müde.«

Wider Willen schossen mir die Tränen in die Augen. »Genau, du bist immer zu müde. Weißt du eigentlich, was ich den ganzen Tag hier mache, während du nicht da bist?« Ich wartete ihre Antwort nicht ab. »Nichts. Ich mache NICHTS. Paula ist die ganzen Ferien über in London. Und Max ...«

Meine Stimme brach. Über Max wollte ich überhaupt nicht sprechen, aber nun war mir sein Name doch einfach so rausgerutscht.

Schnell stand Mom auf und kam zu mir herüber. Sie schlang die Arme um mich. »Och, Mäuschen, das mit Max tut mir echt leid.« Dann streichelte sie meinen Kopf, sodass meine Frisur jetzt bestimmt noch verstrubbelter aussah als ohnehin schon. Frustriert wand ich mich aus ihrer Umarmung. Meistens mochte ich meine Haare, zumindest die Haselnussfarbe, um die mich sowohl meine Freundin Paula als auch Mom beneideten. Nur meine Locken, die gern wild in alle möglichen Richtungen abstanden, machten mich manchmal wahnsinnig. Die einzig sinnvolle Lösung, sie etwas zu bändigen, war, sie auf Kinnlänge abschneiden zu lassen. So ersparte ich mir auch die endlos lange Kämmprozedur am Morgen. Eine nicht unwesentliche Erleichterung für jemanden wie mich, die eh schon gern überall zu spät kam.

Mom ließ sich auf den Boden sinken und zog mich an den Händen zu sich nach unten. »Ich versteh ja, dass du möglichst weit weg von Max sein willst. Und dass du deine beste Freundin vermisst. Aber ich kann dich unmöglich ganz alleine in ein desolates Haus fahren lassen. Bestimmt gibt's dort nicht mal mehr Strom. Oder es regnet rein.«

»Aber das könnte man doch vorher in Erfahrung bringen, oder?«

Ich sah, wie meine Mutter nachdachte. »Vielleicht könnte man tatsächlich diesen Dr. Klingmann, den Notar, fragen. Der müsste das wissen.«

Ich nickte und meine Locken wippten eifrig mit. »Dann lass uns den gleich morgen anrufen, ja? Ehrlich, Mom, Riedeshagen ist schließlich nicht am anderen Ende der Welt, sondern bloß zwei Stunden mit der Bahn entfernt.«

Sie hob den Zeigefinger. »Und dazu noch mindestens zwanzig Minuten mit dem Bus.«

»Trotzdem. Und wenn du ein, zwei Tage freibekommst, besuchst du mich einfach. Hättest du ein Auto, bräuchtest du nicht mal eineinhalb Stunden. Vielleicht kannst du dir eins ausborgen?«

»Aber dort bist du ganz allein«, sagte sie, ohne auf meinen Vorschlag einzugehen, doch ihr Einwand hörte sich gar nicht mehr so unverrückbar an.

»Es gibt Nachbarn und jede Menge Touristen. Wir haben Ferien, schon vergessen?«

»Riedeshagen ist ein winziges Kaff. Die einzige Attraktion ist das Stadtarchiv. Die haben nicht mal einen Burgerladen.«

Oh, jetzt kämpfte sie mit harten Bandagen. Sie wusste

ganz genau, wie sehr ich Fast Food liebte. Doch ich zuckte nur die Schultern. »Aber es gibt den Strand. Und das Meer.« In meine Stimme hatte sich Sehnsucht eingeschlichen und die war nicht gespielt.

Mom seufzte. »Leni, du wirst dich ganz bestimmt einsam fühlen. Du kennst doch niemanden dort.«

»Hat Tante Helene nicht immer erzählt, dass in ihrem Garten Elfen wohnen? Sie würden mir sicher liebend gern Gesellschaft leisten und mich in die Geheimnisse der Gartenarbeit einweihen. Bitte, Mom.«

Ich sah sie mit großen, bettelnden Augen an, konnte mir ein Grinsen jedoch nicht verkneifen.

Meine Mutter lachte laut auf. »Na, wenn das mal kein Argument ist!« Sie nahm mein Gesicht in beide Hände und drückte mir einen Kuss auf die Stirn. »Deinen braunen Kulleraugen kann man wirklich nichts abschlagen. Also gut. Ich bin einverstanden, aber nur, wenn Dr. Klingmann sagt, dass das Haus nicht gleich einstürzt. Vielleicht kann er mir auch die Kontaktdaten der Nachbarn geben, sodass ich sie erreichen kann. Mir wäre wohler, wenn sie ab und an mal nach dir schauen. Und du kannst dich an sie wenden, falls du Hilfe brauchst.«

Ich umarmte sie überschwänglich. »Danke, danke, danke. Du bist die beste, netteste, modernste, verständnisvollste ...«

Sie lachte und knuffte mich in den Arm. »Übertreib's nicht.«

»... Mom auf der ganzen Welt«, schloss ich meinen Satz. Das meinte ich absolut ernst. Meine Mutter war richtig cool. Meistens zumindest. Manchmal ein wenig gluckenhaft, klar, aber sonst konnte ich mich nicht beschweren.

Und auf mich konnte ich ebenfalls stolz sein. Mein Plan mit dem Abendessen war voll aufgegangen.

Riedeshagen, ich komme!

Tatsächlich rief meine Mutter den Notar gleich am nächsten Morgen an. Ich fuchtelte wild mit den Armen, um ihr zu signalisieren, dass sie den Lautsprecher einschalten sollte. Schließlich hing jede Menge von Herrn Klingmanns Antwort ab.

»Nun, das Haus muss natürlich geputzt werden, es stand ja seit zwei Jahren leer. Aber sonst ist es tipptopp in Ordnung. Dafür hat Herr Schönbeck gesorgt, indem er in den letzten Jahren alle notwendigen Reparaturen durchführen ließ.«

Er meinte damit meinen Vater. Früher hatte ich mich immer gefragt, warum meine Mom und ich einen anderen Nachnamen trugen als er. Mom erklärte mir dann, dass sie und Paps nie verheiratet gewesen waren. Auf meine Frage, warum nicht, bekam ich damals keine Antwort und später fand ich es unwichtig. Im Gegenteil, ich wollte ohnehin nicht jedes Mal, wenn ich meinen Nachnamen schrieb, an Paps erinnert werden. Er hätte mir wahrscheinlich nur noch mehr gefehlt.

Über meine Grübeleien hatte ich einen Teil des Telefonats nicht mitbekommen, ich hörte bloß noch, wie Herr Klingmann sagte, er würde dafür sorgen, dass bis Anfang nächster Woche Strom und Wasser wieder aufgedreht würden, und wie sich meine Mom dafür bedankte.

»Heißt das, ich kann am Montag fahren?« Ich konnte es noch gar nicht richtig glauben und sah mich schon stundenlange Strandspaziergänge unternehmen, im Meer schwimmen, in der Sonne brutzeln, die Gegend erkunden ... es würde einfach toll werden.

»Du kannst es wohl gar nicht mehr erwarten, von mir wegzukommen?«

»Mom!«

»Schon gut, ich habe nur Spaß gemacht. Montag ist wohl noch zu früh, ich denke eher an Mittwoch. Bis dahin sollten dann auch der Strom und das Wasser funktionieren.«

Obwohl ich lieber heute als morgen gefahren wäre, zähmte ich meine Ungeduld und nickte. Die Tage bis zu meiner Abreise würden bestimmt schnell vergehen.

In Gedanken war ich bereits damit beschäftigt, die Klamotten auszuwählen, die mitsollten. Deshalb hörte ich kaum, wie Mom sich von mir verabschiedete, mir einen schönen Tag wünschte und kurz darauf die Tür ins Schloss fiel. Sie war zur Arbeit gefahren und würde, wie immer in den letzten Wochen, erst spät nach Hause kommen.

Mein Handy holte mich schließlich zurück ins Hier und Jetzt. Paula, meine beste Freundin, skypte mich an. Aufgeregt berichtete ich ihr von meinen Plänen. Ihre Eltern hatten sie dazu verdonnert, die Ferien in England zu verbringen. Genauer gesagt waren es Sprachferien, weil sie in Englisch so eine Niete war. Und zwar wirklich. Wir hatten gebüffelt wie blöd. Trotzdem hatte es gerade noch für eine Vier gereicht.

Ich fand ja, dass es Schlimmeres als England gab, ich hätte liebend gerne mit Paula getauscht. Noch besser wäre es natürlich gewesen, wenn wir zu zweit hätten fahren können, aber ihre Eltern hatten es verboten, weil sie fürchteten, dass wir uns dann erst recht auf Deutsch unterhalten würden.

»Und bei dir? Ist es wirklich so schrecklich?«, fragte ich sie. Paula hatte sich bei unserer letzten Unterhaltung nur beschwert. Über ihre Gasteltern, die spießig bis zum Abwinken waren, über das Wetter, das einen in Depressionen verfallen ließ, über die Sprache, mit der sie noch immer auf Kriegsfuß stand.

Heute fand sie aber anscheinend das Essen am schlimmsten: »Eine Nation, die zu Pommes ›Chips‹ sagt, versteht einfach nichts von guter Küche.«

Ich musste lachen. »Und sonst?«

»Was sonst?«, fragte sie unschuldig und grinste, weil sie genau wusste, dass mich interessierte, wie die Jungs in London so waren.

»Hast du schon wen kennengelernt?«, hakte ich nach.

»Nö, nicht wirklich, zumindest niemanden Vielversprechenden. Obwohl ...«, sie machte eine kleine Pause, »... da ist Jeff. Er kommt aus Kanada, verbringt hier ein Austauschjahr und ist ganz süß ...« Paula seufzte und verdrehte die Augen. »Er hat mich gefragt, ob ich mit ihm ins Kino gehe.«

»Und? Wirst du?«

»Ich weiß nicht.«

Na, so unentschlossen kannte ich meine Freundin gar nicht. Es sah ihr nicht ähnlich, eine solche Gelegenheit auszuschlagen. »Ich dachte, du findest ihn süß?«

»Ja, das ist er auch. Aber Kino? Leni, ich versteh wahrscheinlich kein Wort von dem Film. Das ist ja voll peinlich!«

Ich konnte mir nicht helfen, ich musste einfach grinsen. »Paula, ich wette, der Film ist dabei zweitrangig.«

Wir unterhielten uns noch eine Weile über Jungs, auch über Max, meinen Ex. Er war mein erster fester Freund gewesen, und über ihn zu reden, fiel mir schwer, hatte ich ihm doch erst vor sechs Wochen den Laufpass gegeben. Paula war die Einzige, der ich mich diesbezüglich anvertraute.

Ehe wir uns schließlich voneinander verabschiedeten, meinte sie: »Und das willst du wirklich durchziehen? Riedeshagen – das klingt schon sehr nach Kuhdorf. Hoffentlich versauerst du dort nicht.«

Ich musste lachen. »Keine Sorge. Im Moment ist es genau das, was ich brauche, um ein wenig Abstand zu bekommen. Hier kann ich ja nirgends hingehen, ohne dass Max mir über den Weg läuft. Nein, ich lass es mir gut gehen, werde jeden Tag am Strand liegen, die Sonne genießen und mich entspannen.«

»Ich glaube, da ist ja London glatt verlockender. Trotzdem viel Spaß!« Sie warf mir eine Kusshand zu. Dann war die Verbindung weg.

Sosehr ich das Gespräch mit meiner Freundin auch genossen hatte: Dass sie mir meinen Aufenthalt an der Ostsee schlechtmachen wollte, fand ich unfair von ihr. Wahrscheinlich war sie bloß neidisch, weil ich das bessere Los gezogen hatte. Denn was waren schon Westminster Abbey und Madame Tussauds gegen Dünen und Leuchttürme? Nicht zu vergessen: Nebelschleier und Dauerregen gegen Strand und Sonnenschein! Ha!

Kapitel 2

»Und du rufst jeden Tag an«, wiederholte Mom wohl zum hundertsten Mal.

»Ja, versprochen«, sagte ich und seufzte innerlich. Zehn Minuten noch und ich würde endlich im Zugabteil sitzen.

»Vergiss nicht ...«

»... mich zu melden, wenn ich da bin. Ja, Mom.«

»Und ...«

»... gleich zu überprüfen, ob der Strom funktioniert. Das hast du mir an die fünfzig Mal gesagt – allein auf der Fahrt hierher. Zu Hause war es bestimmt noch mal so oft.«

Mom drückte mich an sich. »Leni, ich habe dich lieb.«

»Ich dich auch.«

Dann fuhr der Zug ein. Ich wartete, bis die Leute ausgestiegen waren, und wuchtete meinen Koffer hinein. Durchs Fenster winkte ich meiner Mutter zu, die Türen schlossen sich und wir fuhren ab. Juhuuu!

Ich suchte mir einen Platz und genoss das Gefühl der totalen Freiheit. Vor Glück hätte ich schreien können. Schnell holte ich mein Handy heraus und tippte eine WhatsApp-Nachricht an Paula: »On the rail!«

Nur Sekunden später kam die Antwort: »Congratulations, enjoy it. P.«

Das würde ich. Jede Minute würde ich genießen.

Ich blickte durchs Fenster auf die vorbeiflitzende Landschaft und beschloss, mir meine Ferien durch nichts vermiesen zu lassen, egal was passierte.

Früher waren wir immer mit dem Auto zu Tante Helene gefahren, und obwohl ich nun im Bus saß, der das letzte Stück von Pegeritz bis Riedeshagen überbrückte, erkannte ich die Strecke tatsächlich wieder. Dabei schien mein letzter Besuch so unendlich lange her zu sein.

Vorfreude erfüllte mich. Ob sich seither viel verändert hatte?

Der Bus bog von der Landstraße ab, passierte das Ortsschild und blieb am Hauptplatz von Riedeshagen stehen. Ich stieg aus, der Fahrer war so nett und half mir mit meinem Gepäck.

Da war ich also. Ich drehte mich um meine eigene Achse. Alles schien seltsam vertraut und gleichzeitig doch wieder fremd. Dort drüben ging es zur Strandpromenade, das Schild für den Strandkorbverleih war immer noch dasselbe. Und die Eisdiele gab es auch noch.

Ich schlenderte den Gehweg entlang, zog den Koffer hinter mir her und betrachtete die Häuser, die sich allesamt ähnelten. Rote Klinker, weiße Fensterläden, kleine Vorgärten mit Rosenstöcken. Tief sog ich die Luft ein. Ja, man konnte das Meer riechen.

Das letzte Stück zu Tante Helenes Haus – ach nein, jetzt gehörte es zur Hälfte mir – war mit Steinen gepflastert. Mein Koffer holperte bei jedem Schritt, mein Arm tat bereits weh, doch als ich endlich davorstand, war die ganze Anstrengung wieder vergessen. Einen Moment lang ließ ich das Bild auf mich wirken.

Das Häuschen sah kleiner aus, als ich es in Erinnerung hatte.

Im Vorgarten wucherten Pflanzen, von den meisten wusste ich nicht mal, ob es bloß Unkraut war, geschweige denn, wie sie hießen. Trotzdem gefiel mir dieses wilde Durcheinander. Es hatte etwas Romantisches – und es duftete herrlich.

Ich holte den Schlüssel aus meiner Tasche und sperrte auf. Die Tür quietschte, als wollte sie mich willkommen heißen.

Sobald ich die Diele betrat, fühlte ich mich, als wäre ich wieder sechs Jahre alt und Tante Helene würde jeden Augenblick aus der Küche herbeigeeilt kommen, die Hände an ihrer Schürze abwischen und mich begrüßen. Erst beim zweiten Blick merkte ich, dass alles viel zu aufgeräumt und leer aussah. Keine Jacken an den Haken, keine Schuhe am Boden, nur ein einsamer Gartenhandschuh lag vergessen auf dem Schrank. In den Ecken hingen Spinnweben und ich hoffte, dass die dazugehörigen Bewohner sich nicht blicken ließen. Ich hasste Spinnen!

Den Koffer ließ ich in der Diele stehen, ihn konnte ich später noch holen. Zuerst wollte ich in Ruhe einen Rundgang machen.

Mein erster Weg führte mich in die Küche. Jetzt, da ich wieder hier war, kamen auch die verloren geglaubten Erinnerungen zurück. Hier hatte uns Tante Helene mit selbst gemachter Marmelade und Sirup verwöhnt. Jeden Morgen beim Frühstück hatte sie uns gefragt, was sie zu Mittag kochen solle, und es gab abwechselnd meine und Christophers Lieblingsspeisen.

In der Mitte des Raums stand ein Holztisch mit vier Stühlen. Meine Finger fuhren über die Tischplatte und spürten den Kerben nach, die im Laufe der Jahre entstanden waren. Eine davon stammte von mir. Ich hatte versucht, mit dem Hammer eine Nuss zu öffnen, war dabei abgerutscht und hinterließ eine Delle im Tisch. Paps hatte geschimpft, aber Tante Helene lächelte nur weise und meinte, an diesem Tisch würde man das Leben ablesen können. Wie recht sie damit hatte!

Von der Küche führte eine Terrassentür hinaus in den Garten. Ich musste mich dagegenstemmen, um sie aufzubekommen. Doch dann stand ich draußen. Die Schaukel am einzigen Birnbaum hing immer noch. Ein einfaches Holzbrett an zwei Seilen. Ob ich da noch draufpasste? Ich zwängte meinen Po auf die Sitzfläche, doch der Ast, an dem die Schaukel befestigt war, ächzte bedenklich unter meinem Gewicht. Ich sah nach oben. Die Seile wirkten ebenfalls nicht sehr vertrauenswürdig. Schade. Fürs Schaukeln war ich wohl mittlerweile doch zu groß geworden.

Die Laube, unter der wir oft gesessen hatten, konnte einen frischen Anstrich vertragen, den Metalltisch mit den Stühlen hatte Tante Helene wahrscheinlich erst nach meiner Zeit angeschafft.

In den Schuppen, der an das Haus grenzte, warf ich zunächst nur einen kurzen Blick. Ich sah Gartengeräte, Liegestühle, einen Sonnenschirm und sogar einen Kugelgrill. Morgen oder übermorgen war sicher genug Zeit, in Ruhe zu stöbern.

Gemächlich schlenderte ich wieder zurück ins Haus und nahm mir als Nächstes die beiden Schlafzimmer vor. Na gut, sie glichen eher Kammern – aber Luxus hatte ich ohnehin nicht erwartet. Sie waren nahezu identisch eingerichtet und lagen Wand an Wand. Ein Bett, ein Schrank, ein Nachttisch, das war's im Großen und Ganzen. Gegenüber befand sich das Bad mit der Toilette.

Welchen der beiden Räume sollte ich zum Schlafen wählen? Spontan entschied ich mich für das Zimmer mit dem besseren Blick auf den Garten. Ich stellte mir vor, wie schön es wäre, wenn ich morgens von der Sonne geweckt werden würde. Außerdem rankten Heckenrosen die Fassade bis zum Fenster hinauf. Ihr Duft wäre bei offenem Fenster bestimmt traumhaft.

Blieb zu guter Letzt noch das Wohnzimmer übrig. Auf dem Holzboden lag ein Teppich, den ich sofort zusammenrollte. Ohne ihn wirkte das Zimmer gleich viel größer. Die Couch hatte meine Tante ausgetauscht. Diese hier sah viel bequemer aus als die alte. Ich legte mich probehalber drauf. Super! Da konnte man wirklich einen gemütlichen Nachmittag verbringen.

Vollends zufrieden holte ich meinen Koffer aus der Diele und trug ihn in mein Zimmer. Auspacken würde ich später, beschloss ich. Zunächst musste ich wohl oder übel meine Mom anrufen, die mit Sicherheit alle zehn Sekunden auf ihr Handy starrte, und versuchte, es mit Gedankenübertragung klingeln zu lassen.

Wie erwartet war sie sofort am Telefon.

»Mäuschen, alles in Ordnung bei dir?«, fragte sie atemlos.

»Sicher, Mom. Du brauchst dir wirklich keine Sorgen zu machen.« Um sie etwas zu beruhigen, berichtete ich ihr kurz von meinem Rundgang und den positiven ersten Eindrücken. Doch das schien nur bedingt zu funktionieren.

»Leni, ich habe mit Frau Brünjes, einer Nachbarin, ausgemacht, dass sie ab und zu nach dir schaut. Wenn was ist, kannst du dich an sie wenden, okay? Und Leni ...«

Ich seufzte tief. »Ja?«

»Vergiss nicht, die Tür abzusperren, bevor du schlafen gehst.«

»Mach ich, Mom, aber jetzt muss ich auspacken, wir hören uns morgen, okay?«

Schnell legte ich auf, ehe sie mich mit weiteren guten Ratschlägen nerven konnte, und grinste in mich hinein.

Mit dieser Frau Brünjes würde ich schon klarkommen. Dass jemand noch gluckenhafter sein würde als Mom, konnte ich mir einfach nicht vorstellen.

Als ich auf die Uhr sah, war es Viertel nach fünf. Zeit also, um noch schnell die nötigsten Lebensmittel einzukaufen, damit ich wenigstens etwas fürs Frühstück hatte. Heute Abend würde ich mir zur Feier des Tages eine Pizza gönnen – vorausgesetzt natürlich, das Restaurant von damals existierte noch. Damit wollte ich eine alte Tradition aufleben lassen, nach der wir am ersten Tag in Riedeshagen immer Pizza gegessen hatten.

Ich schlenderte den Weg zurück bis zum Hauptplatz. Dort gab es einen Supermarkt, ein paar Läden und das Stadtarchiv – wobei ich mich fragte, weshalb es die Beifügung »Stadt« trug.

In einem Bäckerladen kaufte ich ein halbes Vollkornbrot, im Supermarkt Milch, Müsli, eine Packung Tee, Butter und Käse und trug alles nach Hause. Damit würde ich erst einmal über die Runden kommen, bis ich mir überlegt hatte, was ich tatsächlich alles brauchte. Gleich morgen würde ich eine Einkaufsliste schreiben, nahm ich mir vor. Vielleicht hatte meine Tante sogar den Leiterwagen aufgehoben, mit dem sie Christopher und mich durch den ganzen Ort gezogen hatte. Damit ließe sich der Einkauf prima nach Hause transportieren.

Als ich die Lebensmittel verstaut hatte, knurrte mir der Magen und ich beeilte mich, zur Pizzeria zu kommen. Auf dem Schild stand in schwungvollen Lettern »Pizzeria Biasini«. Wunderbar! Das hieß, die Besitzer waren immer noch dieselben wie früher. Sofort flackerte ein Name in meinem Kopf auf. Fabian, Sohn der Eigentümer. Ich fragte mich, ob er da sein würde, verwarf den Gedanken jedoch gleich wieder. Wahrscheinlich war er längst weggezogen oder studierte irgendwo. – Aber egal. Biasini hatte die besten Pizzen in der ganzen Umgebung, die Portionen waren riesig. Das zählte! Kein Wunder, dass die Leute hier ein und aus gingen.

Suchend sah ich mich um und entdeckte einen leeren Tisch neben der Theke. Ich setzte mich und studierte die Speisekarte, obwohl ich ganz genau wusste, was ich bestellen würde: Pizza Salami mit extra Käse, wie früher.

Mein Magen knurrte laut. Hoffentlich tauchte bald jemand auf, um meine Bestellung aufzunehmen.

Doch statt einer Bedienung schlurfte ein Bernhardiner gemächlich an meinen Tisch, blieb vor mir stehen und sah mich mit seinen großen traurigen Hundeaugen an. Er erinnerte mich an »Josef« aus dem Heidi-Film. Ich streckte ihm vorsichtig meine Hand entgegen. Langsam schob er den Kopf näher und beschnupperte sie. »Na, Süßer? Wo kommst du denn her?« Ich kraulte sein weiches Fell. Dieser Hund war eine echte Schönheit!

Ich schrak zusammen. Hinter mir stürmte ein junger Kerl aus der Küche, in der Hand zwei Teller mit dampfenden Speisen. Beim Vorbeiflitzen rief er mir zu, er würde gleich bei mir sein, entdeckte dabei den Hund und befahl: »Einstein, belästige die junge Dame nicht und geh auf deinen Platz!« Dann sauste er mit elegantem Schwung weiter.

Dass Einstein sich tatsächlich gehorsam hinter den Tresen trollte, bemerkte ich gar nicht mehr. Ich war viel zu sehr damit beschäftigt, meine Kinnlade wieder hochzuklappen und dem Typ nicht mit offenem Mund hinterherzustarren. Die schwarzen Wuschelhaare und die warmen braunen Augen kannte ich nur zu gut – und auch wieder nicht. Es war lange her, doch mein Herz vollführte bei seinem Anblick immer noch Freudenhüpfer.

Eine Minute später stand der »Kellner« endlich an meinem Tisch. »Buonasera, signorina«, sagte er. »Entschuldigen Sie, dass mein Hund Sie behelligt hat.« Er lächelte mich entwaffnend an. Diese Grübchen rechts und links waren mir nur allzu gut in Erinnerung.

»Fabi?«, fragte ich vorsichtig.

»Ja, ähm ... so hat mich schon lange niemand mehr genannt. Bist du etwa ...?«

»Leni«, bestätigte ich mit einem Nicken und grinste ihn an. Die Grübchen in seinen Wangen vertieften sich, die braunen Augen blitzten vor Freude – zumindest hoffte ich das. Schokoladenaugen, hatte ich sie als Kind getauft.

Fabi – zugegeben, dieser Spitzname hatte vor zehn Jahren vielleicht zu ihm gepasst, ab sofort würde ich ihn nur noch Fabian nennen – war oft mit Christopher und mir unterwegs gewesen, wir hatten am Strand Burgen gebaut.

Er stemmte die Hände in die Hüften und musterte mich ungeniert. »Leni, die kleine Nervensäge. Wo sind deine langen Zöpfe abgeblieben?«

»Hey, was heißt hier ›Nervensäge‹? Nur, weil Christopher und du mich nie dabeihaben wolltet?« Wie oft hatte er mich an meinen Zöpfen gezogen – nicht, weil er mir wehtun wollte, sondern eher spielerisch. »Die Zöpfe sind ab, schon seit ich zehn bin. Ist praktischer«, erklärte ich.

Er zwinkerte mir zu. »Schade. Obwohl – so bist du noch hübscher als früher.«

Sofort schoss mir die Röte ins Gesicht. »Danke«, murmelte ich. Dann knurrte mein Magen wieder und Fabian schlug mit der Hand gegen seine Stirn. »Entschuldige, vor lauter Wiedersehensfreude hab ich ganz vergessen zu fragen, was ich dir bringen darf. Also?« Er verbeugte sich vor mir. »Ihre Bestellung, bitte.«

Ich musste kichern. »Eine Pizza Salami mit Extrakäse und eine Cola, bitte schön. Arbeitest du jetzt hier?«

»Nur in den Ferien, im Herbst gehe ich zurück nach Berlin, ich studiere da.«

Er berührte mich sanft an der Schulter und flitzte schnell in die Küche, um meine Bestellung aufzugeben, dann brachte er mir meine Cola. »Bleibst du länger?«

Unschlüssig zuckte ich die Achseln. »Mal sehen, ich habe erst mal zwei Wochen eingeplant, aber da bin ich flexibel.«

»Nein ... also schön, aber ich meinte eigentlich, ob du heute noch Zeit hast ...«

In meinem Magen breitete sich ein Flattern aus – okay, das konnte natürlich auch vom Hunger herrühren, aber wenn ich ehrlich mir gegenüber war, dann wusste ich, dass dieses Gefühl nichts mit Hunger zu tun hatte. Fabi – Fabian war immer schon mein Schwarm gewesen, als ich klein war, hatte ich sogar beschlossen, ihn zu heiraten. Nun, diese Ambitionen gehörten natürlich der Vergangenheit an, aber ich musste zugeben, dass er immer noch verdammt süß aussah.

In einem Anflug von Mut nickte ich. »Klar, ich habe heute Abend nichts mehr vor. Warum?«

Er machte eine ausholende Handbewegung. »Weil ich furchtbar gerne mit dir quatschen möchte, wir haben uns ja eine Ewigkeit nicht gesehen. Weißt du, dass du mir damals das Herz gebrochen hast, als du nicht mehr nach Riedeshagen gekommen bist?«

In meinem Bauch kribbelte es vor lauter Überraschung und Freude. ICH hatte ihm das Herz gebrochen?!

»Ehrlich?«, fragte ich.

»Ja, du warst doch die kleine Schwester, die ich nie hatte. Um elf hab ich Schluss, dann können wir reden, okay? Mann, wer hätte das gedacht ...« Er schüttelte den Kopf und schon war er wieder weg, um weitere Bestellungen aufzunehmen.

Na super! Ich und kleine Schwester. Pfft!

Während ich meine Pizza verschlang – sie schmeckte wirklich so gut wie früher, beobachtete ich verstohlen Fabian. Im Geiste rechnete ich nach, er musste jetzt wie alt sein? Zwei Jahre älter als ich, also neunzehn. Ich konnte es kaum fassen, dass ich ihn wiedergetroffen hatte. Mit sieben hatte ich total für ihn geschwärmt, doch jetzt ... Er war erwachsen geworden und sah einfach phänomenal aus. Ich hätte ihm noch ewig zusehen können.

Kapitel 3

»Und, was machen wir jetzt?«, fragte Fabian und blickte mich erwartungsvoll an. »Irgendwelche Wünsche?« Er hatte zu meiner großen Freude überpünktlich mit seiner Arbeit aufgehört.
Da brauchte ich nicht lange nachzudenken. »Wie wär's mit einem Strandspaziergang?«
Er zog die Brauen hoch. »Jetzt?«
Ich nickte bekräftigend. »Warum nicht? Oder fürchtest du dich etwa im Dunkeln?«
Seine Augen funkelten belustigt. »Nee, heute nicht, wo du bei mir bist.«
Als ich daraufhin meine Geldbörse zückte, um zu bezahlen, wehrte er lächelnd ab. »Das geht aufs Haus.« Dann streckte er mir die Hand hin. »Komm, schöne Signorina!«
Darauf reagierte witzigerweise auch der Hund. Sofort kam er angetrabt. »Ja, du darfst natürlich mit«, versicherte Fabian und streichelte Einstein über den Kopf. Dann wandte er sich an mich. »Du hast doch nichts dagegen, dass wir ihn mitnehmen?«
Ich schüttelte den Kopf. »Nein, ich glaube, er mag mich. Und ich liebe Hunde.« Mit diesen Worten ergriff ich Fabians Hand, ließ sie dann jedoch gleich wieder los, als er mich hochgezogen hatte, als hätte ich mich an ihm verbrannt. Prompt ärgerte ich mich über meine blöde Schüchternheit. Wie musste das nur auf ihn wirken? Abweisend? Verklemmt? Früher waren wir oft Hand in Hand gegangen,

ganz so, als wäre es das Selbstverständlichste auf der Welt. Doch jetzt kribbelte meine Haut unter seiner Berührung. Mann! Was war nur los mit mir? Ich würde mich doch nicht von einem Augenblick auf den anderen so richtig in Fabian verknallt haben! Das ging gar nicht! Wir waren ... wie Geschwister eben. Hatte er vorhin selbst gesagt. Trotzdem wünschte ich mehr als alles andere, dass er nicht nur die kleine Schwester in mir sehen würde.

Den Strand entlang gab es einen beleuchteten Gehweg. Motten umschwirrten die Lampen, ich konnte das Rauschen des Meeres hören. Ohne lange zu überlegen, streifte ich meine Sandalen ab und lief mit bloßen Füßen über den Sand ins Wasser. »Leni, du Wahnsinnige! Was tust du da?«, rief Fabian.

Ich lachte vergnügt, nun wieder ganz die Alte. »Ich spüre den Sand zwischen meinen Zehen. Es ist herrlich. Komm!«

Einstein ließ sich nicht lange bitten. Wahrscheinlich war »Komm!« eines seiner Lieblingswörter.

Ich konnte kaum sehen, wo ich hintrat, aber der nasse Sand war kühl und fest unter meinen Füßen. Ich lief immer weiter. Bald wurden meine Knöchel vom Meer umspült. Wie sehr hatte mir das hier gefehlt!

Fabian war mittlerweile neben mir, Einstein paddelte im flachen Wasser. »Ich hoffe, dass wir viel Zeit miteinander verbringen werden. Es ist schön, dass du wieder da bist, Leni.« Fabian legte den Arm um mich und zog mich sanft zu sich heran. Äußerlich gefasst brauchte ich einen Augenblick, bis ich meinen galoppierenden Herzschlag wieder unter Kontrolle hatte. Ich blickte hoch zum Sternenhimmel und wusste: Da war er, einer dieser perfekten Momente. Ich war rundum glücklich.

Fabian ließ es sich nicht nehmen, mich nach Hause zu begleiten. Wir erzählten einander in Kurzfassung, was sich in all den Jahren in unseren Leben ereignet hatte. Dann waren wir auch schon bei Tante Helenes Haus angekommen. Es würde noch eine Weile brauchen, bis ich mich an den Gedanken gewöhnt hatte, dass es nun mir gehörte.

Fabian zog mich sanft am Haar. »Schade, die Zöpfe waren unheimlich praktisch.«

»Findest du?«

Er musterte mich ernst. Unter seinem Blick wurde mir wieder ganz warm. Mit dem Zeigefinger strich er eine meiner widerspenstigen Strähnen aus dem Gesicht. »Nein, ehrlich gesagt, gefällt mir das hier viel besser.«

Da schluckte ich und wusste nicht, was ich darauf sagen sollte. »Ähm ... also, ich geh dann mal ... hinein«, brachte ich schließlich hervor.

»Sehen wir uns morgen?«, rief er mir hinterher, als ich die Haustür fast schon erreicht hatte.

Ich drehte mich zu ihm um. Seine Augen blitzten in der Dunkelheit auf. »Vielleicht«, antwortete ich und ging hinein.

Drinnen lehnte ich mich an die Tür und versuchte, meine Gefühle zu sortieren. Was für ein Tag! Und das war erst der Anfang.

Mit einem Grinsen schloss ich die Eingangstür hinter mir ab und schwebte mindestens zehn Zentimeter über dem Boden in mein Zimmer. Wer hätte das gedacht? Ich hatte Fabian, meinen Kleinmädchenschwarm, wieder getroffen. Sah er wirklich nur die kleine Schwester in mir, wie er vorgegeben hatte? Nachdem er mich so angesehen hatte wie gerade eben?

In der Nacht lag ich in meinem Bett, das ich noch schnell

frisch überzogen hatte, und fand keinen Schlaf. Tausend Dinge gingen mir durch den Kopf. Neunhundertneunundneunzig davon hatten mit Fabian zu tun.

Am Morgen weckte mich die ungewohnte Stille. In der Stadt herrscht immer Lärm, selbst im dritten Stock und mit Lärmschutzfenstern. Hier hingegen war alles ruhig. Erst als ich bewusst auf die Geräusche um mich herum achtete, hörte ich das Kreischen der Möwen, das Rascheln der Blätter – oder war es eher das Meeresrauschen? Irgendwo zirpte eine Grille und in großer Entfernung düste ein Flugzeug über das Haus.

Obwohl ich eindeutig zu wenig Schlaf bekommen hatte, fühlte ich mich voller Tatendrang. Es gab einfach so viel zu tun und ich konnte gar nicht erwarten, damit anzufangen.

Nach einer heißen Dusche und einem schnellen Frühstück holte ich Notizblock und Kugelschreiber aus der Küchenschublade und schrieb eine Liste mit den Dingen, die ich erledigen musste oder wollte.

Einkaufen, zum Beispiel. Abgesehen von einigen Grundnahrungsmitteln würde ich auch Putzmittel brauchen. Auf meiner Erkundungstour gestern hatte ich einen Staubsauger entdeckt. Hoffentlich funktionierte der noch. Meine To-do-Liste wuchs und wuchs. Langsam befürchtete ich, dass die zwei Wochen nicht reichen würden für alles, was ich mir vorgenommen hatte. Abgesehen davon wollte ich nicht die ganze Zeit mit Putzen oder Renovierungsarbeiten verbringen. Ich hatte schließlich Ferien – und dann war da noch Fabian. Mein Herz klopfte schon allein beim Gedanken an ihn lauter als gewöhnlich.

Ich kritzelte eben »Gartenlaube streichen« auf meine Liste, als es an der Tür klopfte. Vor Schreck zuckte ich zusammen. Wer konnte das sein? Oje, vielleicht Frau Brünjes, von der mir Mom erzählt hatte? Denn wer wusste sonst, dass ich hier war ... ja, dass das Häuschen zurzeit überhaupt bewohnt wurde? Der Notar, meine Mutter, Paula ... und Fabian natürlich. *Volltreffer!* Schon hörte ich ihn meinen Namen rufen. Verflixt! Sah ich gut aus? Ich hatte nicht mit Besuch gerechnet. – Mein Haar! Und ich war nicht geschminkt! Andererseits konnte ich ihn schlecht draußen warten lassen. Womöglich dachte er, ich würde noch schlafen oder wäre gar nicht da.

»Ja, ich komme gleich!«

Hektisch wuschelte ich mir durch die Haare. Wenn schon verstrubbelt, dann gewollt. Ich atmete tief durch und öffnete die Haustür.

»Guten Morgen«, sagte er mit einem umwerfenden Lächeln. »Einstein und ich haben uns überlegt, dass du vielleicht Hilfe brauchst. Mit dem Haus und so.«

Ich grinste schelmisch und hielt ihm einladend die Tür auf. »Kommt rein. Heißt das, du putzt die Fenster?«

Er zuckte mit den Schultern. »Warum nicht? Es gibt bestimmt jede Menge Arbeit. Sag mir einfach, was ich machen soll.«

Wenn das nicht richtig süß war? Max hätte nie ... schnell verdrängte ich den Gedanken an meinen Exfreund.

»Musst du denn nicht in der Pizzeria arbeiten?« Ich fand sein Angebot, mir helfen zu wollen, toll, aber seinen Job sollte er deswegen nicht vernachlässigen.

Fabian schüttelte den Kopf. »Erst um fünf. Also?«

Er sah sich um, als könnte er es gar nicht erwarten, mit dem Putzen anzufangen.

»Vorher müssen wir einkaufen gehen«, bestimmte ich.

»Ganz zu Ihren Diensten, Signorina«, gab er zurück.

Meine Tante hatte den alten Leiterwagen tatsächlich aufgehoben. Genauso, wie ich es vermutet hatte, stand er im Schuppen, an eine Wand gelehnt. Als wir ihn gemeinsam hervorzogen, tauchte dahinter ein altes Fahrrad auf. »Oh, sieh mal. Ob man damit noch fahren kann?« Ich schickte ein Stoßgebet gen Himmel. Auch wenn das Rad ziemlich verstaubt und altmodisch aussah: Mit ihm wäre ich nicht mehr auf den Bus angewiesen und könnte unbeschwert die Gegend erkunden.

Fabian schob es aus dem Schuppen und begutachtete es genauer. »Hm!«, murmelte er.

Ich biss mir vor Ungeduld auf die Lippen. Er rüttelte daran, drehte den Lenker hin und her und gab den Reifen einen Drall, damit sie sich drehten.

»Und?«, fragte ich erwartungsvoll.

»Sieht eigentlich gut aus. Die Kette muss geölt werden und du brauchst neue Reifen, die sind total spröde ... aber sonst ...«

Neue Reifen klang nach einer größeren Investition. Ich hatte von meiner Mutter zwar ein großzügig bemessenes Urlaubsgeld bekommen, aber keine Ahnung, was Fahrradreifen kosteten. »Puh, wie teuer sind neue Reifen?«, wollte ich wissen.

Fabian winkte ab. »Neu etwa fünfzig bis sechzig Euro, da sind aber auch Schläuche dabei.«

Er musste meinen erschrockenen Gesichtsausdruck bemerkt haben, denn er fügte schnell hinzu: »Aber ich frag mal beim Fahrradverleih. Da arbeitet ein Freund meines Vaters. Die haben eine Reparaturwerkstatt angeschlossen, vielleicht findet sich was Gebrauchtes.«

»Cool, danke!«

Einstein hatte es sich unter dem Birnbaum im Garten

gemütlich gemacht und ignorierte sämtliche Aufforderungen, mit uns zu kommen, sodass wir ihn kurzerhand daheim ließen.

Fabian lehnte das alte Rad gegen die Scheune und wir machten uns endlich auf den Weg zum Supermarkt. Die Putzmittel rissen ein ordentliches Loch in mein Budget, aber auf die wollte ich nicht verzichten. Dazu kaufte ich die wichtigsten Grundnahrungsmittel und etwas Gemüse. Zurück beim Haus zog Fabian den Leiterwagen durch den Garten direkt in die Küche. Einstein sprang mit einem freudigen Bellen um uns herum. Offenbar war er froh, nicht mehr allein zu sein. Gemeinsam räumten wir aus. Ein Blick auf die Uhr sagte mir, dass es bereits halb elf war.

Wir vereinbarten, dass Fabian tatsächlich Fenster putzen würde, ich hingegen wollte endlich saugen, auch wegen der Spinnweben, die mich von Mal zu Mal mehr störten.

Einstein hatte sich wieder in den Garten verzogen, als wollte er nicht im Weg herumliegen. Kluges Tier!

»Warte«, sagte Fabian, als ich gerade den Staubsauger anwerfen wollte, und nahm einen sauberen Lappen. Den schlug er zu einem Dreieck zusammen, machte ein Kopftuch daraus und band es mir vorsichtig um. Selbst diese zarte Berührung ließ mich erschauern.

Er schien es glücklicherweise nicht zu bemerken. Zufrieden mit seinem Werk betrachtete er mich. »Wennschon putzen, dann stilecht.«

Ich streckte ihm die Zunge raus und wollte das Tuch wieder abnehmen, doch er hielt mich zurück. »Ist wegen der Spinnen.«

Da ließ ich die Hand wieder sinken. So ganz konnte ich ihm zwar nicht glauben, dass er mir das Tuch bloß umgebunden hatte, um mein Haar zu schützen. Aber ich war mir auch nicht sicher, ob er sich nicht nur einen Spaß mit mir erlauben wollte. Da war es wohl besser, das Tuch blieb vorerst dort, wo es war, zumindest, bis ich die Spinnennetze mit dem Staubsauger eliminiert hatte.

Wir arbeiteten stumm, weil das Brummen des klobigen Geräts ohnehin keine Unterhaltung zugelassen hätte.

Gerade war ich mit meinem Zimmer fertig und kümmerte mich um die Ecken an der Decke des Flures, als mir eine Luke auffiel. »Fabian, komm mal«, rief ich über den Lärm hinweg. Erst als er aus dem Wohnzimmer kam, in der einen Hand Fensterputzmittel, in der anderen einen Putzlappen, stellte ich den Sauger ab.

Ich deutete nach oben zur Decke. »Was meinst du? Ist das ein Dachboden?«

Er überlegte kurz, dann meinte er: »Ja, das könnte gut sein. Willst du dort oben etwa auch sauber machen? Sollen wir nachsehen?«

Neugierig war ich schon. Womöglich hatte meine Tante einige schöne Erinnerungsstücke auf dem Speicher gelagert. Aber dann dachte ich an die Spinnen. Noch mehr konnte ich für den Moment nicht aushalten. Daher schüttelte ich den Kopf. »Nein, für heute reicht es mir. Wer weiß, wie viel Staub sich dort im Laufe der Jahre angesammelt hat. Außerdem hab ich langsam Hunger.«

Schnell belegten wir ein paar Brote und verschlangen sie heißhungrig und setzten unsere Arbeit fort.

Gegen halb vier waren wir so weit mit dem Putzen fertig. Fabian rief nach seinem Hund. Dann verabschiedete er sich mit einem sehr brüderlichen Küsschen auf meine Wange. Zwar schlug mein Herz wieder bis zum Hals, dennoch hatte ich, wie ich insgeheim zugeben musste, auf mehr gehofft. Wie auch immer dieses »Mehr« aussehen würde ...

»Wenn du Lust hast, kannst du ja später am Abend in die Pizzeria kommen.« Immerhin klangen seine Worte so, als würde er darauf hoffen.

»Mach ich. Vielleicht«, sagte ich. Dabei wusste ich schon jetzt, dass ich natürlich hingehen würde. Der abendliche Strandspaziergang vom Vortag war mir noch sehr präsent. Irgendwie schien es, als könnten wir im Dunkeln viel besser miteinander reden als bei Tageslicht. Trotz der Stunden, die wir zusammen verbracht hatten, hatte ich nichts Persönliches von ihm erfahren. Vielleicht lag es aber auch an den Umständen, gestand ich mir ein. Staubsaugergedöns war für tiefschürfende Gespräche eher hinderlich.

Kapitel 4

Erschöpft ließ ich mich auf die Couch sinken und betrachtete den sauber geschrubbten Boden. Ich hatte die Vorhänge abgenommen, weil sie mit der Zeit grau geworden waren. Außerdem hatte ich noch nie so altmodische Gardinen gesehen. Ohne sie sah der Raum einfach besser aus. Allerdings konnte nun jeder, der draußen vorbeiging, hereinschauen.

Ich zermarterte mir den Kopf, wie ich dieses Problem lösen konnte. Hatte Tante Helene womöglich irgendwo eine zweite Garnitur aufbewahrt? Der Dachboden schien naheliegend. Dort fand man doch immer irgendwelche alten Truhen mit Kleidung oder Stoffresten.

Ich hatte keine Leiter gesehen, aber Fabian hatte mir erklärt, dass sie vermutlich in der Luke mit eingebaut war. Brauchte ich also nur mehr die passende Stange, um die Dachluke zu öffnen.

Im zweiten Schlafzimmer wurde ich schließlich fündig. Erwartungsvoll ging ich wieder in den Flur, steckte den Haken in die vorgesehene Öffnung und drehte am Verschluss. Die Luke sprang auf, ich zog kräftig daran und tatsächlich entfaltete sich so etwas wie eine Leiter.

Erleichtert atmete ich tief ein und aus und hielt mich rechts und links an der schmalen Stiege fest. Ganz geheuer war mir die wackelige Konstruktion nicht. Vorsichtig stieg ich Stufe um Stufe hinauf. Ein muffiger Geruch nach Staub und alten Büchern schlug mir entgegen. Dann hatte ich endlich die Kante erreicht. Ich kniff die Augen zusammen und versuchte angestrengt, etwas in der gähnenden Schwärze zu erkennen. Unwillkürlich lief mir ein Schauer über den Rücken. Wollte ich hier wirklich rein? Erst nach und nach zog sich die Dunkelheit in die Ecken zurück und vor mir erstreckte sich ein überraschend geräumiger Speicher. Alles war sorgfältig aufgeräumt. Doch natürlich lag überall eine dicke Staubschicht und ich musste niesen. Eins war schon mal sicher: Ich würde definitiv Spuren hinterlassen und hinterher wie ein Dreckspatz aussehen. Allerdings tat ich das nach dem Hausputz sicher ohnehin. Angestrengt ließ ich meinen Blick schweifen und spitzte die Ohren. Hatte ich da etwa ein Krabbeln gehört? Wer wusste schon, was hier so alles lauerte?

Die Furcht vor etwaigen Spinnentieren war vergessen, als ich die antik aussehende Holztruhe entdeckte. Flink kletterte ich über den Rand und wischte die Hände an meinen Shorts ab. Im Zentrum des Dachbodens war genug Platz, um stehen zu können, doch die Truhe befand sich am Rand, sodass ich mich bücken musste, um zu ihr zu gelangen. Ich zog sie vorsichtig in die Mitte des Raums, um etwas Licht zu erhaschen. Dann klappte ich gespannt den schweren Holzdeckel auf. Viel lag nicht darin: einige mir unbekannte und schon recht vergilbte Bücher, zwei Bilderrahmen, die mit Leuchtturm und kreisenden Möwen wohl eine typisch norddeutsche Landschaft zeigen sollten, dazu ein Spitzenschal, der so alt war, dass er schon wieder als »in« durchgehen würde. Enttäuscht wollte ich den Deckel gerade schließen, als ich weiter unten noch etwas Helles blitzen sah. Ich kramte mich bis dahin vor und fand einen Packen Briefe, die mit einem breiten weißen Samtband zusammengebunden waren. Wow! Worauf war ich denn da gestoßen? Schnell nahm ich das Päckchen an mich.

In meinem ganzen Körper kribbelte es, als hätten diese Briefe nur darauf gewartet, gefunden zu werden. Vergessen war der Grund, warum ich auf den Dachboden gestiegen war, selbst dass ich im Wohnzimmer ohne Vorhänge auf dem Präsentierteller sitzen würde, war mir nun egal. Ich drückte den Schatz an meine Brust, kletterte die Leiter wieder hinunter und schob sie anschließend mitsamt dem Deckel zurück in die Dachluke.

Wären nicht in dem Moment seltsame Geräusche aus der Küche zu mir vorgedrungen, hätte ich mich gleich ans Lesen gemacht. Stattdessen erstarrte ich zur Salzsäule. Verflucht! Warum hatte ich auch die Tür nicht hinter Fabian abgeschlossen?

Ich erwachte aus meiner Betäubung und stopfte die Briefe mit zitternden Händen in die nächstbeste Kommode. Dann sah ich mich panisch nach einer Art Waffe um. Mein Blick blieb an der Dachlukenstange hängen. Das würde gehen. Ich nahm sie verängstigt in beide Hände. In der Küche klapperte wieder etwas – oder jemand.

Mein Puls raste. Die Hände waren schweißnass und ich befürchtete, die Stange würde mir entgleiten. Also wischte ich sie erneut an meiner Hose ab.

Dann schlich ich weiter, holte tief Luft und drückte mit dem Fuß die angelehnte Küchentür auf. Der Sprung, der mich in den Raum beförderte, hätte jeder Stuntfrau Konkurrenz gemacht. Meine Waffe hielt ich über dem Kopf, entschlossen, sie zu gebrauchen.

Mein plötzliches Auftauchen ließ den Eindringling herumfahren. Ich verharrte mitten in der Bewegung. Er sah genauso aus wie die jüngere Ausgabe von Paps: groß, eine markante Nase – und das gleiche Haselnussbraun als Haarfarbe wie ich. Nur die grauen Augen hatte er wohl von seiner Mutter. Es war gar nicht lange her, als ich ihn das letzte Mal gesehen hatte – bei der Testamentseröffnung. Entsetzt starrte er mich an. »Willst du mich umbringen?« »Herrgott noch mal, Christopher!« Erst jetzt bemerkte ich, dass ich die Stange immer noch über meinem Kopf schwang. Schnell ließ ich meine Arme sinken. »Wenn du dich auch reinschleichst wie ein Einbrecher.«

»Hey, was heißt hier ›Einbrecher‹? Ist ja immerhin auch mein Haus.«

Das stimmte natürlich, aber er hätte trotzdem anrufen können.

»Du hast mir einen Mordsschrecken eingejagt«, gab ich zu.

Er lächelte. »Das wollte ich nicht. Ich dachte bloß ...« Er drehte sich wieder zur Arbeitsplatte. »Hier!« Christopher hielt mir eine Auflaufform mit Lasagne entgegen. »Dr. Klingmann hat mir verraten, dass du da bist – und ich dachte, ich könnte mit meiner kleinen Schwester ein paar nette Tage verbringen.«

Ich musste zugeben, die Brote, die ich zu Mittag hatte, waren längst verdaut, mein Magen fühlte sich an, als hätte er ein Loch. Und dort stand mein Bruder, dem ich um ein Haar eine Stange über den Kopf gezogen hätte, und reichte mir als Friedensangebot Lasagne. Wer würde da schon Nein sagen? Ich auf jeden Fall nicht.

Versöhnlich grinste ich ihn an. »Bist du dir sicher, dass das nicht bloß für eine Person gedacht ist?« Er kannte meinen sprichwörtlichen Bärenhunger noch nicht. Wenn es mir schmeckte, konnte ich riesige Mengen verschlingen.

Christophers Augen weiteten sich. »Sag mal, diese Portion könnte nicht mal ich allein essen. Und jetzt willst du mir allen Ernstes weismachen, du könntest die ganze Lasagne verdrücken? Und ich dachte, Mädels würden sich mit Spatzenportionen zufriedengeben.«

Ich verdrehte die Augen. »Männer! Hast wohl bisher die falschen Mädchen getroffen. Ich entspreche dann wohl eher nicht diesem Klischee.«

Mein Bruder lachte. »Offensichtlich. Und das ist gut so.« Er schob das Essen in den Backofen und schaltete ihn ein. »Wie ich sehe, warst du schon echt fleißig.«

»Ähm ... danke. Also ... dann geh ich mich mal schnell umziehen«, murmelte ich verlegen. Ich hatte ganz vergessen, dass ich noch immer das Tuch aufhatte. Außerdem waren meine Shorts durch die Putzaktion und meinen Ausflug auf den Speicher ziemlich dreckig geworden. Auch das weiße T-Shirt hatte überall Flecken.

»Mach das. Eine Dusche könnte dir ebenfalls nicht schaden.« Er deutete auf mein Gesicht.

Na wunderbar! Da traf ich meinen Bruder nach Ewigkeiten das erste Mal so richtig wieder und dann sah ich aus wie ein Staubwedel.

Während ich mich wusch und anschließend frische Klamotten anzog, hörte ich Christopher in der Küche herumwerkeln. Ich horchte in mich hinein, welche Empfindungen seine Anwesenheit in mir hervorrief. Eigentlich hatte ich mich darauf eingestellt, das Ferienhaus ganz für mich allein zu haben. Aber Christopher war mein Bruder – gut, Halbbruder. Allerdings hatte das »Halb« für mich noch nie einen Unterschied gemacht. Wir waren früher schon sehr vertraut miteinander gewesen und daran hatte sich, wie ich zu meiner Freude feststellen musste, bis heute anscheinend nichts geändert. Und das, obwohl wir uns in den letzten Jahren nur so selten gesehen hatten. Als Kind hatte ich ihn vergöttert – er war mein Vorbild gewesen, dem ich nachgeeifert hatte. Ich wollte auf dieselben hohen Bäume klettern und genauso weit ins Meer hinausschwimmen wie er. Einmal musste mich Christopher aus dem Wasser retten, weil mich die Strömung abgetrieben hatte und meine Kraft nicht mehr zum Zurückschwimmen reichte. Damals war ich sieben und er zehn. Es war unser letzter gemeinsamer Sommer hier auf Riedeshagen gewesen. Wir hatten niemandem davon erzählt. Tante Helene hätte uns sonst bestimmt nicht mehr an den Strand gehen lassen. Wir hatten ohnehin alle unsere Überredungskünste aufbringen müssen, damit sie uns nicht begleitete – und wir hatten ihr hoch und heilig schwören müssen, nur bis zur Brust ins Wasser zu gehen. Natürlich hätten wir ihr alles versprochen, was sie von uns verlangte, um ihrer Aufsicht zu entkommen. In manchen Dingen war sie nämlich eine schlimmere Glucke als Mom – die ortsansässigen Kinder spöttelten bereits, weil sie ständig an uns klebte.

Also Alleinsein hin oder her: Die Freude über Christophers Ankunft überwog bei Weitem.

Ein Klopfen an der Zimmertür unterbrach meine Gedanken. »Leni, das Essen ist fertig.«

»Ich komme gleich«, gab ich zurück und rubbelte mit dem Handtuch mein Haar ab.

Wenig später saß ich in der Küche, auf dem Stuhl, den ich mir auch früher immer ausgewählt hatte. Vor mir stand ein Teller mit heißer Lasagne, die köstlich duftete. Christopher hatte zu der mitgebrachten Lasagne den Salat, den ich gekauft hatte, zubereitet.

»Hau rein!«

Das ließ ich mir nicht zweimal sagen. Heißhungrig machte ich mich über das Essen her.

Mein Überraschungsgast brachte mich jedoch in eine Zwickmühle: Ich hätte gern den Abend mit ihm verbracht, schließlich hatten wir uns eine Menge zu erzählen. Aber mein Herz zog mich auch zu Fabian hin. Zwar hatte ich ihm nicht fest zugesagt, wahrscheinlich würde er dennoch auf mich warten und womöglich enttäuscht sein, wenn ich nicht kam.

Christopher merkte, dass ich immer wieder verstohlen auf die Uhr blickte. »Hast du noch etwas vor?«

Ich druckste ein wenig herum, ehe ich mit der Sprache herausrückte. »Also ... ich ... ehrlich gesagt, ja.« Dann schob ich entschuldigend hinterher: »Ich wusste ja nicht, dass du kommst.«

»Mach dir bloß keine Gedanken deswegen«, gab Christopher zurück und beruhigte mich ein wenig. »Ich hatte ohnehin einen anstrengenden Tag und werde bald ins Bett gehen.«

Erleichtert sprang ich auf und zeigte ihm, wo die Bettwäsche aufbewahrt wurde. Dann verabschiedete ich mich von meinem Bruder. »Sehen wir uns beim Frühstück?«

Er nickte. »Aber nicht vor zehn. Wenn ich schon mal ausschlafen kann ...«

Ich nahm mir fest vor, Christopher mit einem richtig tollen Frühstück dafür zu entschädigen, dass ich ihn gleich an seinem ersten Abend in Riedeshagen allein ließ.

Schnell machte ich mich ausgehfertig. Ich war gespannt, wie Fabian auf die neue Entwicklung reagieren würde. Schließlich waren er und mein Bruder, so wie ich es in Erinnerung hatte, dicke Freunde gewesen. Ich ertappte mich dabei, wie ich erneut ein schlechtes Gewissen bekam. Eigentlich hätte ich Christopher von meinem Treffen mit Fabian erzählen müssen. Sicherlich hatten sie sich auch länger nicht gesprochen. Andererseits würde sich ein Wiedersehen ohnehin in den nächsten Tagen ergeben. Als ich das Haus verließ, fiel mein Blick auf den knallgelben Sportwagen vor der Tür. Der konnte nur Christopher gehören. Cool! Wir mussten unbedingt mal eine Spritztour machen, ich hatte noch nie in einem Cabrio gesessen. Mir gefiel es immer besser, dass mein Bruder in Riedeshagen aufgetaucht war.

In der Pizzeria war die Hölle los. Fabian begrüßte mich mit einem kleinen Wangenküsschen und dirigierte mich zielstrebig zur Theke. Hinter der Bar stand heute seine Mama, die mich als Erstes in eine herzliche Umarmung zog. Während Fabian schon wieder davonsauste, unterhielten wir uns. Irgendwann steckte auch Fabians Papa seinen Kopf aus der Küche und warf mir lächelnd eine Kusshand zu. Jetzt wusste ich auch wieder, woher Fabian seinen Charme hatte. In meinem Bauch breitete sich ein warmes Gefühl aus. Trotz des Trubels fühlte ich mich hier fast schon wie zu Hause.

Tatsächlich dauerte es noch fast zwei Stunden, bis der letzte Gast gegangen war. »Puh!«, stöhnte Fabian. »Tut mir leid, aber in der Gastronomie passiert das ständig. Man weiß nie, wie lange man bleiben muss.« Als er sich gerade daranmachen wollte, die Tische zu säubern, ging sein Vater dazwischen: »Wie lange willst du deine Freundin eigentlich noch warten lassen, Scemo!«, rief er übertrieben empört und zwinkerte mir dabei zu. »Papa hat recht, den Rest schaffen wir auch allein. Habt viel Spaß, ihr beiden«, bekräftigte nun auch Fabians Mutter. Ihre Lippen umspielte ein vielsagendes Lächeln.

Fabian verdrehte nur entnervt die Augen und holte schnell seine Jacke, während ich mich von seinen Eltern verabschiedete. Ich musste ihnen versprechen, jeden Tag vorbeizuschauen. Dann verließen wir das Lokal. »Tut mir leid, meine Eltern sind manchmal ...«, setzte Fabian zu einer Entschuldigung an.

Mit einer raschen Handbewegung unterbrach ich ihn. »Schon gut, du müsstest mal meine Mom hören!« In Wahrheit freute ich mich, dass Fabians Eltern mich als seine Freundin betrachteten.

Bisher war eindeutig zu viel los gewesen, deshalb hatte ich ihm noch nichts von Christopher erzählt. Das holte ich nun nach.

»So, so«, sagte Fabian, nachdem er mir zugehört hatte. »Und da bist du gar nicht daheimgeblieben? Ihr habt sicher eine Menge zu bequatschen. Wie lange hattet ihr keinen Kontakt?«

»Zehn Jahre, in etwa. Bei der Testamentseröffnung vor drei Monaten habe ich ihn gesehen, aber da haben wir außer ›Hallo‹ und ›Wie geht's?‹ nichts miteinander gesprochen. Ich glaube, er hatte es eilig. Ist schon komisch, plötzlich wieder einen Bruder zu haben.«

Überrascht bemerkte ich, dass Fabian nicht den Weg zum Strand einschlug. »Wo gehen wir hin?«, fragte ich ihn.

»Nirgendwohin. Wir sind schon da«, antwortete er lachend und deutete auf ein Motorrad, das am Straßenrand stand. »Ich dachte, ich bringe dich heute damit nach Hause.« Mit blitzenden Augen grinste er mich an. In meinem Kopf machte es nur »Oh Gott, ogottogott«.

Ich hatte in meinem ganzen Leben noch nie auf einem Motorrad gesessen, nicht einmal auf einem stehenden. Und jetzt sollte ich auf diesem Gerät durch die Gegend sausen? Wie schnell fuhr so ein Ding überhaupt? Verunsichert biss ich mir auf die Lippen.

Fabian hätte wohl eine andere Reaktion von mir erwartet. »Hast du etwa Angst?«
Unschlüssig trat ich von einem Fuß auf den anderen und blickte zu Boden. Sicher hatte ich Angst. Nur würde ich das vor Fabian niemals zugeben.
»Wir können natürlich auch laufen, ich dachte mir bloß, es würde dir Spaß machen«, fügte Fabian hinzu, da ich ihm eine Antwort schuldig blieb. Ermunternd hielt er mir einen zweiten Helm hin.
Trotzig reckte ich das Kinn vor, riss ihm beinahe den Helm aus der Hand und setzte ihn auf. »Aber ich sag dir gleich, ich habe das noch nie vorher gemacht. Worauf muss ich achten?«
Fabian grinste. »Keine Sorge, deine einzige Aufgabe ist es, dich gut an mir festzuhalten.«
Ich erwiderte sein Lächeln. »Okay, ich denke, das schaff ich.«
Elegant schwang Fabian sich auf sein Gefährt, ich kletterte hinter ihn auf die Sitzbank und umklammerte mit beiden Armen seine Taille. Wenige Augenblicke später brausten wir los. Ich hätte nicht gedacht, dass mir Motorrad fahren tatsächlich Spaß machen könnte. Tat es aber. Doch das lag mit Sicherheit daran, dass ich Fabian noch nie so nahe gewesen war.
Ich hatte schon befürchtet, er würde mich tatsächlich gleich nach Hause bringen, und freute mich umso mehr, dass wir nicht den direkten Weg nahmen, sondern noch ein bisschen in der Gegend rumfuhren. Als wir schließlich in meine Straße einbogen, entdeckte Fabian Christophers Wagen und pfiff durch die Zähne. »Da kann ich mit meinem Gefährt natürlich nicht mithalten.«
»Ich würde sagen, deins ist ein bisschen weniger ... prot-

zig«, gab ich zurück. »Außerdem bin ich ab sofort Motorrad-Fan-Girl.«

Lachend gab mir Fabian ein Küsschen auf die Wange. »Du bist süß. Übrigens komme ich morgen wegen des Fahrrads vorbei. Ich habe den Freund meines Vaters beschwatzt und ihm eine Gratispizza versprochen, wenn er mir hilft.«

»Danke!«, rief ich und strahlte ihn an. In Gedanken fügte ich hinzu: Du bist auch süß, aber laut traute ich mich nicht, das auszusprechen. Eine Mutprobe am Tag reichte mir.

Christopher war schon im Bett und ich verschwand auch gleich im Badezimmer. Während des Zähneputzens fiel mir siedend heiß ein, dass ich vergessen hatte, Mom anzurufen. Na toll! Jetzt war es wohl zu spät, trotzdem versuchte ich es, rechnete aber damit, dass ich nur die Mailbox erwischen würde. Doch sie hob sofort ab. »Alles in Ordnung? Ich saß hier schon wie auf glühenden ...«, sagte sie atemlos.

»Jaja«, unterbrach ich sie schnell. »Entschuldige, ich hatte so viel zu tun und ...« Ich senkte die Stimme, um Christopher nicht zu wecken. Wir plauderten etwa zehn Minuten. »Übrigens bin ich gar nicht allein«, schloss ich meinen Tagesbericht.

»Ach was?! Leisten dir tatsächlich die Gartenelfen von Tante Helene Gesellschaft?«

»Nein, die habe ich noch nicht getroffen, aber Christopher ist heute aufgetaucht.« Dass ich ihm beinahe eine Stange über den Kopf gezogen hatte, verschwieg ich lieber.

»Oh ...« Sie räusperte sich leise. »Ist das okay für dich? Ihr habt euch lange nicht mehr richtig gesehen und –«

»Mom!«, fiel ich ihr lachend ins Wort. »Warum soll es

denn nicht okay sein? Er hat sogar Lasagne für uns mitgebracht.«

Verstand einer die Mütter. Eigentlich sollte sie froh sein, dass mein großer Bruder ab jetzt ein wenig auf mich aufpasste. War sie anscheinend auch, denn sie schob gleich ein versöhnliches »Dann ist ja gut, Liebes« hinterher.

»Leni«, sie hielt kurz inne, »sag mal, hat sich Frau Brünjes eigentlich schon gemeldet? Das ist die Nachbarin, die ab und zu nach dem Rechten sehen wollte.«

»Nein, nicht, dass ich wüsste, Mom. Aber ich bin ja auch viel unterwegs.«

»Seltsam. Ich versuche, sie noch mal zu erreichen.«

Ich seufzte. War ja klar, dass sie in diesem Punkt nicht lockerlassen würde. Insgeheim hatte ich gehofft, dass sie es vor lauter Arbeitsstress vergessen hätte. Aber nicht Mom! Als kleine Strafe erzählte ich ihr von der Motorradtour und schmückte manches Detail noch ein wenig aus. Wie erwartet schluckte sie und meinte: »Du hattest aber einen Helm auf, hoffe ich.«

»Ja, Mom.«

»Und ihr fahrt nicht schnell?«

»Nein, Mom, bestimmt nicht.« Dann verabschiedete ich mich, ehe ihr noch mehr gute Ratschläge einfielen. Wirklich, ich mochte meine Mom, aber heute hatte ich gehörig die Nase voll von ihrem Rumgeglucke.

Kapitel 5

In der Früh stand ich schon um halb zehn auf, um wie versprochen das Frühstück zu machen. Da ich selbst keine Kaffeetrinkerin war, hatte ich auch keinen gekauft. Ich hoffte einfach, Christopher würde sich für den Moment mit Tee zufriedengeben.

Gerade war ich dabei, Rührei zuzubereiten, als mein Bruder in die Küche kam.

»Oh Mann, das duftet verdammt gut. Wie lief dein Date gestern Abend?«

»War super! Fabian hat mich mit dem Motorrad nach Hause gebracht. Du hast ein cooles Auto, meint er.«

»Fabian also. Wir haben uns alle lange nicht mehr gesehen, hm?« Christopher lächelte in sich hinein. Dann fügte er hinzu: »Das Auto war ein Geschenk von Vater. Für mein bestandenes Abitur.«

Gegen den Stich in meinem Herzen, den seine letzten Worte bei mir auslösten, konnte ich nichts machen. Auf das Auto war ich bestimmt nicht neidisch. Ich hätte eh nicht gewusst, was ich in der Großstadt damit anfangen sollte. Überhaupt ging es mir nicht um Geschenke. Wir waren nicht reich, Mom und ich, aber zufrieden. Es machte mich einfach nur traurig, dass mein Vater offenbar vergessen hatte, dass er nicht bloß einen Sohn, sondern auch noch eine Tochter besaß. Zu meinem letzten Geburtstag hatte er mir nicht mal gratuliert.

Doch ich schluckte die Verbitterung herunter und lächelte Christopher an. Er konnte ja schließlich nichts für unseren Vater.

»Du, ich habe nur Tee«, wechselte ich unverfänglich das Thema.

»Tee ist super. Kaffee trink ich ohnehin zu viel und er tut mir nicht gut«, antwortete Christopher. Ich war mir nicht ganz sicher, ob er das nur sagte, um mich nicht zu enttäuschen.

Immerhin schien ihm mein Frühstück zu schmecken. Er nahm sich eine zweite Portion vom Rührei und trank ebenfalls eine weitere Tasse Tee.

»Und was hast du heute vor?«, fragte er, nachdem er fertig gegessen hatte.

Ich zuckte mit den Achseln. »Mal sehen. Im Garten ist ja genug zu tun. Und ich habe Farbe für die Laube gekauft. Kennst du dich mit Pflanzen aus?«

»Ein bisschen«, gab er zu und überraschte mich mit dieser Antwort. Meine Frage war eher pro forma gewesen. Dass Christopher sich für Pflanzenkunde interessierte, hätte ich nicht von ihm gedacht.

»Vielleicht kannst du mir dann zeigen, was Unkraut ist und was nicht. Ich habe nämlich null Ahnung.«

»Mach ich«, versprach er, streckte sich und seufzte wohlig. »Weißt du, ich freue mich schon richtig darauf, im Garten zu arbeiten. Kannst du dich noch an unsere Schatzsuche erinnern, bei der wir den Rasen umgegraben haben?«

Ich lachte. »Oh ja! Tante Helene hat fast einen Herzinfarkt bekommen. Und dann mussten wir zur Strafe weiterschaufeln und sie hat dann Gemüsebeete angelegt.«

Christopher wurde ernst. »Ja, sie war eine tolle Frau, nicht wahr?«

Ich stimmte ihm zu und stand auf, um den Abwasch zu

51

erledigen. Blöd, dass es keine Spülmaschine gab, da machte das Kochen nur halb so viel Spaß.

Mein Bruder verschwand währenddessen in den Garten, wahrscheinlich um sich schon mal einen ersten Überblick zu verschaffen, welche Kräuter dort wuchsen. Ich war gerade dabei, die letzte Gabel abzutrocknen, als ich Fabians Stimme draußen hörte. Er unterhielt sich mit Christopher. Schnell ließ ich Gabel und Geschirrtuch fallen und trat ebenfalls hinaus.

»Hi!«, rief ich Fabian zu. »Wo hast du Einstein gelassen?«

»Selber hi. Einstein ist zu Hause.« Er hielt zwei Fahrradreifen hoch. »Schau, die hab ich dir mitgebracht.«

Ich klatschte begeistert in die Hände und sauste in den Schuppen, um den alten Drahtesel zu holen. Während Christopher sich dem Urwald im Garten widmete, ging ich Fabian beim Reifenwechsel zur Hand.

»Okay, jetzt versuch es mal«, sagte er schließlich, stand aus der Hocke auf und wischte sich die schmutzigen Hände an einem Putzlappen ab.

Stolz schob ich das Rad auf die Straße, setzte mich drauf und fuhr los. Ich drehte eine Runde, kam atemlos vor dem Haus an und stieg ab.

»Cool! Fährt sich echt gut.«

»Die Höhe des Sattels stimmt nicht ganz. Die Kette muss ich noch ölen und auch die Bremsen gehören neu angezogen – aber grundsätzlich steht einem Radausflug nichts mehr im Weg.«

Ich strahlte ihn an. »Ehrlich?« Der Tag war dafür wie gemacht, es würde sonnig werden.

»Hast du gemeint, ich würde das Rad reparieren, damit du bloß einmal die Straße rauf und runter fahren kannst?«

»Nein, ich dachte mir eher, dass ich dich damit durch die

Gegend kutschieren kann, wenn dir mal der Sprit für dein Bike ausgeht«, gab ich zurück. »Wo hast du es überhaupt und wohin wollen wir?« Aufgeregt hüpfte ich auf und ab.

»Wohin du willst – und ich habe das Motorrad natürlich daheim stehen lassen und bin auch mit dem Rad da. Wäre ja sonst unfair«, meinte Fabian.

Ich dachte kurz nach. »Okay, dann möchte ich ein wenig in der Gegend herumkurven und du zeigst mir, was Riedeshagen heutzutage zu bieten hat.«

Fabian grinste. »Na, ob wir das alles an einem einzigen Tag schaffen?«

Mit einem Zwinkern entgegnete ich: »Wird sicher knapp, bei den Unmengen an Freizeitattraktionen. Aber mit dem fast neuen Fahrrad klappt das schon.«

Ich wechselte schnell die Flip-Flops gegen meine Sneaker und gab Christopher Bescheid, dass ich mit Fabian unterwegs sein würde. »Warte nicht mit dem Mittagessen auf mich«, rief ich ihm noch zu, ehe wir uns auf die Räder schwangen und losfuhren.

Fabian wäre mit seinem natürlich viel schneller gewesen als ich, aber er blieb an meiner Seite und bemühte sich um ein extralangsames Tempo. Wir waren etwa vierzig Minuten unterwegs, als er an einem verwilderten, eingezäunten Grundstück anhielt und vom Rad stieg. Ich tat es ihm gleich. »Signorina, hier also der wunderbare, einmalige, weil einzige Leuchtturm in der Umgebung.«

»Kann man da rein?«, fragte ich. In diesem Leuchtturm war ich tatsächlich noch nie zuvor gewesen. Oder ich erinnerte mich nicht daran.

Fabian zwinkerte mir zu. »Chissá.« Als er mein verständnisloses Gesicht sah, übersetzte er: »Mal sehen. Komm mit!« Wir lehnten die Räder an den Drahtzaun und er nahm wie selbstverständlich meine Hand. »Letztes Jahr war's noch möglich.« Meine Hand kribbelte. Um nichts auf der Welt hätte ich seine losgelassen. Dieser Ausflug begann schon ziemlich vielversprechend.

Er führte mich zu der Rückseite des Grundstücks, dort bückte er sich und bog die langen Grashalme zur Seite. »Na, bitte!«

Im Drahtzaun war an der Stelle ein Loch, er hielt mir die Lücke auf und ließ mich hindurchkriechen. Dann kam er auf allen vieren nach.

»Du kommst wohl öfter hierher?« Ich konnte mir nicht helfen, aber mich beschlich das starke Gefühl, dass ich nicht die Einzige war, der er den Leuchtturm bisher gezeigt hatte. Woher sonst hätte er von dem Loch im Zaun gewusst?

Fabian ging auf meine Frage nicht ein, sondern nahm mich erneut an die Hand. Ich entwand mich ihm jedoch nach kurzer Zeit und gab vor, den Schmutz auf meinen Handflächen abzurubbeln. Meine veränderte Stimmung schien er allerdings nicht einmal zu bemerken. Er stand bereits an der Tür zum Turm. »Mist«, entfuhr es ihm, als er feststellte, dass sie mit einem Schloss versehen war. »Das war damals noch nicht da.«

»Schade«, gab ich halbherzig zurück. In Wahrheit hatte ich jede Lust verloren, ins Innere hineinzuschauen. Wir machten noch einen Rundgang, ich schoss ein paar Fotos, um sie Paula und Mom zu schicken, und dann verließen wir das Grundstück auf demselben Weg, wie wir gekommen waren.

Als wir uns auf unsere Räder setzten, fragte er: »Und jetzt?«

»Keine Ahnung, was schlägst du vor?«

»Ich hätte Lust auf ein Eis. Was meinst du?«
Sofort stimmte ich zu. Ich wollte so bald wie möglich wieder fahren, dann würde er sich nicht wundern, dass ich nicht mit ihm sprach, weil ich sicher die Puste zum Radeln brauchte. Außerdem brannte die Sonne mittlerweile ziemlich stark vom Himmel herunter und mir war echt heiß geworden.
    Wir schlugen wieder die Richtung nach Riedeshagen ein. Während der Fahrt dachte ich über meine zwiespältigen Gefühle zu Fabian nach. Wobei: Waren sie das wirklich? Zwiespältig? Oder eher ganz eindeutig?
    Als wir beim Eissalon ankamen, sah ich etwas klarer. Scham erfüllte mich und ich versuchte, sie Fabian nicht zu zeigen. Es war schon ziemlich blöd von mir gewesen, zu erwarten, dass ich eine Art Sonderstellung bei Fabian hätte. Ich wusste doch nicht einmal, ob er nur nett zu mir war, weil wir uns von früher kannten oder weil er wirklich auf mich stand. Er hatte an unserem ersten Abend gesagt, ich wäre wie eine kleine Schwester für ihn. Womöglich sah er in mir tatsächlich nicht mehr. Ich hatte kein Recht, eifersüchtig zu sein, und ich war froh, dass ich die Röte in meinem Gesicht auf die Hitze schieben konnte.
    Tja, und wenn ich schon dabei war, ehrlich zu mir selbst zu sein, musste ich mir eingestehen, dass zumindest meine Gefühle für ihn alles andere als geschwisterlich waren.

Wir setzten uns an einen Tisch. »Du bist so still«, stellte Fabian prompt fest.
    Ich aß einen Löffel von meinem Schokoeis, um ihm nicht gleich antworten zu müssen.
    Sein Blick ruhte erwartungsvoll auf mir. Es blieb mir nichts anderes übrig, als das Eis runterzuschlucken. »Es ist

nur ...«, fing ich an und überlegte fieberhaft, was ich ihm sagen sollte. Ich seufzte. Nein, ich konnte ihm doch nicht offenbaren, dass ich mich in ihn verliebt hatte. Nicht, solange ich mir nicht sicher war, dass er mehr für mich sein wollte als bloß ein Kumpel. Also setzte ich ein munteres Lächeln auf und hielt ihm mein Eis hin. »Magst du mal kosten? Die Radfahrerei war ganz schön anstrengend, bei der Hitze und so. Aber jetzt geht's schon wieder.«

»Oh. Okay, entschuldige, ich hätte ein langsameres Tempo einschlagen müssen.« Er kostete mein Eis und ließ mich von seinem probieren. Nachdem wir unsere Becher weggeputzt hatten, fragte er: »Sollen wir zurück oder willst du weiter?«

»Weiter«, sagte ich. Ich fürchtete, er würde sich gleich verabschieden, wenn er mich erst nach Hause gebracht hätte.

Wir schwangen uns auf die Fahrräder. »Wohin wollen wir denn?«, schnaufte ich wenig später, weil es bergauf ging und ich wieder ordentlich in die Pedale treten musste.

Fabian drehte sich kurz zu mir um und drosselte seine Geschwindigkeit. »Gleich wird's besser, es ist nur das kurze Stück. Wir fahren rüber auf die Ferieninsel.«

Dort war ich natürlich als Kind schon gewesen, hatte aber nicht das Gefühl gehabt, richtig willkommen zu sein. Die Feriengäste blieben lieber unter sich. Alles war furchtbar nobel. Auch heute reizte mich der Besuch nicht wirklich. Allerdings war ich davon überzeugt, dass Fabian mich nicht ohne Grund dorthin schleppte. Und ich wollte doch jede Minute an seiner Seite auskosten.

Vor der Brücke, die auf die Insel führte, blieb er stehen. »Wusstest du, dass dieser Übergang hier ganz anders geplant war?«

Ich schüttelte den Kopf.

»Ein ziemlich tragischer Unfall. Die erste Brücke ist eingestürzt und fünfzehn Leute sind dabei gestorben – hat mir mein Großvater erzählt.«

»Echt? Klingt ja furchtbar! Und dann haben sie an der gleichen Stelle einfach eine zweite Brücke gebaut?«

»So ziemlich.« Er zeigte auf einen der Pfeiler. »Schau, hier sind die Namen der Toten eingraviert. Es ist eine Art Gedenkstein.«

Ich starrte auf die Brücke und musste ein Schaudern unterdrücken. Die armen Menschen! Ob sie wussten, dass sie sterben würden? Oder war es so schnell gegangen, dass sie es gar nicht mitbekommen hatten? Ich hoffte das Zweite. Meine Augen wanderten von der Stahlkonstruktion auf die Tafel mit den Namen der Opfer. Marianne Winkler, Thomas Winkler. Siegrid Holzmann, Hans-Peter Stein ... Ulrike Schönbeck ... was? Ich las den letzten Namen noch einmal. Ulrike Schönbeck. Mein Vater hieß Schönbeck. Ob das eine Verwandte von uns gewesen war?

Ich deutete auf die Gravur. »Ist Schönbeck ein häufiger Namen in Riedeshagen?«

Fabian zuckte mit den Achseln. »Meines Wissens nicht. Aber viele sind weggezogen. Warum?«

»Paps heißt so«, antwortete ich tonlos. Meine Stimme war zu einem Hauch geworden. Ich konnte mir selbst nicht erklären, warum es mich so mitnahm, den Familiennamen meines Vaters auf dieser Tafel zu lesen. Ob Christopher etwas darüber wusste? Soweit ich mich erinnern konnte, hatte keiner in der Familie je eine Ulrike erwähnt. Aber das hieß nicht viel. Über so manches wurde geschwiegen – das war einer der Gründe, warum sich meine Mom von Paps getrennt hatte. Sie meinte, die Hälfte der Zeit, in der sie mit meinem Vater zusammen war, hätte sie Selbstgespräche führen müssen.

Fabian war wieder auf sein Rad gestiegen. »Kommst du?«

»Nein, ich will da nicht mehr rüber. Können wir bitte wieder zurückfahren?«

»Ich hab dir doch keine Angst eingejagt, oder? Die Brücke ist total sicher, du brauchst dir wirklich keine Sorgen zu machen.«

»Das ist es nicht. Schließlich steht sie schon seit ... wie lange? Fünfzig Jahren? Da wird sie nicht ausgerechnet unter unserem Gewicht zusammenbrechen. Es ist nur ... ach, ich weiß nicht. Ich möchte Christopher fragen, ob er von einer Ulrike Schönbeck schon mal gehört hat.«

»Es sind ein bisschen mehr als fünfzig Jahre. Und seitdem sind bestimmt hunderttausend Leute drübergefahren. Lkws, Bagger ... die hält schon was aus ...«

Ich unterbrach ihn genervt: »Ich sagte ja schon, dass ich keine Angst habe. Ich will einfach nach Hause.«

Beschwichtigend hob Fabian beide Hände. »Okay, schon gut.«

Den Rest des Weges legten wir schweigend zurück. Ich hing meinen Gedanken nach und überlegte, ob es sich vielleicht um eine zufällige Namensgleichheit handeln könnte, verwarf diese Idee aber schnell wieder. Erst als wir beim Haus angelangt waren und Fabian sich verabschiedete, wurde ich wieder zurück in die Wirklichkeit katapultiert.

»Tschüss«, sagte ich mechanisch, doch wahrscheinlich hatte er es gar nicht mehr gehört. Überhaupt hatte seine Stimme, wie ich fand, ein wenig kühl geklungen. Auf die Wange geküsst, wie sonst immer, hatte er mich auch nicht.

Na, toll! Hatte ich ja gut hinbekommen, ihn zu vertreiben.

Kapitel 6

Nachdem ich mein Rad in den Schuppen gestellt hatte, trat ich deprimiert in die Küche. Christopher werkelte schon wieder herum. Bei meinem Anblick lächelte er. »Hi, hattest du einen schönen Tag?«
Ich zuckte mit den Achseln. »Geht so. Sag mal, kochst du da was?« Schlagartig hellte sich meine Stimmung auf.
»Ich dachte, du würdest hungrig sein, wenn du heimkommst«, entgegnete Christopher. »Es gibt Gemüseeintopf mit frischen Gartenkräutern.«
Am liebsten wäre ich ihm um den Hals gefallen und deckte schnell den Tisch. Wenig später senkten wir unsere Löffel in die dampfenden Teller.
Das Essen schmeckte so köstlich, wie es duftete. Ich war beeindruckt von Christophers Kochkünsten. Das sagte ich ihm auch. Danach räumte ich den Tisch ab und ließ das Wasser ins Spülbecken laufen. Mein Bruder schnappte sich ein Wischtuch und wartete bereitwillig auf das erste saubere Geschirr.
»Übrigens«, sagte er grinsend, »heute war eine Frau Brünjes hier und wollte wissen, ob es uns gut geht.« Er ließ vielsagend die Augenbrauen tanzen.
»Ach, die hat Mom hergeschickt, um nach mir zu sehen. Was hast du ihr gesagt?«
»Dass es uns bestens geht und sie sich keine Sorgen machen braucht. Schließlich passe ich nun auf dich auf.«
»Und das hat sie dir abgekauft?«, fragte ich lachend.

»Was soll das heißen?«, rief er empört. »Sorge ich etwa nicht gut für dich?«

»Doch, doch!«, beeilte ich mich zu versichern. »Aber Christopher ...«, ich wurde wieder ernst. »Kann ich dich mal was ganz anderes fragen?«

Ich hatte seit dem Besuch der Brücke an Ulrike Schönbeck denken müssen und wollte meinen Bruder nun unbedingt auf sie ansprechen – Frau Brünjes hin oder her.

»Klar, was immer du willst – das heißt ja nicht, dass ich auf alles antworten muss. Außerdem kannst du ruhig Chris zu mir sagen, meine Freunde nennen mich alle so.«

Seltsamerweise freute ich mich über sein Angebot, denn das bedeutete, dass er mich auch als Freundin betrachtete.

»Ich war heute mit Fabian bei der Brücke. Wusstest du, dass die erste, die dort stand, eingestürzt ist?«

Chris nickte. »Hab davon gehört, ja.«

»Ich wusste es nicht, aber egal. Hast du schon mal die Gedenktafel gelesen?«

»Nee, die hat mich, ehrlich gesagt, nie wirklich interessiert. Ist einfach schon zu lange her.«

Ich drehte mich zu ihm um. »Sagt dir der Name Ulrike Schönbeck etwas?«

»Eine Verwandte von uns?«

»Das weiß ich eben nicht. Ich hatte gehofft, du könntest es mir sagen.« Frustriert blies ich die Luft aus meinen Wangen und mit ihr den Schaum vom Spülmittel hoch. »Hat Paps nie etwas über seine Kindheit erzählt?«

Die Miene meine Bruders verdüsterte sich. »Du kennst ihn doch. Er erzählt kaum etwas – das wenige, was ich weiß, hab ich von Tante Helene.«

Entschlossen stemmte ich meine nassen Hände in die Hüften. »Gut, dann sprechen wir ihn direkt auf Ulrike an.«

60

»Du kannst es ja gern versuchen, aber jetzt frage ich dich mal was.«

Ich blickte ihn auffordernd an.

»Was ist mit dieser Ulrike überhaupt – abgesehen davon, dass sie womöglich mit uns verwandt ist?«

Mit einem leisen Plopp zog ich den Stöpsel aus der Spüle und sah zu, wie das Wasser und der Schaum gurgelnd im Abfluss verschwanden. Langsam trocknete ich mir die Hände an einem Küchenhandtuch ab. Dann erst antwortete ich auf Chris' Frage.

»Ulrike Schönbeck ist bei dem Brückeneinsturz ums Leben gekommen.«

Christopher nickte nachdenklich, erwiderte jedoch nichts mehr darauf.

Nachdem die Küche aufgeräumt war, rief ich Mom an. Sie arbeitete noch, deshalb hielten wir uns kurz. Ich erzählte ihr schnell von Frau Brünjes Besuch, damit sie endlich zufrieden war. Dann setzte ich mich zu Christopher ins Wohnzimmer. Er hatte seinen Laptop eingeschaltet.

»Arbeitest du?«, fragte ich neugierig. Mir war nach Reden zumute. Ich kannte ihn so wenig. Nicht einmal, was er beruflich tat, wusste ich. Mit dem Kochen hatte er mich überrascht, dabei war das eine echte Gemeinsamkeit. Jetzt wollte ich herausfinden, ob es noch mehr Ähnlichkeiten zwischen uns gab.

Chris hob den Blick und sah mich über den Notebook-Deckel hinweg an. »Ja, ein bisschen.«

»Was machst du genau?«

»Ich bin Juniorchef in der Firma unseres Vaters«, antwortete er knapp.

Paps hatte eine Softwarefirma. Soweit ich informiert war,

entwickelte er Programme, mit denen man schadhafte Dateien wieder reparieren konnte. Chris war nun also in seine Fußstapfen getreten. Warum wusste ich nur so wenig über das Leben der beiden?

»Macht es dir Spaß?«

Erneut sah er auf. »Es geht so. Ich wäre lieber Landschaftsgärtner geworden. Aber jemand muss schließlich die Firma weiterführen. Es hätte schlimmer kommen können.«

Na ja, glücklich hörte sich das nicht an. Gärtner war sein Traumberuf? Daher kannte er sich also mit Pflanzen so gut aus. »Und hast du eine feste Freundin?«, fragte ich weiter.

Chris seufzte. »Nein, hab ich nicht. Leni, ich würde jetzt wirklich gern das hier«, er deutete mit dem Kopf zu seinem Laptop, »fertig machen.«

»Oh, natürlich, ... tut mir leid.« Da hatte ich wohl einen ziemlich ungünstigen Moment erwischt. Egal, ich würde mir einfach ein Buch holen oder ... die Briefe. An die hatte ich den ganzen Tag nicht mehr gedacht.

Ich stand auf – und plumpste postwendend zurück auf die Couch. Mir war auf einmal furchtbar schwindlig.

Mein Bruder sah mich alarmiert an. »Alles in Ordnung mit dir? Du wirkst so blass.«

»Ich weiß auch nicht. Mir ist plötzlich gar nicht gut.«

Sofort war Chris bei mir und half mir hoch. »Ich bring dich in dein Zimmer. Kann es sein, dass du zu viel Sonne erwischt hast?«

Ich dachte an meinen Radausflug mit Fabian. Es war heiß gewesen. Durch den Fahrtwind und die Brise, die an der Ostsee immer wehte, hatte ich die Hitze wohl unterschätzt. Ich brachte ein klägliches Nicken auf Christophers Frage zustande, da schoss mir ein stechender Schmerz durch den Kopf.

»Das nächste Mal musst du dir unbedingt eine Kopfbedeckung aufsetzen«, befand er.

»Ja, Mama«, gab ich leise zurück. Hätte ich mich bloß nicht so schwach gefühlt. Chris verhielt sich ja schlimmer als meine Mom! Ohne Frage war ich jedoch froh, als ich auf ihn gestützt endlich mein Bett erreichte. So wie ich war, legte ich mich hin. Christopher ließ mich allein und erst nach einer Weile schaffte ich es, mich aufzuraffen, um mir einen Pyjama anzuziehen. Diese einfache Tätigkeit raubte mir die restliche Energie – und davon schien ohnehin kaum mehr etwas übrig.

Mit geschlossenen Augen waren der Kopfschmerz und der Schwindel leichter zu ertragen, also ließ ich die Lider zu. Irgendwann musste ich eingeschlafen sein.

Mitten in der Nacht wurde ich wach, weil mir plötzlich heiß war. Ich wollte die Decke von meinen Füßen strampeln, doch sie schien fünfzig Kilo zu wiegen. Mit viel Mühe und Not schaffte ich es, sie beiseitezuhieven.

Ich hatte das Gefühl, mein Bett wäre in eine Rodeo-Arena verwandelt worden, es drehte sich mit mir. Ich kämpfte mich hoch und würgte. Schließlich schaffte ich es, meine Füße auf den Boden zu stellen, und merkte, dass mit meinem Bett alles in Ordnung war, nur der Fußboden schwankte unter mir wie auf einem Boot. Mensch, hätte ich gestern Abend gefeiert, wäre ich überzeugt gewesen, einen heftigen Kater zu haben. Aber ich hatte keinen Tropfen Alkohol getrunken.

Jetzt, im Sitzen, begann es, in meinen Schläfen zu pochen. Noch hielt sich der Schmerz in Grenzen, aber er war bereits unangenehm.

Ein Schluck Wasser würde vielleicht helfen. Doch dazu musste ich irgendwie ins Bad kommen. Also stützte ich mich am Bettpfosten ab, hielt mich dort fest, bis ich sicher sein konnte, dass meine Beine mich tragen würden, und schlurfte bis zur Tür. In diesem Moment war ich froh, dass mein Zimmer so winzig war, einen längeren Weg hätte ich in meinem Zustand nicht zurücklegen können.

Die zwei Schritte über den Flur bis ins Badezimmer glichen einem Kraftakt, doch endlich stand ich vor dem Waschbecken. Ich drehte den Wasserhahn auf, befüllte meinen Zahnputzbecher und trank in großen, gierigen Schlucken. Eine dumme Idee! Nun wurde mir erst richtig übel. Ich schaffte es gerade noch, mich zur Kloschüssel umzudrehen, ehe ich das gestrige Abendessen und das Wasser von mir gab.

Kalter Schweiß bedeckte meine Stirn, der Pyjama klebte unangenehm feucht am Körper. Durch meinen Kopf schossen Lichtblitze, sodass ich die Augen zumachte. Es hatte mich echt schlimm erwischt. Konnte das wirklich ein normaler Sonnenstich sein? Ich hatte mich schon einige Male schlimmer verbrannt, als es das bisschen Ziepen im Nacken vermuten ließ. Und nie war es mir dabei so schlecht gegangen wie heute.

Am ganzen Körper zitternd blieb ich vor dem Klo sitzen, Tränen rannen über meine Wangen und ich hatte das Gefühl, den Rest meines Lebens hier, in dieser entwürdigenden Haltung verbringen zu müssen. Ich wollte am liebsten sterben.

»Leni?« Christophers Stimme drang wie durch Watte an mein Ohr. Ich war offenbar eingeschlummert.
»Du meine Güte, was ist mit dir?«, fragte er besorgt.
»Ich bin krank«, piepste ich kaum hörbar.

Er war mit einem einzigen Schritt bei mir. »Komm, ich helfe dir.« Er nahm mich unter den Achseln und zog mich hoch. Die Beine knickten unter mir weg.

Im nächsten Augenblick hatte mich Chris bereits hochgehoben, trug mich auf seinen Armen in mein Zimmer und legte mich ins Bett. Schon allein durch seine Fürsorge ging es mir ein klein wenig besser.

Während er mir einen Eimer mit den Worten »Sicher ist sicher« neben das Bett stellte und mir mit einem feuchten Lappen die Stirn abwischte, sagte er: »Sieht mir wirklich ganz nach einem Sonnenstich aus. Ein, zwei Tage Bettruhe im abgedunkelten Zimmer, kalte Stirnlappen – und du bist wieder fit.«

Ich stöhnte. Nicht nur, weil es in meinem Kopf hämmerte wie ein Schlagzeugsolo bei einem Rockkonzert, sondern auch, weil ich ans Bett gefesselt sein würde. – Ganz toll, so hatte ich mir meinen Urlaub sicher nicht vorgestellt!

Selbst schuld, hättest du eben einen Hut aufgesetzt, verhöhnte mich meine innere Stimme. Vorwürfe à la Mom hatten mir gerade noch gefehlt. Mir ging es auch ohne sie schon schlecht genug.

»Ich geh jetzt wieder ins Bett«, sagte Chris, nachdem er mir einen kalten Lappen auf die Stirn gelegt hatte. »Wenn du was brauchst, dann klopf einfach gegen die Wand. Sollte es in der Früh nicht besser sein, suchen wir einen Arzt.«

Ich nickte.

Ehe er das Licht ausknipste, wandte er sich noch einmal zu mir um. »Du bist übrigens ein Fliegengewicht. Keine Ahnung, wo du das alles hinisst.«

Schwach zuckte ich die Schultern. Im Moment wollte ich nicht mal ans Essen denken – und das hieß, dass ich wirklich ernsthaft krank sein musste.

Kapitel 7

Nach dem Aufwachen – ich hatte bis zehn geschlafen – fühlte ich mich total gerädert. Mühsam rappelte ich mich hoch und setzte vorsichtig meine Füße auf den Boden. Immerhin schien sich das Zimmer nicht mehr zu bewegen. Schließlich gab ich mir einen Ruck und stand auf. Meine Beine waren noch immer wie aus Gummi, aber bei Weitem nicht mehr so schlimm wie gestern Abend. Also wankte ich zuerst ins Bad und dann in die Küche, um mir einen Tee zu kochen.

»Leni! Geht es dir besser?« Christopher, der bei einer Tasse Kaffee am Tisch saß, musterte mich eindringlich.

»Ein bisschen. Ich leg mich gleich wieder hin, wollte mir nur eben einen Tee ...«

»Kommt gar nicht infrage, ich mach das.«

»Du hast also doch Kaffee gekauft«, stellte ich fest. Schon von dem Geruch wurde mir wieder schlecht.

»Ja, auf Dauer geht's doch nicht ohne. Los, ab ins Bett mit dir, ich bringe dir gleich deinen Tee. Willst du auch was essen?«

Entschieden schüttelte ich den Kopf und war gleichermaßen erstaunt wie dankbar, dass ich das ohne Schmerzen tun konnte. Trotzdem: An feste Nahrung war noch nicht zu denken.

Ich schüttelte mein Kissen auf und stopfte es hinter meinen Rücken, damit ich mehr saß als lag. Da fiel mein Blick durch die offene Zimmertür auf die Kommode im Flur und ich dachte wieder an die Briefe, die ich in die Lade gesteckt hatte. So schnell es ging, schlurfte ich noch einmal hinaus und holte mir den mysteriösen Packen. Ich hatte ohnehin gerade nichts anderes zu tun.

Mit einem Ächzen ließ ich mich zurück ins Bett sinken und löste die weiße Schleife. Mein Atem stockte, als ich den Namen auf dem ersten Umschlag sah. Hastig blätterte ich die restlichen Kuverts durch, alle waren an dieselbe Person adressiert. Konnte das ein Zufall sein? Eine höhere Fügung vielleicht? Erst gestern hatte ich den Namen auf der Gedenktafel gelesen, heute hielt ich Briefe in der Hand, die an sie geschickt worden waren. Ulrike Schönbeck.

Und noch etwas ließ mein Herz stolpern: Die Adresse war identisch mit der von diesem Haus. Das bedeutete: Sie hatte einmal hier gelebt!

Ich ordnete die Kuverts anhand ihres Poststempels und öffnete den ersten. Zunächst fiel mir die große, geradlinige Schrift auf. Keine Schnörkel, steil nach oben gerichtet. Der Verfasser hatte keinen Kugelschreiber, sondern eine Füllfeder verwendet. Deshalb war die Tinte ein wenig verblasst und machte das Entziffern nicht leicht. Auch die Buchstaben sahen anders aus, als wir sie in der Schule gelernt hatten. Trotzdem war ich bereits nach den ersten Zeilen gefesselt.

Liebste Ulrike,
seit ich Dich letzte Woche kennenlernen durfte, kann ich an nichts anderes mehr denken als an Dich und Dein zauberhaftes Lächeln. Es liegt mir fern, Dir nahezutreten, aber ich frage mich, ob Du mich zum glücklichsten Mann auf Erden machen würdest, indem Du meine Einladung annimmst und mit mir ausgehst? Bitte sage mir, dass ich

mich nicht getäuscht habe, als ich in Deinem Blick Zuneigung zu erkennen glaubte.

Wenn ich richtig gelegen habe, dann komm am Freitagabend zum Tanzcafé, wo wir uns das erste Mal begegnet sind. Ich zähle jetzt schon die Stunden – es sind genau 98, von dem Moment an, in welchem ich Dir diese Zeilen schreibe. Wirst Du kommen?

In glücklicher Erwartung
M

Hastig faltete ich den Brief zusammen, als Chris kurz an die Tür klopfte und mit einer dampfenden Tasse eintrat.

Ich sog den Duft ein, diese Sorte Tee kannte ich nicht. »Was ist das für einer?«, fragte ich und schnupperte an der bernsteinfarbenen Flüssigkeit. Sie roch gar nicht mal schlecht.

Chris grinste. »Eigenproduktion. Ich habe Tante Helenes Kräutergarten durchforstet – sie hat da eine ganze Naturapotheke.« Seine Stimme überschlug sich beinahe vor Begeisterung. »Das hier ist eine Mischung aus Kamille, Dill und Pfefferminze und hilft gegen Übelkeit und Erbrechen.«

Ich blies in die Tasse, kostete vorsichtig einen Schluck und trank einen weiteren kleinen.

Chris blickte mich erwartungsvoll an. »Und? Wie schmeckt er?«

Ich lächelte. »Wenn er so gut hilft, wie er schmeckt, bin ich in null Komma nichts wieder auf den Beinen. Ehrlich, er ist toll!«

Zufrieden wandte er sich zum Gehen, doch ich rief ihn zurück. »Chris?«

Er drehte sich zu mir. »Ja?«

Ich hielt den Brief hoch, den ich eben gelesen hatte: »Glaubst du an Zufälle?«

»Ich denke, dass es sehr viel gibt, was wir mit dem Verstand nicht erfassen können. Warum?«

»Vorgestern, als du angekommen bist, war ich auf dem Speicher und habe diese Umschläge gefunden. Gestern bin ich zufällig über den Gedenkstein gestolpert und lese Ulrike Schönbecks Namen unter den Opfern und heute entdecke ich, dass die Briefe an ebendiese Frau adressiert sind.«

Chris kam an mein Bett zurück und nahm mir das Kuvert aus der Hand, um es näher zu betrachten. »Hm, sie hat hier in diesem Haus gelebt«, überlegte er laut.

Ich nickte eifrig. »Ja – weißt du, was das bedeutet?« Er legte den Umschlag auf meine Bettdecke und zuckte mit den Schultern.

»Sie muss eine Verwandte von uns gewesen sein. Aufregend, oder?«

Offenbar ließ sich Chris nicht von meiner Begeisterung anstecken. Er murmelte etwas von Arbeit und ließ mich wieder allein.

Das Lesen hatte mich angestrengt, ich spürte in meinem Kopf ein leichtes Pochen. Vielleicht war es besser, eine Pause zu machen? Ich legte mich hin und schloss die Augen. Der Tee auf dem Nachtkästchen neben mir verströmte einen beruhigenden Duft, meine Hände hielten den Brief fest. Ich ließ meinen Gedanken freien Lauf und stellte mir Ulrike vor, wie sie die Zeilen ihres Verehrers durchlas. War sie aufgeregt gewesen? Hatte sie ihn ebenfalls gut gefunden? Ich seufzte. So eine Liebesgeschichte war total romantisch. Leider hatte es kein Happy End gegeben, ganz im Gegenteil – schließlich war Ulrike gestorben.

Und eine weitere Frage beschäftigte mich: Wer war dieser geheimnisvolle M? Ob ich in den anderen Briefen darauf eine Antwort finden würde?

Ein wenig hatte ich gedöst, meinen Tee hatte ich brav ausgetrunken, aber geholfen hatte es nichts. Als ich nämlich versuchte, erneut aufzustehen, drehte sich wieder alles um mich und ich fiel zurück aufs Bett. Ich war vermutlich unterzuckert oder so. Wahrscheinlich würde es helfen, wenn ich was aß, allerdings stülpte sich schon beim Gedanken daran mein Magen um.

Sollte ich nach Christopher rufen und ihn um eine weitere Tasse Tee bitten? Es war mir unangenehm, auf jemanden dermaßen angewiesen zu sein.

Ich war immer noch unentschlossen, was ich tun sollte, als es an der Tür klopfte und mein Bruder hereinlugte. »Ich gehe schnell was einkaufen und wollte vorher nach dir sehen. Brauchst du etwas?«

Erleichtert atmete ich auf. »Könnte ich noch eine Tasse Tee haben, bitte?«

»Natürlich. Hast du Hunger?«

Ich schüttelte den Kopf. »Nein, mir ist immer noch schlecht und schwummrig.«

Er musterte mich lange. »Leni, vielleicht wäre es besser, wenn ich dich zum Arzt – oder noch besser – nach Hause bringe.«

»Nein!«, rief ich empört. »Wegen eines kleinen Schwindelanfalls muss ich doch nicht gleich heimfahren.« Als ich die Sorge in seinen Augen bemerkte, fügte ich hinzu: »Chris, dein Angebot finde ich toll, aber glaub mir, hier geht es mir besser als zu Hause. Meine Mutter muss den ganzen Tag arbeiten, das heißt, ich wäre dort sowieso allein. Hier bist wenigstens du da. Außerdem bin ich bestimmt morgen wieder fit.«

Er seufzte. »Nun gut. Es ist ohnehin deine Entscheidung, aber dafür musst du mir versprechen, dass du nachher etwas Suppe isst. Wie sieht das denn aus, wenn meine kleine Schwester unter meiner Obhut verhungert?«

Bei seinen Worten musste ich unwillkürlich grinsen. Dankbar nickte ich ihm zu. »Okay, versprochen.« Irgendwie würde ich die Suppe schon hinunterwürgen. Hauptsache, ich konnte in Riedeshagen bleiben.

Kapitel 8

Liebste Ulrike,

ich bin der glücklichste Mann auf Erden. Ich hatte es nicht zu hoffen gewagt, dass Du meine Einladung annimmst. Und doch wartete ich im Tanzcafé, ständig die Tür im Blick, damit ich Dich auf keinen Fall übersehe. Ehrlich gesagt, hat es mich viel Mut gekostet, Dir den ersten Brief zu schreiben – doch die Mutigen werden belohnt. Ich bin so froh, dass ich nicht auf Michael gehört habe – du weißt schon, der stille Kerl, der beim ersten Mal neben mir saß und sich nicht traute, Deine Schwester zum Tanzen aufzufordern. Er meinte nämlich, ich hätte bei einer Frau wie Dir keine Chance. Schließlich bin ich bloß ein einfacher Arbeiter, während Du ... Du bist klug und gebildet. Du bist wunderschön. Wusstest Du, dass Deine Augen wie polierter Bernstein schimmern? Können wir uns wieder treffen? Schon bald? Ich habe das Gefühl, dass jeder Tag, an dem ich Dich nicht sehe, eine Verschwendung ist.

Ich hoffe, ich bringe Dich nicht in eine schwierige Lage, Du hast mir ja erzählt, wie streng Deine Eltern über Dich wachen. Aber bitte, bitte, komme am Freitag zum Strand. Um fünf? Freitags höre ich früher mit der Arbeit auf und ich verspreche, Du wirst es nicht bereuen.

Dein M

Um mir die Zeit bis Chris' Rückkehr zu vertreiben, hatte ich den zweiten Brief zur Hand genommen. Hach, wie schön! Ulrike hat sich mit M getroffen und er bat sie um ein zweites Date. Ich war ganz vernarrt in solche Liebesgeschichten. Noch dazu, da M wunderbare Worte gefunden hatte. Jeden Tag ohne Ulrike empfand er als Verschwendung. So ähnlich erging es mir auch mit Fabian. Allerdings schien dieser geheimnisvolle M Ulrike gleichermaßen gefallen zu haben, während ich keine Ahnung hatte, ob Fabian mich nach dem Radausflug-Desaster überhaupt noch sehen wollte. Gemeldet hatte er sich seit gestern nicht.

Ich seufzte. Wie hatte M geschrieben? Mut würde belohnt? Im Moment konnte ich nicht viel tun, aber sobald ich mich besser fühlte, würde ich ihn anrufen, nahm ich mir vor. Und wehe, wenn diese Strategie bei mir nicht funktionieren sollte.

Ich döste erneut vor mich hin. Im Halbschlaf hatte ich mitgekriegt, dass Chris wiedergekommen war, und auch, dass er in der Küche rumorte. Etwas später konnte ich bis in mein Zimmer die Hühnerbrühe riechen. Mein Appetit war immer noch nicht zurückgekehrt, allerdings rebellierte mein Magen auch nicht mehr bei der Aussicht, essen zu müssen.

Mein Rücken fühlte sich vom langen Liegen schon ganz taub an, deshalb beschloss ich aufzustehen. Meinem Kreislauf würde es sicherlich nicht schaden, wenn ich mich ein bisschen bewegte. Meine Beine zitterten zwar immer noch, aber es ging schon besser als am Vormittag.

Als ich in der Küche auftauchte, runzelte Christopher die Stirn: »Solltest du nicht im Bett bleiben?«

»Nein, geht schon. Diese ewige Herumliegerei macht mich höchstens noch kränker.«

Ich setzte mich an den Tisch und Chris stellte einen Teller Suppe vor mich hin. »Schön aufessen!«

Ich tauchte den Löffel in die heiße Brühe, dann kostete ich. Mein Bruder sah mich erwartungsvoll an.

»Schmeckt toll!«, sagte ich und flunkerte ein wenig, um ihn nicht zu enttäuschen. In Wahrheit schmeckte ich nicht viel, Chris hatte sich beim Würzen sehr zurückgehalten und ich hatte mir eben die Zunge verbrannt. Aua! Allerdings merkte ich, dass es mir guttat, etwas anderes in den Magen zu bekommen als bloß Tee. Ich fühlte mich gleich viel kräftiger.

Nach dem Essen – ich hatte tatsächlich den ganzen Teller voll Suppe geschafft – scheuchte mich mein Bruder wieder ins Bett. »Hey, mir geht es aber schon viel, viel besser«, protestierte ich und zog einen Schmollmund.

»Keine Widerrede, Schwesterherz. Wenn es später auch noch der Fall ist, kannst du morgen wieder aufstehen.«

Frustriert ging ich wieder in mein Zimmer zurück und legte mich hin. Auch wenn es mir schwerfiel: Ich musste mir eingestehen, dass Chris nicht ganz unrecht hatte. In der Nacht war es mir noch so mies gegangen, dass ich sterben wollte, ein bisschen Zeit musste ich mir und meinem Körper schon geben, um wieder gesund zu werden.

So verbrachte ich den Nachmittag zwischen dösen und wachen, las zwei weitere Briefe, in denen M sich bei Ulrike für die Treffen bedankte und um weitere bat. Ich hätte zu gern gewusst, ob Ulrike jemals geantwortet hatte.

Mitten in meinen Überlegungen klingelte das Handy. Ich sah auf das Display und mein Herzschlag geriet für einen Moment komplett aus dem Takt. Es war tatsächlich Fabian, kaum zu fassen!

Er. Rief. Mich. An.

»Hallo, Fabian«, begrüßte ich ihn und versuchte, möglichst gelassen zu klingen.

»Hey du. Sag mal, es ist doch alles in Ordnung zwischen uns?«

Oje, er spielte auf mein seltsames Verhalten, vor allem nach dem Brückenbesuch an.

»Äh ... sicher«, gab ich zurück. Und weil das ziemlich bescheuert klang, setzte ich hinzu: »Ich hab mir bloß einen Sonnenstich eingefangen. Also, nur für den Fall, dass ich ein wenig ... komisch drauf war.«

»Oh shit! Das kann ich ja fast nicht glauben, schließlich waren wir doch gar nicht so viel in der Sonne.«

»Offenbar bin ich ein bisschen empfindlich. Das nächste Mal setz ich mir einen Hut auf.«

Irgendwie hatten wir wieder zu unserem normalen Umgangston gefunden. Er zog mich auf und meinte, er könne mir eine Waschbärenmütze leihen.

»Igitt! Ich setz mir doch keine toten Tiere auf den Kopf«, rief ich aus. Schon bei der Vorstellung allein grauste es mir.

Fabian lachte. »Wer sagt denn, dass der Waschbär tot ist?«

»Statt mit putzigen Felltieren habe ich mich mit etwas Richtigem beschäftigt. Hatte ich dir erzählt, dass ich auf dem Dachboden einen Packen alter Liebesbriefe gefunden habe? Und rate mal, an wen sie adressiert waren. An Ulrike Schönbeck, die Frau auf der Gedenktafel! Dieser M, von dem die Briefe stammen, war wohl ein richtiger Romantiker. Er hat Ulrike zum Beispiel einen Bernstein geschenkt, den er am Strand gefunden hat, weil der ihn an ihre Augenfarbe erinnert hat. Schön, nicht wahr?« Atemlos hielt ich inne. Beim Erzählen hatte sich meine Stimme vor Aufregung fast überschlagen.

»Ich finde solche alten Geschichten auch spannend.«

Das war zwar nicht unbedingt das, was ich hören wollte, aber wenigstens lachte mich Fabian wegen meiner Schwäche für Liebesgeschichten nicht aus.

»Ach, es ist ein Jammer, dass Ulrike bei dem Brückeneinsturz ums Leben kam, die beiden hatten wohl kein Glück.«

»Hm, das stimmt. Und du meintest, sie könnte eine Verwandte sein.«

»Mittlerweile bin ich mir sogar sicher. Schließlich habe ich die Briefe in unserem Haus gefunden.«

»Weißt du, was? Ich frag meinen Großvater, ob er sie kennt.«

»Oh, gleich?«

»Nein, tut mir leid. Opa ist in einem Pflegeheim in Pegeritz. Du musst warten, bis ich ihn das nächste Mal besuche.«

»Okay«, stimmte ich zu. Blieb mir ja nichts anderes übrig. »Und du meinst, er könnte Ulrike kennen?«

»Wenn wir Glück haben, ja. Mein Opa ist zwar ziemlich krank, aber sein Gedächtnis ist hervorragend. Ich wünschte, ich könnte mir das alles merken, was er im Kopf hat – dann müsste ich fürs Studium nur halb so viel lernen.«

Wir plauderten noch eine Weile, ehe er sich verabschiedete, weil er wieder in der Pizzeria aushelfen musste. »Sehen wir uns morgen?«

In meinem Bauch machte sich ein warmes Gefühl breit. »Ja, morgen klingt toll! Bis dahin bin ich bestimmt wieder fit.«

Nach dem Telefonat rief ich mir noch einmal seine ersten Worte ins Gedächtnis. Er hatte gefragt, ob zwischen uns alles in Ordnung sei. Zwischen uns – das hieß ... keine Ahnung, aber es klang auf jeden Fall sehr vielversprechend.

Am späten Abend fühlte ich mich fit genug, mit Paula zu skypen, aber irgendwie schien sie sich nicht sonderlich für meine Neuigkeiten zu interessieren, sie sprach dauernd nur von Jeff, diesem kanadischen Austauschschüler, der sie ins Kino eingeladen hatte. Anscheinend hatte sie sich nun endlich dazu durchgerungen, Ja zu sagen. In jedem zweiten Satz erwähnte sie seinen Namen.

»Dich hat's ja ordentlich erwischt«, sagte ich zwischen einer Luftholpause von Paula.

»Der ist aber auch so was von süß! Ich will gar nicht erst dran denken, wenn ich wieder zurückmuss«, plapperte sie munter weiter, während ich innerlich abschaltete.

Natürlich freute ich mich für Paula, dass die Sache mit Jeff gut anlief. Und ich war froh, dass sie sich endlich wohlfühlte. Aber sie hatte noch kein einziges Mal gefragt, wie es mir eigentlich ging und was ich den ganzen Tag so machte. Ich hatte ihr bisher weder von den Briefen noch von Christopher und schon gar nicht von Fabian erzählt. Dabei hätte ich ihren Rat gut gebrauchen können. Ich wusste einfach nicht, woran ich bei Fabian war.

»... ich hoffe, es ist nicht schlimm, dass ich sie ihm gegeben habe«, sagte Paula gerade. »Du, ich muss Schluss machen, es hat an der Tür geläutet. Das ist Jeff. Küsschen!« Und weg war sie.

Na toll! Ich nahm mir vor, mich das nächste Mal nicht von Paula dermaßen niederquatschen zu lassen. Insgeheim gestand ich mir ein, dass ich sie ein wenig beneidete. Sie wusste wenigstens, dass sie mit Jeff zusammen war, während ich bei Fabian völlig im Dunkeln tappte.

Kurz entschlossen rief ich Mom an. »Na, wie geht's dir?«, fragte sie. Paula könnte sich ruhig mal ein Beispiel an ihr nehmen.

»Gut. Gestern habe ich wohl ein wenig zu viel Sonne erwischt, aber es ist nicht schlimm. Und du?«

»Leni, pass bloß auf dich auf! Du weißt doch, dass du immer einen Sonnenhut –«

»Mom!«, fiel ich ihr genervt ins Wort. Fast bereute ich meinen Anruf schon.

»Und wie läuft es mit Christopher?«, wechselte sie das Thema.

»Oh, er ist total nett. Heute hat er für mich Suppe gekocht.«

»Klingt gut. Dann amüsier dich schön und pass auf dich auf, ja? Ich stecke bis zum Hals in Arbeit und muss jetzt Schluss machen. Tut mir leid, Liebes.« Und schon hatte sie aufgelegt. Gerade als ich mich überwinden wollte, mit ihr über Fabian zu reden. Wie es aussah, war ich beim »Problem Fabian« also auf mich allein gestellt.

Chris schaute kurz bei mir rein und fragte, ob ich was bräuchte, er würde jetzt zu Bett gehen.

»Nein, alles bestens«, versicherte ich, obwohl das gelogen war. Andererseits ... konnte ich nicht auch mit ihm über Fabian sprechen? Er würde mir möglicherweise sogar besser als Paula und Mom erklären können, was in seinem ehemaligen Freund vorging.

»Chris?«, rief ich ihn zurück.

Er drehte sich zu mir um und sah mich abwartend an.

»Ich bräuchte mal deinen Rat – als Mann sozusagen.« Und dann sprudelten die Worte nur so aus mir heraus. Irgendwann während meiner Ausführungen hatte sich Christopher zu mir gesetzt. Er hörte mir zu und unterbrach mich kein einziges Mal. Erst als ich geendet hatte, fragte er nach: »Und jetzt weißt du nicht, in welche Richtung sich die Sache mit Fabian bewegt?«

Ich nickte. »Genau.«
Christopher dachte einen Moment nach. »Hast du schon daran gedacht, dass er sich genauso unsicher fühlt wie du?« Fabian und unsicher? Er wirkte selbstbewusst und zielstrebig. So, als ob er genau wüsste, was er wollte. Ich schüttelte den Kopf.
»Vielleicht möchte er sich seiner Gefühle dir gegenüber erst einmal klar werden. Gib ihm – und dir – einfach ein bisschen mehr Zeit.«
»Okay«, murmelte ich und kuschelte mich in mein Kissen. Es war wunderbar, einen großen Bruder wie Christopher zu haben. Ich schloss die Augen und merkte, wie Chris aufstand, das Licht abdrehte und mein Zimmer verließ.

Kapitel 9

Meine liebste Ulrike,
 ich kann Dir gar nicht sagen, wie viel Du mir bedeutest. Hätte ich Schätze, ich würde sie Dir zu Füßen legen, doch ich habe keine. Das Einzige, was ich Dir bieten kann, ist mein Herz. Es gehört Dir – vollkommen. Ohne Dich fühle ich mich, als wäre ich nicht ganz. Dein Lächeln lässt die Regenwolken verschwinden. Jeder noch so harte Arbeitstag lässt sich mit Deinem Gesicht vor meinen Augen leichter durchstehen. Der Gedanke, dass Du auf mich wartest, beflügelt mich und lässt mich schweben. Sag, dass Du ebenso fühlst wie ich, Ulrike, meine Liebste. Ich bin Dein bis in alle Ewigkeit.

M

Ich war zeitig in der Früh aufgewacht, und weil ich noch nicht aufstehen wollte, hatte ich zum nächsten Brief gegriffen.

Ach, wie schön, dachte ich, als ich ihn nun auf meine Bettdecke sinken ließ. M hatte Ulrike seine Liebe gestanden. Seltsamerweise brachte dieser mysteriöse Unbekannte mit seinen Worten etwas in mir zum Schwingen. Es war mehr als nur eine romantische Geschichte, die ich hier las. Ich hatte den Eindruck, in Ulrikes Haut zu schlüpfen – ein kleines bisschen zumindest. Fast so, als würde er seine Briefe an mich richten. Meine Mom sagte, ich sei besonders empathisch, was bedeutete, dass ich mich wohl recht gut in andere hineinversetzen konnte. Ob diese Gefühle, die die Briefe in mir hervorriefen, mit dieser Eigenschaft zusammenhingen? Und verdammt: Warum schaffte ich bei Fabian nicht, was mir sonst bei den anderen so scheinbar mühelos gelang?

Ich wollte nicht mehr weiter drüber nachgrübeln, also schlug ich die Decke zurück und stand auf, halb in der Erwartung, dass sich wieder alles um mich herum drehen würde. Doch zu meiner Erleichterung blieb der Schwindel aus. Ich zog mich an und ging in die Küche, um für mich Tee und für Christopher Kaffee zu kochen.

Wo hatte er bloß das Kaffeepulver hingetan? Ich durchsuchte den Schrank, konnte es aber nicht finden. Das obere Fach war zu hoch, also nahm ich mir einen Stuhl und stellte mich darauf. Eine Metalldose stand weit hinten an der Schrankwand. Sie sah alt und verstaubt aus. Beim Schränkeauswischen hatte ich sie nicht bemerkt. Und: Kaffee war bestimmt nicht drin. Neugierig holte ich die Dose herunter und versuchte, sie zu öffnen, doch der Deckel klemmte. Mit viel Mühe und einem Messer konnte ich sie endlich aufstemmen. Zum Vorschein kamen unzählige alte Fotografien. Ich hatte wohl gerade einen Schatz ausgegraben!

»Was hast du da?«

Vor Schreck fuhr ich zusammen. Ich hatte Christopher vor lauter Begeisterung über meinen Fund gar nicht kommen hören.

»Fotos. Guck mal!« Ich hielt ihm eine Schwarz-Weiß-Fotografie hin. Auf ihr war ein junges Paar zu sehen, die Frau hatte eine vage Ähnlichkeit mit Tante Helene. »Ich glaub, das sind Oma und Opa, als sie noch jung waren.«

Chris nahm mir das Foto aus der Hand und betrachtete es. »Du hast recht.«

Leider hatte ich meine Großeltern väterlicherseits nie kennengelernt, denn beide waren gestorben, ehe ich geboren wurde. Nicht zum ersten Mal fragte ich mich nun, wie sie wohl gewesen waren.

Ich reichte Chris ein Foto nach dem anderen. Er betrachtete jedes genau und legte es dann auf einen Stapel.

»Oh, das muss Paps sein.« Auf dem Bild stand ein kleiner Junge vor einer riesigen Torte mit fünf Kerzen. Er trug ein Hemd mit Fliege und sah unheimlich stolz aus, so als hätte er seinen Geburtstag gar nicht erwarten können.

Auf dem nächsten Foto waren zwei Mädchen zu sehen, die eine etwa sechs, wie ich anhand der Zahnlücke vermutete, die andere ein wenig älter – sie hielten sich an der Hand. Beide trugen identische weiße Sommerkleider, die Säume mit Spitzen besetzt. Sie lächelten in die Kamera. Ich erkannte, dass es draußen im Garten aufgenommen worden war, auch wenn jetzt alles vollkommen anders aussah. Der Birnbaum war damals noch ganz klein gewesen.

Die Aufnahme war etwas unscharf, und wenn man die Augen zusammenkniff, konnte man fast meinen, es würden tatsächlich zwei der zarten Gartenelfen über die Wiese tanzen, von denen Tante Helene immer mit einem Glitzern in den Augen erzählt hatte.

Lächelnd drehte ich das Bild um. Mit kleinen, bereits verwischten Buchstaben standen zwei Namen auf der Rückseite. Ich brauchte einen Moment, um sie zu entziffern. Als ich es geschafft hatte, kam es mir vor, als hätte mir jemand eiskaltes Wasser über den Kopf geschüttet. »Leni« war auch Tante Helenes Spitzname gewesen. Und »Ulli« musste wohl für Ulrike stehen. Wie es aussah, waren sie

Schwestern gewesen. Warum hatte meine Tante dann niemals von ihr erzählt? Was mich jedoch noch viel mehr schockierte, war die Ähnlichkeit zwischen Ulrike und mir. Vom frechen Grinsen und der Zahnlücke über die zu Zöpfen geflochtenen haselnussbraunen Haare bis hin zu den dunklen Augen – mit sechs hatte ich genauso ausgesehen.

Christopher schien meine Irritation zu bemerken. »Leni? Alles in Ordnung?«

Ich konnte nicht sprechen, schüttelte bloß den Kopf und hielt ihm das Foto hin.

»Eine hübsche Aufnahme«, sagte er bloß.

»Das ist Tante Helene und ... Ulrike«, gab ich leise zurück. »Hast du gewusst, dass Paps eine zweite Schwester hatte?«

Mein Bruder schüttelte den Kopf.

Es traf mich bis tief ins Mark, dass alle so taten, als hätte es Ulrike nie gegeben. Was hatte sie verbrochen?

Ich nahm das Foto wieder an mich. Auch wenn sie damals ein Kind gewesen war, konnte ich mir vorstellen, wie sie als Frau ausgesehen haben musste – kurz vor ihrem Tod. Ich brauchte nur in den Spiegel zu sehen. Allerdings schien die Ähnlichkeit Chris nicht aufzufallen.

Während er seelenruhig Brötchen, Butter, Wurst und Käse auf den Tisch stellte, gab ich mir ein stilles Versprechen: Ich würde herausfinden, was passiert war. Alles schien sich zusammenzufügen, so als hätte das Schicksal mich dazu bestimmt, das Rätsel um Ulrike zu lösen.

Nach dem Frühstück verkündete ich, dass ich ins Stadtarchiv fahren wollte. Ich konnte mir keinen geeigneteren Ort vorstellen, um etwas über das Brückenunglück zu erfahren.

»Bist du dir sicher, dass du keinen Schwächeanfall kriegst?«, kehrte Chris seine Großer-Bruder-Rolle heraus.

»Natürlich bin ich sicher. Es ist ja nicht weit.« Die Strecke hätte ich bequem zu Fuß gehen können, aber mit dem Rad machte es mehr Spaß und ich war schneller.

Wenige Minuten später lehnte ich mein Fahrrad auch schon gegen die Hausmauer. Für einen Moment bedauerte ich, dass ich kein Schloss hatte, um es abzusperren, aber andererseits: Wer würde so ein altes, verbeultes Ding klauen? Noch dazu in Riedeshagen.

Von außen sah das Stadtarchiv noch genau so aus, wie ich es in Erinnerung hatte, und im Innern hatte sich seit meinem letzten Besuch – so schien es – nichts verändert. Man hatte immer noch das Gefühl, eine Staublunge zu bekommen, wenn man zu tief einatmete. Aber im Gegensatz zu früher, als ich die Akten und Dokumente bloß langweilig fand, konnte ich es heute gar nicht mehr erwarten, in ihnen zu blättern.

Die Bibliothekarin nickte, als ich ihr mein Anliegen vortrug. Sie setzte ihre Brille auf und zog eine Schublade heraus. Darin befanden sich Zeitungsausgaben, die zu dicken Büchern gebunden waren. Das große, unhandliche Buch mit der Jahreszahl 1967 legte sie auf das Pult. »Hier, da müsste alles über das Unglück drinstehen.«

Ich bedankte mich, schleppte das schwere Ding zu einem der Lesetische, schlug es auf und blätterte es durch.

Da! Ich war fündig geworden.

»15 Tote bei tragischem Brückeneinsturz« prangte es mir in großen Lettern auf einer der Titelseiten entgegen.

Aufgeregt las ich weiter.

Riedeshagen, 12. April 1967
Heute Morgen, gegen 8.30 Uhr, ereignete sich einer der schlimmsten Unglücksfälle in der Geschichte Riedesha-

gens. Aus bislang ungeklärter Ursache stürzte die erst vor rund anderthalb Jahren fertiggestellte Brücke – viel genutzte Verbindung zwischen Riedeshagen und der gerade entstehenden Ferienanlage – ein. 15 Menschen, darunter Frauen und Kinder, wurden mitgerissen. Bis Redaktionsschluss waren Suchmannschaften und Taucher unterwegs, um die Leichen und etwaige Überlebende zu bergen. Fünf Personen gelten nach wie vor als vermisst.
Bürgermeister Milhardt zeigt sich zutiefst betroffen und spricht von »einer Tragödie bisher unbekannten Ausmaßes«. Er übermittelt allen Angehörigen sein Mitgefühl und ruft morgen Abend um 18:30 Uhr zu einem Gedenkgottesdienst in der Marienkirche auf. Überdies bekräftigte er, dass der Sachverhalt restlos aufgeklärt werden wird, und schloss als Unglücksursache auch einen Sabotageakt nicht aus, zumal die kritischen Stimmen gegen die Ferienanlage und den Brückenbau bis heute nicht verstummt sind.

Ich las die letzten Zeilen des Artikels noch einmal. Von Sabotage war die Rede und von Stimmen, die sich gegen die Ferienanlage und die Brücke aussprachen.
Ich sah schon, ich musste meine Recherchen ausweiten. Sie würden sich demnach umfangreicher gestalten, als ich bislang angenommen hatte.
Wild entschlossen blätterte ich weiter. Auch in den nächsten zwei Ausgaben der Zeitung war der Brückeneinsturz Thema Nr. 1.
Die Leichen waren schließlich alle geborgen und identifiziert worden – aber was ich im letzten Artikel las, verschlug mir glatt den Atem. Da stand, dass die Obduktion ergeben hätte, dass Ulrike S. zum Zeitpunkt des Unglücks

schwanger gewesen war und sich die Zahl der Opfer somit auf sechzehn erhöhte.

Mir schossen die Tränen in die Augen, ohne dass ich etwas dagegen tun konnte. Was für ein Drama! Nicht nur Ulrike, sondern auch ihr Baby war bei dem Einsturz gestorben. Durch einen dummen Zufall, nur, weil sie zum falschen Zeitpunkt am falschen Ort gewesen waren.

Ich blinzelte die Tränen weg und kämpfte mich weiter durch die Zeitungen, fand Traueranzeigen und später einen Bericht über einen Untersuchungsausschuss, der die Hintergründe des Unglücks prüfen sollte. Dann war ich bereits am Ende des Buchs angelangt.

Ich überlegte, ob ich die darauffolgenden Jahre ebenfalls durchsehen sollte, wusste aber nicht, wie lange so ein Ausschuss brauchte, um die Ursache für eine eingestürzte Brücke zu finden. Womöglich hatten die Überprüfungen nichts ergeben, dann würde ich Berge von Zeitungen durchforsten, ohne wirklich mehr über das Unglück zu erfahren. Ich hatte ja jetzt schon fast zwei Stunden für das eine Buch gebraucht. Und leider konnte ich es drehen und wenden, wie ich wollte: Ulrike und ihr Baby waren tot, das würde auch kein Ergebnis von irgendwelchen Ausschüssen ändern. Deshalb schlug ich das Buch zu und trug es zurück.

Die Bibliothekarin nahm es mir ab. »Und hast du gefunden, wonach du gesucht hast?«

Ich gab mir einen Ruck. Die Frau war bestimmt an die fünfundsechzig Jahre alt, damals musste sie in meinem Alter gewesen sein, so über den Daumen gepeilt. Sicherlich hatte sie daher das Unglück mitbekommen. »Der Brückeneinsturz von 1967. Können Sie mir sagen, was da genau passiert ist?«

»Kind, warum willst du das wissen?« Fragend sah sie mich an.

Ich räusperte mich. »Es hat mit meiner Familie zu tun«, antwortete ich leise, unschlüssig darüber, was ich ihr genau sagen sollte. Da nickte sie langsam und für einen Moment schweifte ihr Blick in die Ferne, ganz so, als müsste sie die damaligen Geschehnisse erst noch Stück für Stück aus ihrem Erinnerungsschatz freilegen.

»Es war am Mittwoch, der 12. April«, begann sie, ohne mich zunächst anzusehen. »Dieses Datum werde ich nicht vergessen, solange ich lebe. Viele unserer Ehemänner, Brüder, Väter arbeiteten auf der Ferieninsel drüben, man kann sagen, was man will – aber die meisten profitierten von dem Projekt.

Damals war ich noch bei der Post angestellt. Aus heiterem Himmel ging der Alarm los. Ein paar Minuten später kam der Jochen angelaufen und stammelte bloß ›Die Brücke ... die Brücke!‹. Da hörten wir auch schon die Martinshörner. Ich glaube, ganz Riedeshagen versammelte sich dort, wo vor einer Stunde die Brücke gestanden hatte. Sie war weg, einfach so.« Die alte Dame nahm ihre Brille ab, schloss die Augen und rieb sich kurz die Nasenwurzel. Ich beobachtete sie aufmerksam, unsicher, ob ich bereits etwas erwidern sollte. Doch dann blickte sie mich an – ihre Augen schimmerten verdächtig – und fuhr fort: »Unheimlich viel Schutt, Trümmer, Steinbrocken lagen überall herum. Trotz der Menschenmenge herrschte eine gespenstische Stille. Uns war allen klar, dass da Leute drauf gewesen sein mussten. Und jeder hoffte, dass es niemanden aus der eigenen Familie erwischt hatte.« Sie atmete schneller, die Erinnerungen setzten ihr zweifelsohne zu.

»Die Brücke war die einzige Verbindung hinüber zur Insel«, sprach sie weiter. »Die Arbeiter mussten von drüben mit dem Hubschrauber geholt werden.« Ihre Stimme zitterte. »Mein Klaus war einer von ihnen. Mit jedem Flug konnten mindestens fünf Angehörige aufatmen. Ich musste acht Landungen abwarten, bis ich Gewissheit hatte, dass ihm nichts passiert war.«

»Hat man je herausgefunden, weshalb die Brücke eingestürzt ist?«, wagte ich, sie nun zu fragen. Ihre Schilderung hatte mir eine Gänsehaut beschert, beinahe hatte ich das Gefühl, mit ihr den Rettungshubschrauber zu beobachten und die Männer aussteigen zu sehen.

Durch meine Frage holte ich die Frau aus ihren Gedanken, ihr Blick klärte sich. »Fragt man Gott nach seinem Plan?«

Gottes Plan? Oje, von ihr würde ich dahingehend wohl keine weitere Auskunft mehr bekommen. Also bedankte ich mich herzlich und verabschiedete mich, nachdem ich verstohlen auf die Uhr gesehen hatte. Es war schon fast halb eins und heute wollte ich Mittagessen kochen. Das würde ganz schön knapp werden.

Eilig lief ich aus dem Gebäude. Mein Rad lehnte noch immer an der Mauer. Im Geiste ging ich bereits die restlichen Lebensmittel durch und überlegte, was ich aus ihnen zaubern konnte, daher fielen mir die platten Reifen nicht sofort auf, sondern erst, als ich direkt davorstand.

Verdammter Mist! Wie war das denn passiert?!

Als ich den Schaden näher begutachtete, merkte ich, dass es nicht einfach so »passiert« war. Jemand hatte die Reifen mit voller Absicht aufgeschlitzt!

Wie betäubt über so viel Gemeinheit versuchte ich, das Rad heimwärts zu schieben, kam aber nicht weit. Reifen, die platt sind, rollen nun mal nicht gut. Verzweifelt lehnte ich das Fahrrad wieder gegen eine Hauswand, holte mein Smartphone aus der Tasche und rief Chris an.

Kapitel 10

»Verdammt, Leni! Das ist mutwillige Zerstörung. Du solltest bei der Polizei eine Anzeige erstatten«, polterte Chris, nachdem er die zerstochenen Reifen sah.

»Das ist sinnlos«, gab ich zurück. »Es hat eh keiner was gesehen. Außerdem waren die Reifen gebraucht und das Rad stammt aus dem vorigen Jahrhundert. Es ist ärgerlich, ja. Aber eine Anzeige würde einfach nichts bringen.«

Mein Bruder runzelte die Stirn. »Trotzdem! Diejenigen, die das getan haben, sollten nicht ungestraft davonkommen.«

Mit hochgezogenen Brauen widersprach ich ihm: »Das sind sie aber bereits. Was soll, deiner Meinung nach, die Polizei tun? Anzeige gegen unbekannt? Pfft. Ich hab die Leute rundherum doch schon befragt, ob ihnen was aufgefallen ist. Nichts, nothing, niente.«

»Ich finde es trotzdem nicht richtig.«

Nur widerwillig, so schien es mir, lud er das Fahrrad auf die Rückbank und mit offenem Verdeck fuhren wir nach Hause. Ich ertappte mich fast dabei, wie ich die Fahrt genoss, trotz der zerstochenen Reifen. Chris hingegen schwieg die ganze Zeit und ich fragte mich, ob meine Weigerung, Anzeige zu erstatten, ihn wirklich derart verärgert hatte.

Beim Haus angekommen versetzte mich der Anblick des Gartens in großes Staunen. Schweigend ließ ich das Bild, das sich mir bot, auf mich wirken. Noch war er nicht ganz fertig, aber Chris hatte sich in der kurzen Zeit richtig viel Mühe gegeben, das wilde Unkrautdurcheinander einzudämmen und die Anfänge für ein grünes Paradies zu schaffen. Er hätte tatsächlich Landschaftsgärtner werden sollen.

»Gefällt's dir?«

Unbemerkt war Chris hinter mich getreten und ich fuhr ein wenig erschrocken zu ihm herum.

»Ja! Wahnsinn. Das warst alles du?«

Er nickte und ich konnte den Stolz in seinem Blick sehen.

»Wollen wir einen Rundgang machen?«

»Gerne. Nur ... kann der bis nach dem Essen warten? Ich bin echt am Verhungern.«

Chris lachte. »Ach ja, ich hatte beinahe vergessen, wie verfressen du sein kannst.«

Nach dem verspäteten Mittagessen schilderte mir Chris mit leuchtenden Augen seine weiteren Pläne für den Garten.

»Das artet glatt in Arbeit aus«, gab ich zurück, nachdem ich ihm gelauscht hatte. Schon jetzt sah alles total verändert aus. Nicht, dass es mir nicht gefiel. Doch wenn es nach meinem Bruder ging, würde das hier eine regelrechte Parkanlage mit verschiedenen sorgsam abgegrenzten Themengebieten werden. Mit Tante Helenes gemütlichem grünem Reich hatte das, was Chris vorschwebte, nicht mehr das Geringste zu tun.

»Und der hässliche Birnbaum muss weg«, sagte er bestimmt. »Stattdessen kommt dort ein Springbrunnen hin.«

»Nein«, rief ich. Sein Hobby in Ehren, aber er konnte doch nicht einfach den Baum fällen. Ich liebte diesen Baum, abgesehen davon, dass Einstein ihn zu seinem Lieblingsplatz auserkoren hatte.

»Leni, der ist uralt und bestimmt morsch.«

»Gar nicht.« Ich deutete auf die Früchte, die in wenigen Wochen reif werden würden. »Außerdem gibt es in keinem Obstladen so gute Birnen zu kaufen. Der Baum bleibt.«
Chris seufzte. »Und wer soll die alle ernten?«
»Ich«, gab ich trotzig zurück.
»Was willst du denn mit so vielen Birnen anfangen?«
»Essen, Kompott machen, einkochen, Birnenkuchen ... was weiß ich!« Hilflos warf ich die Arme in die Luft. »Mir fällt bestimmt was ein. Dein Springbrunnen kann unter dem Baum stehen«, bot ich ihm als Kompromiss an.
»Da fällt das Laub hinein. Geht nicht.«
Ich sah mich um. »Dann stell den verdammten Brunnen dort drüben hin.« Ich deutete auf ein Wiesenstück neben der Laube. »Der. Baum. Bleibt. Stehen.« Energisch verschränkte ich die Arme vor der Brust und funkelte ihn böse an. Dann spielte ich den letzten Trumpf aus, den ich hatte.
»Es ist schließlich auch mein Garten.«
»Davon hat man bisher nicht viel gemerkt«, zischte er, drehte sich um und ging. Er hatte mehr zu sich gesprochen als zu mir, doch ich hatte seine Worte sehr wohl gehört.
Wütend stampfte ich mit dem Fuß auf. Klar, ich hatte ja bloß das ganze Haus geputzt. Schließlich konnte ich nichts dafür, dass es mir so dreckig gegangen war und ich im Garten nicht mitarbeiten konnte. Sollte er doch zum Teufel gehen! Schließlich war ich auch ohne ihn ganz gut zurechtgekommen.
Ich registrierte nebenbei das Starten des Motors von Christophers Auto. Er war weg.
Mir kamen die Tränen, ohne dass ich dagegen etwas tun konnte. Ich atmete tief ein und blies die Luft in einem Stoß wieder aus. Egal, ob Chris jetzt gekränkt war oder nicht: Der Birnbaum war mir wichtiger als seine Eitelkeit – und

ich würde alles tun, um ihn zu retten. Egal, wie viel Ärger ich mir dabei einhandelte.

»Leni?«, rief Fabian über den Zaun hinweg. Einstein ließ ein freudiges Begrüßungsbellen folgen.

Mist, was taten die denn hier? Ausgerechnet jetzt, da ich so verheult aussah, musste Fabian auftauchen. Schnell wischte ich mir mit dem Handrücken über das Gesicht und hoffte, dass ich dadurch nicht alles noch schlimmer machte.

»Hast du etwa geweint?«

Fieberhaft überlegte ich mir eine Erklärung für meinen aufgelösten Zustand. »Also ... es ist ... vorhin war ich im Stadtarchiv und jemand hat mir die Reifen von meinem Fahrrad zerstochen«, platzte ich heraus.

»Das darf nicht wahr sein!«, empörte er sich. »Warst du bei der Polizei?«

Ich seufzte tief. »Bitte, fang du nicht auch noch davon an.« Dann erklärte ich ihm, dass Christopher mich ebenfalls gedrängt hatte, und brachte die gleichen Argumente vor wie kurz zuvor bei meinem Bruder.

»Und wie hast du deinen Vormittag verbracht?«, versuchte ich, ihn abzulenken. Ich hatte keine Lust, weiter über den Vandalismus von irgendwelchen gelangweilten Kids zu sprechen.

»Deswegen bin ich ja eigentlich gekommen«, fing er an. »Ich war heute bei meinem Großvater –«

Aufgeregt unterbrach ich ihn. »Und? Was sagt er? Hat er Ulrike gekannt?«

Fabian schüttelte betrübt den Kopf. »Tut mir leid, ich konnte ihn nicht fragen. Es ging ihm schlecht und er hat fast die ganze Zeit geschlafen.«

Mühsam verbarg ich meine Enttäuschung. »Oh! Wie furchtbar. Tut mir leid für dich.«

»Das kommt in letzter Zeit immer öfter vor«, sagte er. »Mein Großvater ist ... puh!«, Fabian schluckte und ich merkte, wie sehr er sich bemühte, die Fassung nicht zu verlieren. Am liebsten hätte ich ihn in den Arm genommen, aber da war der Augenblick schon wieder vorbei und er sprach mit fester Stimme weiter: »Ich habe mit meinem Großvater beinahe mehr Zeit verbracht als mit meinen Eltern. Er war immer für mich da und hat mich gelehrt, dass man niemals aufgeben darf, wenn einem etwas wichtig ist.«

Vorsichtig legte ich ihm meine Hand auf den Arm. »Ein echter Kämpfer, dein Opa. Nicht wahr?«

»Ja, das war er und ist es bis heute geblieben.« Zaghaft lächelte er mich an und mir wurde ganz anders, weil er so süß dabei aussah.

»Möchtest du was trinken?«, fragte ich, um meine Gefühle zu überspielen.

»Gern, und hättest du vielleicht einen Napf Wasser für Einstein? Das wäre toll. Nachher seh ich mir mal den Schaden an deinem Rad an. – Hey ... was ist mit eurem Garten passiert. Der ist ja kaum wiederzuerkennen.« Überrascht blickte er sich um.

Mein Gesicht verfinsterte sich. »Da hast du recht.«

Als ich ihm gleich darauf eine Limo brachte und Einstein eine Schüssel mit Wasser hinstellte, untersuchte Fabian gerade die kaputten Reifen. Schnell trat ich näher. »Und was sagst du?«

»Die sind vollkommen hinüber. Da muss ich neue besorgen.«

»Das hatte ich schon befürchtet«, seufzte ich und reichte ihm sein Glas.

93

»Sag, was hast du überhaupt im Stadtarchiv gemacht? Etwa nach einer Schatzkarte gesucht?«, fragte er.
»Nein, ich wollte mehr über das Brückenunglück wissen.« Im Schnelldurchlauf erzählte ich ihm das wenige, was ich in Erfahrung gebracht hatte. »Bestimmt hätte ich noch mehr darüber herausgefunden, wenn ich die restlichen fünfhundert Zeitungssammlungen durchgegangen wäre, aber das war mir schließlich doch zu viel Arbeit.«
Fabian blickte auf die Uhr. »Apropos Arbeit: Ich muss los ...«
»Schade.«
»Ja, sehr.«
Wir standen uns abwartend gegenüber, keiner wollte sich vom anderen verabschieden.
»Also ...«, begann Fabian.
»Also, dann ...« Ich hielt den Blick starr auf meine Füße gesenkt und strich Einstein, der sich zwischen uns gedrängt hatte, übers Fell. Die Luft schien zu knistern, wie kurz vor einem Gewitter.
Mit einer schnellen Bewegung drückte mir Fabian einen Kuss auf die Wange. »Ciao, dolcezza.«
Bevor ich ihn fragen konnte, was das hieß, war er auch schon weg. Verdammt!
Gedankenverloren trug ich das leere Glas in die Küche und stellte es in die Spüle. Was sollte ich jetzt mit mir anfangen? Chris war abgehauen, ohne mir zu sagen, wann und ob er überhaupt zurückkommen würde. Fabian sprach in Rätseln, zumindest für mich, weil ich sein Italienisch nicht verstand. Männer!
Ich überlegte, mit Paula zu skypen, doch sie war bestimmt zu sehr mit ihrem Jeff beschäftigt. Da konnte ich mir das lieber gleich sparen.

Mein Blick fiel auf die Stange für die Dachbodenluke, die im Flur an der Wand lehnte. – Warum nicht? Dort oben hatte ich die Briefe an Ulrike gefunden. Vielleicht gab es noch andere Dinge, die ihr gehörten? Entschlossen nahm ich die Stange in beide Hände, zog die Luke auf und die Leiter nach unten. Dann stieg ich Sprosse um Sprosse nach oben.

Diffuses Tageslicht drang durch das schmutzige Dachfenster. Feine Staubpartikel wirbelten durch die Luft und tanzten um die Wette. Ich ging eine Stufe höher, sodass meine Brust auf Bodenhöhe war – und glaubte, meinen Augen nicht zu trauen. Das ... durfte nicht wahr sein, ich musste ... Meine Gedanken überschlugen sich.

Vor Schreck achtete ich nicht mehr darauf, wo ich hintrat. Mein Fuß verfehlte die Sprosse, ich stieg ins Leere und fiel. Ein stechender Schmerz schoss durch meinen rechten Knöchel. Den Rest fing mein Hintern ab. Einen Moment lang blieb ich wie benommen auf dem Fußboden sitzen. Dann zog ich mich an der Leiter wieder hoch in den Stand. Auf den verletzten Fuß aufzutreten, konnte ich vergessen. Aber weit mehr als mein schmerzender Knöchel beschäftigte mich das Bild, das mich so in Panik versetzt hatte. In der Staubschicht auf dem Boden des Speichers waren Schuhabdrücke zu sehen. Allerdings nicht nur die, die ich bei meinem letzten Besuch hinterlassen hatte. Nein, da waren kleinere als meine, wie von einem Kind. Doch nicht einmal dieser an sich schon mysteriöse Umstand hatte mich dermaßen aus der Fassung gebracht, dass ich mir beinahe den Hals gebrochen hätte. Vielmehr waren es die rostbraunen Flecken neben den Schuhabdrücken. Altes, getrocknetes Blut. Eines wusste ich: Das alles war bei meinem ersten Besuch auf dem Dachboden nicht da gewesen.

Kapitel 11

Ich hüpfte auf einem Bein in die Küche. Eiswürfel hatten wir keine, aber wenigstens konnte ich mir Umschläge mit kaltem Wasser machen. So etwas Beklopptes! Bereits jetzt zweifelte ich an meinem Verstand. Wahrscheinlich gab es eine ganz einfache Erklärung für alles – eine Lichtreflexion, Schatten ... vielleicht hatte es irgendwo reingetropft und dadurch waren die dunklen Flecken entstanden. Allerdings hatte es in den letzten Tagen nicht ein einziges Mal geregnet.

Während ich versuchte, das in kaltes Wasser getränkte Küchentuch auszuwringen, hörte ich die Haustür schließen. Einen Augenblick später kam Chris aus dem Flur herein.

»Hallo«, sagte ich kurz angebunden. Er konnte ruhig merken, dass ich unseren Streit nicht vergessen hatte.

»Leni, was tust du da?«

Ich ließ das nasse Tuch ins Abwaschbecken fallen, sprang auf einem Bein zum Stuhl und setzte mich.

»Hab mir den Knöchel verstaucht. Tut nur ein bisschen weh, ist nicht schlimm.« Den pochenden, bohrenden Schmerz ignorierte ich und setzte ein Lächeln auf.

Er seufzte. »Kann man dich nicht mal für eine Stunde allein lassen?« Dann kam er zu mir herüber. »Lass mal sehen!«

Ehe ich irgendwas tun konnte, hatte er meinen Fuß hochgehoben und auf sein Knie gelegt. »Autsch!«, zischte ich, als er den geschwollenen Knöchel betastete.

»Sieht übel aus. Du solltest das von einem Arzt untersuchen lassen.«
Vorsichtig stellte ich meinen Fuß wieder auf den Boden.
»Das ist nicht nötig. Es wirkt schlimmer, als es ist. Ehrlich! Außerdem würde er eh nur sagen, dass ich mich schonen soll. Ein paar kalte Umschläge, Fuß hochlegen und in ein paar Tagen springe ich wieder herum, wirst sehen.«
Offenbar wollte er sich nicht schon wieder mit mir streiten, denn er gab nach. »Schön, dann machen wir genau das. Du legst im Wohnzimmer das Bein hoch, bekommst einen kalten Umschlag und ich besorge uns was zum Essen und aus der Apotheke eine Sportsalbe.«
Mit Chris' Hilfe humpelte ich zur Couch, wo er mir zwei Kissen unter das Knie schob. »Bleib ja liegen!«
»Ja, Sir!«, gab ich zurück und salutierte spielerisch. Erst als ich sicher sein konnte, dass er wirklich weg war, stand ich auf.

Die Apotheke war in Pegeritz, einkaufen wollte Chris auch – das hieß, er würde mindestens eine Stunde weg sein. Viel zu lange, um untätig in die Luft zu starren. Wenigstens ein paar Briefe konnte ich bis zu seiner Rückkehr lesen.

Auf dem Weg in mein Zimmer kam ich an der offenen Dachluke vorbei. Ohne weiter zu überlegen, ließ ich die Leiter zusammenklappen und versperrte so den Zugang zum Speicher. Wieder lief mir ein Schauer über den Rücken, als ich an die kleinen Fußabdrücke und das Blut dachte. Energisch versuchte ich, das Bild in meine hintersten Gehirnwindungen zu verbannen, doch es wollte mir nicht gelingen. Ich hatte Chris nicht erzählt, wie ich mir den Knöchel verletzt hatte, und überlegte, ob ich ihn auf dem Dachboden nachsehen lassen sollte. Doch was, wenn er nichts sah? Was, wenn ich einer Halluzination oder etwas Ähnlichem aufgesessen war? Er würde mich für vollends verrückt halten. Das wollte ich nicht riskieren.

So schnell ich es mit meinem schmerzenden Knöchel konnte, humpelte ich in mein Zimmer und schnappte mir drei Briefe. Die konnte ich zur Not auch in meiner Hosentasche verstecken, damit Chris nicht merkte, dass ich ungehorsam gewesen war.

Wieder bei der Couch angelangt drapierte ich die Kissen so, wie Chris es getan hatte. Mein Bein legte ich darüber, dann nahm ich einen der Briefe aus dem Kuvert und begann zu lesen.

Ulrike,
schönste aller Frauen, Liebe meines Lebens.
Ich würde Dich mit Geschenken überschütten, mit Juwelen schmücken, Dich in Seide kleiden – wenn ich nur könnte. Aber Du hast gesagt, Du brauchst weder Geschenke noch Schmuck, um glücklich zu sein, meine Liebe würde Dir reichen. Also liebe ich Dich und ich verspreche Dir, es immer zu tun, bis zu unserem Tod.

Und genau das war eingetreten. So schön, so romantisch – und so schlimm zu wissen, dass diese Liebe tatsächlich mit Ulrikes Tod endete. Mit einem Seufzer las ich weiter.

Ulrike, mein Stern, der selbst in den dunkelsten Nächten mein Herz erhellt, ich möchte Dich küssen, am liebsten den ganzen Tag lang, und mir nicht jeden Kuss stehlen müssen, wenn gerade keiner hinsieht. Ich will Dich in meinen Armen halten, nicht bloß für kurze Momente, in denen wir uns unbeobachtet wähnen, sondern ein ganzes

Leben lang – oder wenigstens für ein paar Stunden. Ich habe einen Ort gefunden, den ich Dir zeigen möchte, der, wenn er Dir gefällt, nur Dir und mir gehört. Ich würde mir für Dich einen Palast wünschen, aber schlussendlich hat auch der nur Wände, Böden, eine Decke. Wir können uns unseren eigenen schaffen, was meinst Du? Darf ich Dir unser Schloss zeigen, wenn wir uns sehen?

In ewiger Liebe
M

Einen Moment lang ließ ich die Worte, die ich eben gelesen hatte, in mir nachhallen. M hatte also ein lauschiges Plätzchen gefunden, um mit Ulrike ungestört sein zu können. War es Mitte der Sechzigerjahre tatsächlich so prüde zugegangen?

Meine Mom hatte nie etwas dagegen gehabt, wenn meine Freunde zu mir kamen, auch Max und mir hatte sie vorbehaltlos vertraut. Er war häufig bei mir gewesen, wir hatten uns ungestört in mein Zimmer verzogen, hatten Musik gehört, ein wenig herumgeknutscht. Aber Ulrike? Ich hatte auf der Gedenktafel ihr Geburts- und Todesjahr gelesen. Sie war bei dem Unglück neunzehn Jahre alt gewesen. Die Briefe stammten aus dem Vorjahr, das bedeutete, sie war erwachsen und durfte sich trotzdem nicht mit M in der Öffentlichkeit treffen.

Ich geriet ins Grübeln, stellte mir vor, woran es gelegen hatte, dass die beiden ihre Liebe geheim halten mussten. War M etwa verheiratet gewesen? Hatte er etwas angestellt? Lag es an meinen Großeltern? Ich durchforstete mein Gedächtnis nach Erzählungen meines Vaters, aber da klaffte ein tiefes dunkles Loch. Entweder war ich noch zu klein gewesen, um mich daran zu erinnern, oder er hatte nie von seinen Eltern gesprochen. Wie auch immer: Ich hatte keinerlei Anhaltspunkte.

Mitten in meinen Überlegungen hörte ich die Eingangstür und ich versteckte die Briefe kurzerhand unter meinem Po, weil keine Zeit mehr blieb, sie anderweitig zu verstauen. Über Ulrike, ihren Lover und den geheimen Ort, wo sie sich getroffen hatten, musste ich mir wohl später Gedanken machen.

Chris hatte wie versprochen eine Salbe mitgebracht, mit der er großzügig meinen Knöchel einrieb, ganz nach dem Motto »Viel hilft viel«. Außerdem hatte er Kühlpacks besorgt, die er sofort in den Tiefkühler legte. Die Briefe ließ ich in einem unbeobachteten Moment schnell in meiner Hosentasche verschwinden.

Nachdem wir gegessen hatten – Chris hatte Tomaten-Mozzarella-Salat gezaubert, garniert mit frischem Basilikum aus dem Garten –, setzte sich mein Bruder wieder an sein Notebook. Ich nahm an, dass er arbeiten musste, deshalb verzog ich mich in mein Zimmer, um ihn nicht zu stören. Dort rief ich Mom an, sagte ihr jedoch nichts von meinem verletzten Knöchel. Schließlich hatte ich ihr ja erst letztens den Sonnenstich gebeichtet. Für eine weitere Dummheit würde sie wahrscheinlich wenig Verständnis haben.

Stattdessen fragte ich sie: »Mom, als du mit mir schwanger warst, wie haben Oma und Opa da reagiert? Hat es sie nicht gestört, dass du und Paps nicht verheiratet wart?«

»Hm ... begeistert waren sie im ersten Moment nicht, aber das hat sich schnell gewandelt und danach haben sie sich gefreut, endlich ein Enkelkind zu bekommen. Warum fragst du?«

»Nur so. Ich überlege gerade, wie das sein muss, ein uneheliches Kind zu bekommen.«

»Leni?!« Ihre Stimme klang alarmiert.

»Nein, keine Sorge, Mom. Es geht natürlich NICHT um mich!«, beruhigte ich sie schnell. Prompt atmete sie erleichtert aus. Aufgeregt erzählte ich ihr von Ulrike. »Wusstest du, dass Paps noch eine andere Schwester hatte?«

»Nein«, gab sie zu.

»Tja, sie war schwanger, als sie 1967 bei dem Brückeneinsturz ums Leben kam. Findest du es nicht komisch, dass alle so tun, als hätte es sie nie gegeben? Paps hat nie von ihr erzählt, Tante Helene auch nicht. Wie kann man die Erinnerung an einen Menschen einfach so auslöschen? Was hat sie denn Furchtbares getan?«

»Das weiß ich nicht.« Mom senkte ihre Stimme und setzte verschwörerisch hinzu: »Vielleicht war sie eine Agentin?«

»Mom, du nimmst mich nicht ernst«, beschwerte ich mich.

»Doch, natürlich, Leni. Aber die einzige Möglichkeit, nicht in wilde Spekulationen zu verfallen, ist, deinen Vater zu fragen«, gab sie mit normaler Stimme zurück.

»Das werde ich auch.«

»Gut, aber mach dir nicht zu viele Hoffnungen. Dein Vater war ...«, sie rechnete kurz, »... erst fünf, als sie starb. Wenn keiner in der Familie über sie gesprochen hat, kann er sich womöglich gar nicht mehr an sie erinnern.«

»Trotzdem, einen Versuch ist es wert.« Ich gähnte laut. Irgendwie war ich plötzlich hundemüde. »Hab dich lieb, Mom.«

»Ich dich auch, Mäuschen. Vergiss halt nicht, dass die Zeiten damals total anders waren. Vieles, was uns heute

selbstverständlich erscheint, war früher unvorstellbar – noch dazu in einem Dorf wie Riedeshagen, wo jeder jeden kennt.«
»Ja ... und Mom?« Mir fiel noch etwas ein.
»Hm?«
»Weißt du zufällig, was ›dolcezza‹ heißt?« Meine Mom hatte Italienisch als zweite Fremdsprache in der Schule gehabt.
»Oh, das bedeutet so viel wie ›Süße‹.«
Bevor sie weiter nachhaken konnte, wünschte ich ihr schnell eine gute Nacht und legte auf. Die Gedanken in meinem Kopf fuhren Karussell. Vielleicht trog mich meine Erinnerung und Fabian hatte ein ganz anderes Wort verwendet. Aber nein, er hatte ganz sicher »Ciao, dolcezza« gesagt. Wow! Ich hoffte bloß, dass es nicht irgendein blöder italienischer Brauch war, kleine Schwestern als »Süße« zu bezeichnen. So oder so: Jetzt würde ich vor Aufregung und mit einem Bauch voller Schmetterlinge bestimmt nicht schnell einschlafen können.

Leider bewahrheitete sich meine Befürchtung. Ich wälzte mich im Bett hin und her und fand keine bequeme Schlafposition. Mir war furchtbar heiß, also stand ich auf und öffnete das Fenster. Danach wurde es ein wenig besser und ich schlummerte schließlich ein. Doch die Ereignisse des Tages ließen mich selbst in meinen Träumen nicht los. Ich sah zwei Mädchen in weißen Kleidern. Sie liefen über den Strand auf mich zu. Sie kamen näher, sodass ich ihre Gesichter erkennen konnte. Es waren die Mädchen von dem Foto – Helene und Ulrike. Dann begann sich Ulrikes Gesicht zu wandeln und wurde zu meinem. Helene blieb stehen und ließ meine Hand los. Sie musterte mich und sagte: »Du bist nicht meine Schwester.« Dann ging sie. Ich rief ihr zu, sie solle auf mich warten, aber sie blickte sich kein einziges Mal mehr nach mir um, bewegte sich immer weiter von mir fort, bis sie ganz aus meinem Blickfeld verschwunden war.

Ich wollte ihr hinterherlaufen, meine Füße bewegten sich jedoch nicht, sie waren im Sand stecken geblieben. Da sah ich an mir hinunter. Mein weißes Kleid war voller Blutflecken. Verzweifelt hob ich die Hände vor mein Gesicht und wollte es in ihnen verbergen. Doch auch sie waren blutbesudelt. Ich begann, verzweifelt zu schreien – und wachte davon auf.

Im ersten Moment war ich total desorientiert. Mein Atem ging viel zu schnell, meine Füße hatten sich in der Decke verfangen. Ein Frösteln lief über meinen ganzen Körper und ich merkte, dass mein Pyjama verschwitzt war, als hätte ich einen Sprint hingelegt.

Oh Mann, was für ein bescheuerter Traum! Und ich konnte mich noch an jedes einzelne Detail erinnern. Das passierte mir normalerweise nie.

Ein Blick auf die Uhr zeigte mir, dass es erst ein Uhr morgens war. Ich stand auf und holte mir aus dem Schrank ein Longshirt, um mich umzuziehen. Als ich wieder zurück zum Bett humpelte, streifte mich ein eisiger Hauch. Automatisch wandte ich den Blick zum Fenster. Ich erschrak beinahe zu Tode. Da war jemand! Ein Schatten, nein, ein Gesicht. Ich stieß einen spitzen Schrei aus.

»Leni!« Chris stürmte nur Sekunden später in mein Zimmer. »Was ist passiert?«

Mit zitterndem Finger zeigte ich auf das offene Fenster. »D-d-da ...« Meine Stimme versagte und ich schluckte mehrmals, bis ich das Gefühl hatte, wieder einen Ton rausbringen zu können.

»Da war jemand, da draußen.«

Mit drei Schritten war mein Bruder beim Fenster und sah angestrengt in die dunkle Nacht. »Der scheint über alle Berge zu sein. Ich werde mal nachsehen.«

Er wandte sich zum Gehen, doch ich hielt ihn zurück. »Lass mich bloß nicht hier! Ich komme mit!« Nie im Leben würde ich allein im Zimmer bleiben!

Wahrscheinlich kam auch er zum Schluss, dass es wohl besser war nachzugeben, denn er nickte. »Okay, komm!«

Ich stützte mich beim Hinausgehen auf seinen Arm, an der Küche machten wir kurz halt und Chris schnappte sich noch schnell die Taschenlampe aus dem Küchenschrank, die ich beim Aufräumen dort deponiert hatte.

Draußen angekommen durchkämmten wir jeden Winkel, so gut es in der Dunkelheit ging. Doch wir fanden keinen mysteriösen Eindringling. Irgendwann gab mein Bruder entnervt auf. »Da ist keiner, wirklich! Komm, wir gehen zurück ins Haus. Morgen muss ich früh raus, Vater braucht mich in der Firma – und du solltest auch schlafen.«

Ich ließ den Schein der Taschenlampe noch einmal schweifen. Nichts. Nicht einmal ein kleines Lüftchen regte sich. Alles war ruhig. Doch zwei Dinge waren mir aufgefallen: Zum einen war es überraschend warm. Das heißt, der Luftstrom, den ich gespürt hatte, konnte nicht vom offenen Fenster kommen.

Und zweitens war das Gras runtergedrückt, als hätte dort jemand gestanden. Chris hatte es natürlich sofort abgewiegelt und gemeint, wir wären es selbst gewesen. Mein Bauch sagte jedoch etwas anderes. Ich war mir sicher: Da war tatsächlich jemand gewesen, ich hatte mir das Gesicht an meinem Fenster nicht bloß eingebildet.

Kapitel 12

Das Erste, was ich tat, nachdem ich in mein Zimmer zurückkehrte, war: Ich schloss das Fenster und zog die Vorhänge zu. Dann legte ich mich wieder ins Bett und dachte nach. Hatte ich die zerstochenen Reifen bisher als Jungenstreich und sinnfreien Vandalenakt abgetan, stand für mich nun fest, dass ich mich geirrt hatte. Wie es aussah, hatte es jemand gezielt auf mich abgesehen. Es war kein Zufall gewesen, dass ausgerechnet mein Rad dran glauben musste. Nur warum? Ich zermarterte mir das Gehirn, aber mir fiel einfach nichts ein, was ich getan haben könnte, um jemanden dermaßen zu verärgern.

Es dauerte lange, bis ich zur Ruhe kam. Ständig horchte ich auf ungewöhnliche Geräusche. Heiß war mir immer noch, aber ich traute mich nicht, das Fenster zu öffnen. Lieber schwitzen, als erneut das Ziel eines verdammten Stalkers zu sein. Mir fiel eine Atemübung ein, die helfen sollte, sich zu entspannen. Ich zählte bis fünf, atmete dabei ein, hielt die Luft einen Moment lang an und ließ sie dann ganz langsam ausströmen. Nach einigen Wiederholungen merkte ich, wie ich tatsächlich etwas ruhiger wurde. Meine Glieder wurden immer schwerer, ich hatte das Gefühl, tiefer und tiefer in die Matratze einzusinken, bis ich endlich in einen leichten Schlummer fiel.

Am Morgen wurde ich vom Zuschlagen einer Autotür wach. Gleich darauf hörte ich Chris wegfahren. Ach ja, er

hatte gesagt, dass er früh rausmüsste. Aber so zeitig? Es war erst halb sieben! Da ich nicht wieder einschlafen konnte, beschloss ich aufzustehen. Ich humpelte ins Bad. Was ich jetzt brauchte, war eine Dusche, und zwar dringend. Danach fühlte ich mich immerhin erfrischt, wenn auch nicht weniger müde. Egal, ich konnte mit dem verstauchten Knöchel ohnehin nichts Richtiges unternehmen.
Ich hüpfte auf einem Bein in die Küche und musste lächeln, als ich den gedeckten Tisch sah. Chris hatte mir das Frühstück vorbereitet und einen Zettel dazugeschrieben:

Leni,

ich muss heute einiges erledigen und komme wahrscheinlich erst gegen Abend zurück. Damit Du nicht verhungerst, habe ich Dir Frühstück gemacht. Im Kühlschrank steht ein Krug Eistee mit Melisse und Zitronengras aus dem Garten. Abendessen nehme ich von unterwegs mit.

Pass auf Dich auf und schone Deinen Fuß!
Chris

Wie süß von meinem Bruder! Er musste irrsinnig früh aufgestanden sein – und das alles wegen mir. Leider verspürte ich kein großes Hungergefühl, zu sehr lagen mir die unheimliche Erscheinung in der Nacht und die Ereignisse der vergangenen Tage im Magen. Wenn ich nur eine harmlose Erklärung dafür gefunden hätte.
Lustlos nagte ich an meinem Toast und humpelte schließlich wieder in mein Zimmer. Irgendwie musste ich das Beste aus meiner Situation machen. Schließlich hatte ich bei

der Herfahrt beschlossen, dass ich meinen Urlaub durch nichts trüben lassen würde. Ich lachte bitter auf.

Mein Blick schweifte zu dem restlichen Stapel Briefe auf meinem Nachttischchen. Na ja, Stapel war übertrieben, es waren nur noch drei Briefe übrig. Entweder hatte Ulrike nicht alle aufgehoben oder M hatte ihr mit der Zeit seltener geschrieben, weil sie sich häufiger trafen. So zumindest erklärte ich mir die größeren Abstände zwischen den einzelnen Schreiben.

Ich ließ mich aufs Bett sinken und nahm mir den nächsten Brief zur Hand.

Meine süße, liebste Ulrike,
ich bin so glücklich, dass Dir unser Palast gefällt. Morgen bringe ich ein paar Decken und Kerzen hin. Du wirst sehen, es wird richtig gemütlich werden, wenn wir ihn erst mal eingerichtet haben.

Ich würde Dich am liebsten nie wieder gehen lassen, es bricht mir jedes Mal das Herz, wenn Du mich verlassen musst. So sollte es nicht sein. Unsere Liebe hat mehr verdient. Ein richtiges Haus, ein echtes Bett, einen Trauring – ja, ich würde Dich auf der Stelle heiraten, wenn Deine Eltern nicht dagegen wären. Wir könnten durchbrennen. Würdest Du mit mir fortgehen? Ich bekomme überall Arbeit, da bin ich mir sicher. Und Du auch. Ulrike, überleg es Dir, ich bitte Dich inständig.

Ich verstehe, dass Du Angst hast, irgendwohin ins Ungewisse zu gehen – ich weiß, wie schwer es ist, alles hinter sich lassen zu müssen. Andererseits, hätte ich Dich sonst jemals getroffen, wenn ich in meiner Heimat geblieben wäre?

Diese Heimlichtuerei ist schrecklich für mich. Ich

schwöre Dir, ich tue alles, was mir möglich ist, um in den Augen Deiner Eltern ein geeigneter Ehemann für Dich zu werden. Sag mir nur, was sie von mir erwarten. Was sie für Dich wollen. Was gut genug für sie ist. Ich kann ja verstehen, dass sie keinen einfachen Arbeiter als Schwiegersohn akzeptieren, aber bald werde ich zum Vorarbeiter befördert, das ist bereits abgesprochen. Dann können sie nichts mehr gegen unsere Verbindung haben.

Ich liebe Dich jetzt und für immer
M

Nun wollte ich noch dringender wissen, was mit dem »Palast« gemeint war, der in dem Brief erwähnt wurde. Dass es sich dabei um kein Haus handeln konnte, war mir klar. Vielleicht eine Höhle? Eine Gartenhütte? Der Leuchtturm fiel mir ein – er wäre eine Möglichkeit.

Erwartungsvoll griff ich mir den nächsten Umschlag. Womöglich fand ich hier einen weiteren Hinweis darauf? Als ich den Brief auseinanderfaltete, fiel mir eine getrocknete Heublume entgegen. Ich legte sie vorsichtig zur Seite und senkte meine Augen auf die steile Handschrift. Er schrieb, er würde seiner Ulrike lieber Rosen schenken, jeden Tag einen ganzen Strauß, aber, weil das nicht möglich wäre, schicke er ihr diese Blume, deren Blau ihn an das Kleid erinnerte, das ihm an ihr so gut gefiel.

Ich überflog den Rest, in der Hoffnung zu erfahren, was es mit dem Versteck auf sich hatte und wo es lag. Doch offenbar war M sehr vorsichtig gewesen und hatte nichts geschrieben, was den Ort verraten hätte. Aus Angst, dass die Briefe in falsche Hände gelangten? War er einfach so furchtsam gewesen oder hatte er begründete Zweifel gehegt? Hatte er etwa Angst, Ulrikes Eltern würden die Briefe abfangen?

Und Tante Helene? Hatte sie von der Beziehung gewusst? War sie Ulrikes Komplizin gewesen? Ich wünschte mir so sehr, dass die beiden zusammengehalten hatten, aber ich konnte es nicht richtig glauben. Hätte meine Tante sonst nicht wenigstens von Ulrike erzählt oder Fotos von ihr aufgehängt? Immerhin musste ich ihr zugutehalten, dass sie die Bilder und Briefe aufgehoben hatte.

Ich konnte nicht verhehlen, dass ich ehrlich enttäuscht von meiner Tante war. Sie hatte ihre Schwester verloren, und anstatt sie in Ehren zu halten, hatte sie die Erinnerungen an Ulrike einfach getilgt. Einfach ausgelöscht, als hätte sie nie existiert.

Ich wischte mir den Schweiß von der Stirn. Es war erst zehn Uhr am Vormittag, aber bereits sommerlich heiß. Statt hier auf dem Bett sollte ich am Strand liegen und im Meer baden. Ich überlegte, ob ich das irgendwie gebacken bekommen würde, fand aber keine Lösung. Den Weg konnte ich mit meinem Knöchel noch nicht bewältigen. Warum war ich auch so dämlich gewesen, von der blöden Leiter zu fallen?

Fabian anzurufen, traute ich mich irgendwie nicht. Bestimmt musste er ohnehin seinen Eltern helfen.

Doch nur im Bett liegen war nicht! Als Erstes wollte ich für etwas Durchzug sorgen. Ächzend hangelte ich mich hoch und sprang bis zum Fenster. Ich zögerte, es zu öffnen. Die vergangene Nacht ließ sich einfach nicht abschütteln. Schließlich gab ich mir einen Ruck. Ich entriegelte das Fenster und machte die Flügel weit auf. Mein Blick schweifte über den Garten, der sich nun friedlich und taghell vor mir erstreckte. Tief atmete ich ein. Ich liebte ihn einfach, diesen Duft aus Sonne und Meer. Das Kreischen der Möwen untermalte die perfekte Kulisse.

Irgendwann wandte ich mich ab und humpelte in die Küche, um die Tür zum Garten zu öffnen.

Ein paar Minuten blieb ich in dem Luftstrom stehen und genoss die laue Brise, dann entschied ich, dass ich genauso gut im Garten unter dem Birnbaum sitzen konnte. Draußen würde es wesentlich angenehmer sein als im Haus.

Ich brauchte eine geschlagene halbe Stunde, bis ich mit meinem Handicap alles zu meiner Zufriedenheit hergerichtet hatte. Gleich zwei Stühle prangten jetzt unter dem Baum. Neben dem einen standen der Krug mit dem Eistee, den Chris für mich vorbereitet hatte, und ein Glas. Außerdem hatte ich von drinnen den letzten Brief mitgenommen.

So gerüstet konnte jetzt hoffentlich nichts mehr schiefgehen. Ich setzte mich, griff nach dem Krug und schenkte mir Tee ein. Mit einem Zug trank ich das Glas leer, weil mich die Hitze und die anstrengende Vorbereitungsarbeit durstig gemacht hatten. Dann füllte ich gleich wieder nach und nahm einen weiteren Schluck. Erst jetzt konnte ich das Getränk genießen. Es schmeckte herrlich, Chris hatte bloß wenig Zucker hineingetan, sodass der Eistee nicht nur erfrischend war, sondern auch tatsächlich den Durst löschte.

Ich lehnte mich in meinem Stuhl zurück. Obwohl ich nicht am Strand sein konnte, hatte ich wenigstens die zweitbeste Alternative gewählt.

In der Tasche meiner Shorts raschelte es leise. Da war er, der letzte Brief. Unschlüssig nahm ich ihn in die Hand. Ich war neugierig, keine Frage. Aber wenn ich ihn erst einmal gelesen hatte, war's das. Keine weiteren Liebesbriefe mehr.

Ich nippte wieder an meinem Eistee und sah Ulrike in Gedanken vor mir, wie sie zum Postkasten ging und den Brief herausholte. Waren diese Nachrichten wirklich die einzige Möglichkeit gewesen, miteinander zu kommunizieren? Immerhin gab es Telefone. Warum hatte er sie also nicht einfach angerufen? Besaß vielleicht noch nicht jeder eins? Ach, Briefe schreiben war einfach romantischer, so sieht's aus!, beantwortete ich mir selbst meine Frage. Gut für mich, sonst hätte ich sie ja nie finden können.

Ich schloss die Lider und versuchte, mir M auszumalen. Hatte er dunkles oder helles Haar gehabt? Gewelltes oder glattes? Das Bild, das ich vor meinem inneren Auge heraufbeschwor, sah Fabian verdammt ähnlich: schwarzes, gewelltes Haar und Augen wie dunkle Schokolade. Auch wenn ich gar nicht an ihn denken wollte, tat es mein Unterbewusstsein ganz von allein und ich musste lächeln. Vielleicht glichen Ulrike und ich uns ja nicht nur äußerlich, sondern teilten sogar den gleichen Geschmack, was Jungs betraf?

Ganz in Gedanken versunken merkte ich erst nach einer Weile, wie heiß es mittlerweile geworden war. Die Sonne war gewandert und der Baum spendete mir nicht mehr genug Schatten. Auf meinem Bein, das ich auf dem zweiten Stuhl abgelegt hatte, brannte bereits die Haut. Auch sonst war mir ein wenig schwummrig, vor meinen Augen tanzten schwarze Punkte und ich bekam einen regelrechten Schweißausbruch. Nachdem ich mir ja bereits einen Sonnenstich zugezogen hatte, wollte ich diese Erfahrung keinesfalls ein zweites Mal machen. Also steckte ich den Brief wieder ein, nahm den halb vollen Krug mit Eistee in die eine und das leere Glas in die andere Hand und wankte mühsam ins Haus. Hüpfen konnte ich schlecht, weil ich den Tee sonst verschüttet hätte, deshalb belastete ich den verletzten Fuß nur kurz und so vorsichtig wie möglich.

Als ich die Küche erreicht hatte, atmete ich erleichtert aus und stellte den Krug auf den Tisch. Auch der Tee darin war mittlerweile alles andere als kalt. Ich strich mir über meine verschwitzte Stirn. Plötzlich fiel mir etwas ein: Christopher hatte doch für meine Verstauchung Coolpacks besorgt, die würden mir bestimmt guttun. Also öffnete ich das Eisfach und entdeckte nicht nur die Packs, sondern sogar einen Behälter voller Eiswürfel und eine Großpackung mit Eiscreme. Super! Chris dachte wirklich an alles!

Ich gab ein Dutzend Eiswürfel in den Krug. Sie knackten, als sie mit der Flüssigkeit in Berührung kamen. Ich liebte dieses Geräusch, es klang so verheißungsvoll und unverkennbar nach Sommer.

Danach legte ich mich ins Wohnzimmer auf die Couch. Nun bereute ich es, Tür und Fenster geöffnet zu haben. Inzwischen hatte sich die Hitze reingeschlichen und schien in jeder Ritze des Raumes zu hocken. Der Schweiß rann mir aus allen Poren und ich fühlte mich, als wäre ich gleich gut durchgekocht.

Beinahe verzweifelt schüttete ich zwei Gläser eisgekühlten Tees in mich hinein. Das schien für den Augenblick zu helfen, also nahm ich das Kuvert ein zweites Mal zur Hand und öffnete es endlich.

Ulrike, mein Ein und Alles,
 meine Geliebte, meine Frau,
  auch wenn wir vor dem Gesetz und der Kirche nicht verheiratet sind, so sind wir es doch vor uns und vor Gott. Das Versprechen, Dich bis in alle Ewigkeit zu lieben, habe ich ernst gemeint. Es wird niemals eine andere Frau für

mich geben. Niemals werde ich je für jemanden so viel empfinden wie für Dich.

Ich muss nur die Augen schließen, um Deine Lippen auf meinen zu spüren, um Deine Haut unter meinen Fingern zu fühlen. Hast Du je ein Rosenblatt in Händen gehalten? Dieses Gefühl bist Du, wenn ich Dich berührte – so sanft, so zart, so verletzlich.

Ich habe Dir hundert Dinge versprochen, aber ich möchte Dir noch eins geben: Solange ich lebe, werde ich dafür sorgen, dass du glücklich bist.

Wann, frag ich Dich, müssen wir uns nicht mehr verstecken? Der einzige Wunsch, den ich habe, ist, Dich jeden Tag zu sehen, mit Dir zu sprechen, Dich in meinen Armen halten zu dürfen. Wann?

Du sagst mir jedes Mal, wir müssen warten, wir müssen Geduld haben. Aber diese Sehnsucht nach Dir verträgt kein Warten und keine Geduld. Ich will Dich jetzt und immer bei mir haben, jeden Tag, jede Sekunde. Ich möchte neben Dir einschlafen und aufwachen. Ich will, dass wir nicht nur wie Mann und Frau füreinander empfinden, sondern auch so leben dürfen.

Ich liebe Dich mehr, als ich jemals geliebt habe und je lieben werde, mehr als es Sterne am Himmel und Sand am Meer gibt. Ich liebe Dich mehr als mein Leben.
M

Die letzten Zeilen tanzten vor meinen Augen, sodass ich sie ein zweites und drittes Mal lesen musste. Ms Worte waren so eindringlich, klangen schier verzweifelt – mir schien, als ob er Ulrike viel mehr geliebt hatte als sie ihn. Ich an ihrer Stelle hätte auf alle Konventionen gepfiffen und ihn geheiratet, Einverständnis der Eltern hin oder her. Was hatte Ulrike abgehalten – mal abgesehen davon, dass sie bei dem Unglück gestorben war?

War sie sich ihrer Gefühle für ihn nicht sicher? Aber warum hatte sie dann mit ihm geschlafen? Sie war schließlich schwanger gewesen. War das Kind am Ende etwa gar nicht von M?

Mehr als diese Briefe hatte ich nicht, um mir die Geschichte drumherum auszumalen, und als eingefleischte Romantikerin wollte ich einfach an die große Liebe zwischen den beiden glauben. Selbst wenn Ulrike nur halb so viel für M empfunden hatte wie er für sie: Es hätte für ein ganzes Leben gereicht.

Während der Lektüre des Briefes hatte ich den restlichen Eistee ausgetrunken, fühlte mich aber immer noch durstig. Als ich versuchte aufzustehen, um mir etwas Wasser zu holen, sank ich gleich wieder zurück. Meine Beine waren plötzlich wie aus Gummi. Was war nur los mit mir? Beim Lesen konnte ich mich unmöglich so verausgabt haben, es musste an dieser verdammten Hitze liegen. Oder ich war gesundheitlich immer noch nicht ganz auf der Höhe? Viel Schlaf hatte ich in der Nacht ja auch nicht abbekommen.

Erschöpft schloss ich die Augen. Nur einen Moment, nahm ich mir vor. Ob ich tatsächlich eingeschlafen war, wusste ich nicht, aber plötzlich schreckte ich von dem Gefühl hoch, etwas hätte meine Wangen gestreift. Von einem Augenblick auf den anderen war ich hellwach, mein Herz schlug mir bis zum Hals, aber außer mir war niemand im Wohnzimmer.

Trotz der brütenden Hitze fröstelte ich nun und ein zweites Mal spürte ich einen eisigen Hauch, der mein Gesicht umspielte, ganz so, als würde mich eine Geisterhand berühren. Ich bekam höllische Angst und blieb wie in Schockstarre sitzen. Erst das Klingeln meines Handys befreite mich daraus, auch wenn es mich vor Schreck zusammenfahren ließ.

Am ganzen Körper zitternd griff ich danach und starrte auf das Display. Ein anonymer Anruf.

»Magdalena Hofner«, meldete ich mich mit schwacher Stimme.

Zuerst hörte ich nur ein Rauschen.

»Mom? Bist du es?« Doch es meldete sich niemand.

»Mom«, fragte ich noch einmal. Nichts.

Gerade wollte ich auflegen, als eine Kinderstimme raunte: »Lauf weg!«

Vor lauter Entsetzen wäre mir beinahe das Handy aus der Hand gerutscht. »Wer ist da?«, krächzte ich und merkte, dass meine Stimme versagte.

»Lauf! Weg!« Es war nicht mehr als ein Flüstern, aber dafür umso eindringlicher.

Danach hörte ich wieder nur Rauschen und schließlich drang nur noch ein Tuten an mein Ohr. Aufgelegt.

Erst Sekunden später sickerte die Warnung in mein Bewusstsein. Kraftlos fiel ich in mich zusammen, ein Schluchzer saß in meiner Kehle.

Wie ich es schaffte, endlich die richtigen Tasten auf meinem Handy zu drücken, wusste ich selbst nicht. Da hatte wohl mein Unterbewusstsein die Führung übernommen.

»Leni, wie schön, dass du anrufst«, hörte ich Fabians Stimme.

»Fabian, ich ... es ist etwas passiert. Kannst du herkommen?«, brachte ich mühsam hervor.

Er fragte nicht, warum oder was geschehen war, sondern sagte einfach: »Ich bin in fünf Minuten da.«

Kapitel 13

Wie versteinert saß ich auf der Couch und hielt mein Smartphone in der Hand, als wäre es mein Rettungsanker. Unablässig dröhnten die Worte in meinem Kopf, obwohl das Kind – es hörte sich an, wie ein kleines Mädchen – bloß geflüstert hatte. »Lauf weg!« Doch wie hätte ich weglaufen sollen, wenn ich nicht mal fähig war, mich zu rühren?

»Leni!« Fabians Stimme löste meine Starre und ich schaffte es, den Kopf in seine Richtung zu drehen. Er kam zügig auf mich zu. Hinter ihm trottete Einstein ins Wohnzimmer.

»Du hast mir einen Mordsschrecken eingejagt«, gestand Fabian. »Was ist los? Du siehst aus, als hättest du ein Gespenst gesehen.« Er setzte sich neben mich und blickte mich eindringlich an.

»Nicht gesehen. Aber gehört«, gab ich zurück. Fabians Augenbrauen wanderten nach oben, aber er widersprach nicht.

»Da war ... ein Anruf. Meinst du, Geister können telefonieren?«

»Jetzt machst du mir langsam wirklich Angst«, gab er zurück und legte den Arm um mich. »Erzähl mal. Am besten ganz von vorne.«

Und das tat ich. Ich begann mit den Fußspuren am Dachboden, erwähnte das Gesicht an meinem Fenster in der Nacht und die niedergetretenen Grashalme, dann kam ich zu dem Anruf, der mich so in Panik versetzt hatte, dass ich weder ein noch aus wusste. »Ich weiß nicht mehr, was ich glauben soll«, endete ich schließlich. »Ich bilde mir das alles doch nicht ein.«

»Okay«, sagte er und stand auf. Mit Bedauern stellte ich fest, dass mir die Geborgenheit, die ich eben durch seinen Arm verspürt hatte, sogleich fehlte. »Auf dem Speicher waren also Fußabdrücke und Bluttropfen?«

Ich nickte zaghaft.

»Dann gehen wir der Sache mal auf den Grund.«

Während er bereits vorausschritt, erhob ich mich zögerlich und humpelte ihm in den Flur hinterher. Konnte ich das Grauen dort oben noch einmal verkraften?

Fabian hatte bereits die Luke geöffnet und die Leiter aufgeklappt. Unwillkürlich hielt ich den Atem an und wartete, bis er hochgestiegen war.

Mit seinem Handy leuchtete er den Dachboden aus und machte ein paar Fotos.

»Und?«, rief ich schließlich, weil er nichts sagte.

Da kletterte Fabian in aller Ruhe die Leiter wieder herunter und hielt mir schweigend sein Handy hin.

Fassungslos betrachtete ich die Bilder, die er geschossen hatte. Immer und immer wieder. Ich konnte es einfach nicht glauben. Da war nichts. Und zwar wirklich ... NICHTS. Keine Fußspuren, keine Blutflecken, ja nicht mal die Staubschicht, die den ganzen Boden bedeckt hatte, war mehr vorhanden.

»Jemand ... Chris«, verbesserte ich mich, »muss sauber gemacht haben. Ich schwöre, dass alles voller Staub war, als ich oben gewesen bin.«

Fabian sah mich nachdenklich an. »Ich glaube dir, aber was die anderen Spuren angeht ... könntest du dich nicht geirrt haben?«

»Niemals!« Ich schrie es fast heraus. Hinter meinen Augen brannte es verdächtig und im ersten Moment versuchte ich noch, die Tränen zurückzuhalten. Doch es war vergebens. Laut schluchzte ich auf und hielt mir die Hände vors Gesicht. Sie konnten die Sturzbäche, die sich nun unaufhaltsam ihren Weg bahnten, auch nicht aufhalten. »Ich w-w-weiß echt nicht, w-w-was hier l-l-los ist«, wimmerte ich zwischen zwei Schluchzern.

Da nahm mich Fabian fest in den Arm. Ich lehnte mich kraftlos gegen ihn und heulte ihm das T-Shirt nass. Er strich immer wieder sanft über mein Haar und murmelte leise: »Sch, sch, ist doch gut. Ich bin bei dir.« So standen wir eine ganze Weile, bis ich mich tatsächlich etwas beruhigte. Unter anderen Umständen hätte ich diese Nähe genießen können, aber nun ... »Erst das Fahrrad, dann das Gesicht am Fenster, die gruseligen Träume. Und nun der Anruf. Was kommt als Nächstes?«, brachte ich mühsam hervor. »Fabian, ich habe solche Angst!«

»Leni, das musst du nicht! Ich passe auf dich auf. Und Christopher ist ja auch da.« Immer noch strich er mir übers Haar.

Ich ließ die Schultern hängen und schüttelte unmerklich den Kopf. Langsam begann ich, an meinem Verstand zu zweifeln. Wurde ich etwa verrückt?

»Den Anruf habe ich mir nicht eingebildet«, presste ich fast trotzig hervor, ohne dass Fabian etwas Gegenteiliges behauptet hätte. Um Fabian – und mir – zu beweisen, dass ich nicht komplett durchgeknallt war, holte ich mein Handy heraus und rief die Anrufprotokolle auf. Na bitte! Da war er, der anonyme Anrufer.

»Irgendeine Erklärung gibt es dafür, da bin ich mir sicher«, meinte Fabian. »Vielleicht wollte sich einer einen dummen Scherz erlauben?«

»Aber wer? Und warum?« Wieder drohte mich die Verzweiflung zu übermannen. »Und überhaupt: Niemand hat hier meine Handynummer. Ich durfte sie dank Mom ohnehin nur ganz wenigen geben. Was ist, wenn ...« Ich brach ab, da mir der Gedanke, der sich nun in meinem Kopf breitmachte, zu absurd erschien.

»Was, wenn?«, hakte Fabian natürlich gleich nach.

Ich holte tief Luft. In den letzten Minuten hatte ich mich vor Fabian ohnehin total danebenbenommen. Eigentlich konnte es fast nicht mehr schlimmer werden. Daher fasste ich mir ein Herz: »Was, wenn kein Mensch hinter den ganzen Sachen steckt?« Unsicher blickte ich ihn an.

Fabian versuchte, keine Miene zu verziehen, doch seine Körperhaltung sprach Bände. Er hatte die Hände abwehrend vor der Brust verschränkt. Alles drückte seine Ungläubigkeit aus.

War ja klar! Enttäuscht biss ich mir auf die Lippen. Eigentlich glaubte ich selbst nicht an übersinnliche Phänomene – im Gegensatz zu meiner Freundin Paula. Die beschäftigte sich mit lauter solchem Zeug wie Gläser rücken oder pendeln und war davon überzeugt, dass die Seelen der Verstorbenen, die aus irgendwelchen Gründen keine Ruhe fanden, unter uns weilten.

Und wenn sie nun recht hatte? Spätestens der heutige Anruf hatte meine bisherige Weltanschauung ins Wanken gebracht. Vielleicht sollte ich all diese Dinge wirklich mit ihr besprechen? Ja, nahm ich mir vor, ich würde sie anrufen. Womöglich war sie die Einzige, die mir hier weiterhelfen konnte.

»Was meinst du damit genau?«, unterbrach Fabian meine Gedanken. »Einen Geist?«

Ich räusperte mich unbehaglich. »Wenn ... also nur hypothetisch, wenn wir annehmen, dass es wirklich Geister gibt, dann würde ich auf Ulrike tippen, die versucht, mit mir Kontakt aufzunehmen«, wisperte ich.

Fabian schnappte nach Luft. »Leni«, rief er, »ehrlich – du meinst das ernst?«

Ich zuckte ratlos mit den Schultern. Inzwischen wusste ich gar nicht, was ich noch glauben sollte.

Von Fabians Ausruf aufgeschreckt kam Einstein schwanzwedelnd angelaufen und blickte uns nun mit schief gelegtem Kopf an. Er bellte kurz auf, ganz so, als wolle er fragen, ob mit uns alles in Ordnung sei.

»Schon gut, Einstein«, sagte ich und tätschelte seinen Kopf.

»Er hat sich leider genau den richtigen Moment ausgesucht, um mich zu holen«, meinte Fabian mit einem Blick auf die Uhr. »Ich muss jetzt in die Pizzeria, mag dich aber ungern alleine lassen. Willst du nicht einfach mitkommen?«

Ganz toll, jetzt hielt er mich wirklich für eine Irre. Energisch schüttelte ich den Kopf, auch wenn es in mir ganz anders aussah. »Nein, danke. Mein Fuß ... ich soll damit nicht herumlaufen. Außerdem kommt Christopher bald. Dann bin ich nicht mehr allein.«

Unschlüssig kratzte sich Fabian am Kopf. Man sah ihm an, wie schwer es ihm fiel, mich hierzulassen. Schließlich willigte er jedoch ein. »Wenn du mich brauchst, bin ich da. Ruf jederzeit an, hörst du? Morgen hab ich frei. Ursprünglich wollte ich meinen Großvater besuchen. Vielleicht willst du mich ja begleiten? Das würde dich sicher auf andere Gedanken bringen und du könntest mit ihm über Ulrike sprechen. Wir nehmen das Motorrad, da belastest du den Fuß nicht.«

Irre, irre, irre! Das sickerte für mich aus seinen Worten durch. Er glaubte mir einfach nicht. Andererseits wäre es *die* Gelegenheit, mehr über Ulrike zu erfahren.

Fabian schien mein Zögern zu bemerken, denn er fügte hinzu: »Bestimmt hat mein Großvater morgen einen seiner guten Tage. Da ist er klasse und du wirst ihn mögen, glaub mir.«

Ich wusste, welch enges Verhältnis er zu seinem Opa hatte, und natürlich registrierte ich auch seinen bittenden Blick. Er hätte gut und gerne Einstein Konkurrenz machen können. Der sah mich genauso an, wenn er gestreichelt werden wollte.

Ergeben seufzte ich. »Okay, ich fahr mit dir hin.« Vermutlich war es wirklich gut, mal aus diesem ganzen Wahnsinn hier rauszukommen.

Fabians Gesicht strahlte. »Super, ich hole dich morgen um halb zehn ab. Und wie gesagt: Ruf mich an, wenn was ist. Egal, zu welcher Uhrzeit.« Danach verabschiedete er sich mit einem sanften Kuss auf meine Wange und rief nach Einstein, der es sich in der Zwischenzeit auf der Couch im Wohnzimmer gemütlich gemacht hatte.

»Noch mal danke, dass du so schnell gekommen bist«, rief ich ihm nach. Er hob nur die Hand. »Keine Ursache. Pass auf dich auf!« Dann war er um die Ecke verschwunden.

Kapitel 14

Nachdem ich nun alle Briefe gelesen hatte, holte ich mein Buch aus dem Zimmer. Irgendwie musste ich mich ja ablenken – oder es zumindest versuchen. Ich fühlte mich hundeelend, als Fabian vorhin gegangen war, doch ich wollte mich vor ihm nicht noch mehr entblößen, indem ich ihn anbettelte zu bleiben.

Möglichst konzentriert richtete ich den Blick auf die gedruckten Zeilen vor mir. Das Buch handelte von einer Internatsschülerin, die ein Schultheaterstück schreiben sollte und bei der Suche nach der geeigneten Idee auf zwei vor langer Zeit verschwundene Mädchen stieß. Danach versuchte sie herauszufinden, was mit den beiden passiert war.

Ich hatte an der Stelle aufgehört, als sie mit ihren Freunden aus dem Internat ausbüxte, um eine alte Ruine zu besichtigen. Nun war ich gespannt, wie die Geschichte weiterging.

Mehr als ein paar Seiten hatte ich noch nicht geschafft, als ich das Quietschen der Eingangstür hörte. Gleich darauf vernahm ich Schritte auf dem Dielenboden. »Chris, bist du das?«, rief ich ängstlich. Andererseits: Wer sollte es sonst sein?

Ich bekam keine Antwort und mein Herz begann wieder, unruhig zu klopfen. Sogleich wurden die Erinnerungen an die vergangene Nacht lebendig. Was, wenn es derjenige war, den ich an meinem Fenster gesehen hatte? Meine

Kehle wurde trocken und ich fühlte das Blut in den Ohren rauschen.

»Chris?«, versuchte ich es noch einmal, bekam aber wieder keine Antwort, stattdessen knarrte der Boden.

Plötzlich schwappte eine ungeheure Wut in mir hoch und verdrängte für einen Moment jede Furcht. Wer immer dort draußen stand, hatte kein Recht, einfach so in mein Haus zu gehen. Ich hatte es echt satt!

So schnell ich konnte, humpelte ich zur Tür und riss sie auf, mit einem Schrei auf den Lippen, der in meinem Hals stecken blieb, als ich merkte, dass die Diele leer war. Dafür stand die Eingangstür sperrangelweit offen, als ob jemand überhastet geflohen wäre.

Wirr ließ ich meinen Blick kreisen und blieb abrupt an etwas hängen. Wie kamen die Abdrücke von Wanderschuhen in die Diele? Fabian hatte Sneaker getragen. Verlor ich nun vollkommen den Verstand?

Kraftlos sank ich gegen den Türrahmen. In der Hosentasche spürte ich mein Handy. Ich zog es hastig hervor und wählte entschlossen Fabians Nummer. Schließlich hatte er gesagt, ich könnte mich jederzeit melden. Doch es ertönte kein Freizeichen, stattdessen erklang die mechanische Stimme der Mailbox.

Das durfte einfach nicht wahr sein! Ich schloss für einen Moment die Augen. Dabei bemerkte ich, wie mir wieder Tränen herausquollen.

Irgendetwas musste ich tun. Nur was? Die Fußabdrücke waren immer noch da, als wollten sie mich verhöhnen. Entschlossen setzte ich mich auf. Ich musste sie fotografieren, damit ich einen Beweis hatte, dass ich nicht verrückt war. Vor lauter Zittern gelang es mir erst beim dritten Anlauf, die Fußspuren auf mein Handy zu bannen. Ich war erleichtert, als ich es endlich geschafft hatte. Dann wanderte mein Blick weiter zur Tür, die immer noch offen stand. Wie eine Irre rannte ich hin, schlug sie zu und drehte den Schlüssel im Schloss, bis ich sicher war, sie auch wirklich versperrt zu haben. Den Schlüssel würde ich allerdings abziehen müssen, damit Chris später hereinkam.

Überhaupt würde ich auf ihn warten. An Schlaf war im Moment ohnehin nicht zu denken.

Um mir die Zeit zu vertreiben, las ich weiter in meinem Buch. Oder besser: Ich hielt es in meinen Händen ohne wirklich reinzuschauen. Zwischendurch rief ich meine Mutter an, die aber nicht mit mir reden konnte, weil sie bei einem Geschäftsessen saß. Auch bei Paula blieb ich erfolglos, sie hatte ihr Handy nicht mal eingeschaltet. Wahrscheinlich amüsierte sie sich mit diesem Jeff, während ich kurz davor stand, in die Klapse eingeliefert zu werden. Ich schrieb ihr eine Nachricht, dass sie mich dringend anskypen sollte.

Bei Fabian meldete sich nach wie vor nur die Mailbox. Es war einfach wie verhext. Als ich dann von Chris auch noch eine SMS bekam, dass es bei ihm spät werden würde, war alles vorbei. Ich verkroch mich in mein Bett, zog mir die Decke über den Kopf und begann, hemmungslos zu weinen. Darüber musste ich dann irgendwann eingeschlafen sein.

Als ich aufwachte, war es stockdunkel. Ich horchte in die Nacht, alles war still. Da traf mich ein Hauch. Mich fröstelte. Es war, als wäre irgendwo ein Fenster offen. Oder ... Mühsam kramte ich in meinem noch trägen Geist. Hatte ich das nicht schon einmal gespürt? Erschrocken zuckte ich zusammen, als mir erneut ein kalter Hauch wie eine

Geisterhand übers Gesicht fuhr. Sofort bekam ich am ganzen Körper Gänsehaut.

»Was willst du?«, fragte ich leise. Kaum hatte ich fertig gesprochen, begann es, vor der Wand zu flimmern. Und hätte ich mir nicht vor Angst auf die Lippen gebissen, mein eigenes Blut geschmeckt und den Schmerz dabei gespürt, ich wäre überzeugt gewesen, dass ich träumte.

Ein kleines Mädchen in einem weißen Kleid erschien vor meinen Augen an der Wand. Lange braune Haare, zarte Gesichtszüge. Es sah genauso aus wie auf dem Foto damals in der Küche. Ulrike!

Sie stand einige Atemzüge lang einfach nur da und starrte ins Leere, als ob sie in Gedanken ganz weit weg wäre. Dann hob sie wie zum Gruß die Hand und verblasste.

In meinen Ohren gellte mein eigener Schrei, bis mich zwei starke Arme festhielten. »Schscht, es ist alles gut. Du hast bloß schlecht geträumt.« Chris.

Ich barg mein Gesicht an der Brust meines Bruders. »Du bist da, du bist endlich da«, schluchzte ich.

»Ja.« Dabei streichelte er mein Haar und meinen Rücken, wie bei einem kleinen Kind, das man beruhigt.

Es dauerte lange, bis ich das Gefühl hatte, normal atmen zu können.

»Was ist denn nur los?«, fragte mich Chris.

Ich erzählte ihm in stockenden Sätzen von der Erscheinung. Und auch von den Fußabdrücken im Flur, dem Anruf ...

Mein Bruder sagte eine Weile nichts, er schien zu überlegen.

Schließlich räusperte er sich. »Leni, wenn ich all diese Dinge, die bisher passiert sind, zusammenzähle, scheint es fast, als würde Ulrikes Geist in diesem Haus umgehen.«

»Aber ...«, setzte ich an. Er unterbrach mich mit einer Handbewegung.

»Bitte, halt mich nicht für verrückt. Ich habe das schon mal erlebt. Ulrike möchte dich vor einer Gefahr warnen.« Seine Stimme wurde eindringlich. »Leni, ich finde wirklich, du solltest abreisen.«

Ich lachte verbittert auf. »Hey, wieso sollte *ich* dich für verrückt halten? *Mir* passieren doch ständig Dinge, die sich keiner erklären kann. Ich dachte ehrlich gesagt, du würdest mich als Irre abstempeln. Du hältst es also tatsächlich für möglich, dass es in diesem Haus spukt?«

Er nickte ernst. »Ich habe das bisher niemandem erzählt, aber nachdem meine Mutter gestorben ist, erschien sie mir manchmal und sprach zu mir.«

»Und was hat sie gesagt?« Ich hätte niemals gedacht, einmal solch ein Gespräch zu führen, aber ich tat es. Noch dazu mit meinem Bruder. Vielleicht hatten wir tatsächlich mehr gemeinsam, als ich angenommen hatte?

»Sie hat sich Sorgen um mich gemacht. Erst als ich zu Vater zog, hat der Spuk aufgehört. Offenbar war ihre Seele beruhigt und sie konnte gehen – wohin auch immer.«

Viel wusste ich nicht über die ganze Beziehungskiste von Paps. Aber ich nahm an, dass er Chris' Mutter wegen uns verlassen hatte. Kein schönes Gefühl, dass man seinem Bruder den Vater weggenommen hatte. Immerhin kümmerte sich Paps damals weiterhin um Chris. Jedes zweite Wochenende nahm er sich Zeit für ihn und in den Ferien verbrachten wir eben mehrere Wochen hier im Haus gemeinsam mit Tante Helene.

Als ich acht war, trennte sich Mom von meinem Vater – und ein, zwei Jahre später starb Chris' Mutter und er zog bei Paps ein. Es schien, als wäre mein Vater von der plötzlichen Verantwortung überfordert. Seine Besuche bei mir wurden seltener, nach Riedeshagen fuhren wir auch nicht mehr. Für mich war das eine schwierige Zeit gewesen, aber ich hatte immerhin noch Mom. Chris hingegen war viel schlimmer dran, gestand ich mir ein.

»Das klingt ja furchtbar!«, flüsterte ich.

Er winkte ab. »Es ist lange her. Ich habe es dir auch bloß erzählt, damit du weißt, dass solche Dinge, wie du sie gerade erlebst, möglich sind. Du musst die Warnungen ernst nehmen.«

Es überraschte mich selbst, dass ich gleich den Kopf schüttelte. An eine Heimreise hatte ich bisher, so seltsam es klang, gar nicht gedacht. Ich wusste eigentlich gar nicht mehr, an was ich denken, ja, woran ich noch glauben sollte. Innerlich sträubte sich alles in mir gegen die Geistertheorie. Allerdings konnte ich aufgrund der Ereignisse der letzten Tage diese Möglichkeit keineswegs mehr ausschließen.

Komme, was wolle – morgen, nein, heute, stellte ich nach einem Blick auf die Uhr fest, würde ich Paula anrufen und mir ihren Rat holen. Und danach konnte ich entscheiden, ob ich die Flucht ergreifen sollte oder nicht.

»Ich bleibe«, sagte ich bestimmt, damit er sah, wie ernst es mir war. »Ich schließe weder aus, noch bin ich restlos davon überzeugt, dass es sich um Geistererscheinungen handelt. Aber nehmen wir mal an, es ist tatsächlich, wie du gesagt hast: Was macht dich so sicher, dass Ulrike mich warnen will? Möchte sie, dass ich etwas herausfinde, was mit ihrem Tod zu tun hat – oder etwas mit ihrem Leben? Was, wenn sie erst dann zur Ruhe findet?«

Chris sah mich mit funkelnden Augen an und stemmte fast wütend die Hände in die Seiten. Dann klärte sich sein Blick, er zuckte mit den Achseln. »Ich kann dazu nichts sa-

gen. Allerdings finde ich nach wie vor, dass es besser wäre, dich aus der Schusslinie zu bringen, aber du bist alt genug, um deine eigenen Entscheidungen zu treffen. Morgen muss ich wieder in die Firma«, fuhr er in geschäftsmäßigem Ton fort. »Ich gehe jetzt ins Bett und das solltest du auch tun. Soll ich dir einen Tee machen? Melisse beruhigt die Nerven.«
Ich nickte verwirrt. Wieso hatte er so abrupt das Thema gewechselt? Gerade von ihm hatte ich mir mehr Unterstützung erhofft, nachdem er mir das mit seiner Mutter anvertraut hatte. Doch so kühl und abweisend wie er sich jetzt gab, traute ich mich nicht mehr, ihn noch einmal darauf anzusprechen.

Vollkommen entkräftet sank ich im Bett zurück und zog mir die Decke bis ans Kinn. Kurz darauf kam Chris mit einem dampfenden Becher herein, stellte ihn auf meinen Nachttisch, wünschte mir eine gute Nacht und ging.

Zuerst dachte ich, ich würde nie zur Ruhe kommen. Doch bald nachdem ich den Tee ausgetrunken hatte, zeigte er Wirkung. Sanft glitt ich ins Reich der Träume.

Als ich am Morgen vom Wecker meines Handys aus dem Schlaf gerissen wurde, fühlte ich mich lustlos und hundemüde. An alles, was ich geträumt hatte, konnte ich mich nicht erinnern, aber manche der Bilder hatten sich irgendwo in meinem Unterbewusstsein festgesetzt, sodass sie zwar nicht präsent waren, in mir aber trotzdem ein ständiges Unwohlsein hervorriefen. Nur der Gedanke, dass mich Fabian in einer Dreiviertelstunde abholen würde, hielt mich ein wenig aufrecht.

Ich kämpfte mich aus der Decke, die sich in der Nacht mehrmals um mich gewickelt hatte, und testete meinen verstauchten Knöchel. Er fühlte sich schon etwas besser als am Vortag an, allerdings konnte ich ihn immer noch nicht voll belasten.

Schwerfällig hinkte ich ins Badezimmer und wusch mich. Danach überlegte ich fieberhaft, was ich zu dem Besuch im Pflegeheim anziehen sollte. Schon jetzt versprach der Tag, wieder heiß zu werden. Meine Shorts, in denen ich mich bei diesen Temperaturen am wohlsten fühlte, schienen eher unpassend zu sein. Schließlich entschied ich mich für eine weiße Dreiviertelhose aus einem dünnen Baumwollstoff und eine bunte Bluse im Kringellook, die ich meiner Mutter mal abgeschwatzt hatte.

In der Küche entdeckte ich wieder eine Notiz von Chris, dass er erst am Abend zurück sein würde. Auch diesmal hatte er mir Frühstück gemacht, als ob er Angst hätte, ich könne verhungern.

Doch die furchtbaren letzten Tage und Nächte hatten Spuren hinterlassen. Auch wenn es mir um seine Mühe leidtat: Ich nahm mir bloß einen Apfel, schenkte mir jedoch eine große Tasse Tee ein, den Chris in seiner Nachricht an mich »Gartenzauber« getauft hatte. Einmal mehr bewunderte ich seine Pflanzenkenntnisse und nahm mir vor, unbedingt von ihm zu lernen, welche Kräuter man wofür verwenden konnte. Back to nature hieß die Devise. In diesem Zusammenhang fiel mir eine Lebensweisheit von Tante Helene ein: »Es gibt nichts, wogegen kein Kraut gewachsen ist.« Der Ausspruch zauberte fast ein kleines Lächeln auf mein Gesicht.

Ich räumte den Tisch ab, verstaute das unangetastete Essen im Kühlschrank und spülte das liegen gebliebene Geschirr. Immer wieder blickte ich dabei auf die Uhr. Wo steckte Fabian nur? Es war bereits zwanzig vor zehn und er war noch nicht da. Hatte er mich etwa vergessen?

Eben wollte ich ihn anrufen, in der Hoffnung, dass ich nicht wieder nur seine Mailbox erwischte, als wie durch Gedankenübertragung mein Handy läutete. Es war tatsächlich Fabian und er klang ziemlich aufgebracht. »Das Motorrad springt nicht an. Irgendein Idiot hat mir Sand in meinen Tank gekippt«, fluchte er.

»Oh, wie gemein! Kriegst du das irgendwie wieder hin?«

»Ich habe keine Ahnung. Heute wohl nicht mehr. Aber wir fahren trotzdem nach Pegeritz zu meinem Großvater. Er freut sich und ich will ihn nicht enttäuschen. Und dich ebenso wenig«, setzte er hinzu. Er räusperte sich unbehaglich. »Es tut mir unheimlich leid, dass du mich am Abend nicht erreichen konntest. Ausgerechnet gestern hat mein Handy wohl den Geist aufgegeben und ich habe es erst nach Ladenschluss gemerkt. Da dachte ich, du schlummerst bestimmt schon friedlich, und wollte dich nicht wecken. Eben konnte ich meine SIM dann schnell in das Handy meiner Mom stecken und habe gesehen, dass du tatsächlich angerufen hattest. Bitte entschuldige! Ist alles in Ordnung bei dir?«

Nun war es an mir, mich zu räuspern. Ich konnte ihm unmöglich von dem ganzen Wahnsinn berichten, wo er sich doch auf den Ausflug zu seinem Großvater freute und auch noch das kaputte Motorrad zu verschmerzen hatte. »Alles gut, ich wollte mich nur für deinen Beistand bedanken. Und ...« Ich räusperte mich wieder. »Es ist wirklich kein Problem, wenn ich heute daheimbleibe. Fahr einfach ohne mich. Mit meinem Fuß ist sogar der Weg in den Garten ein Gewaltmarsch, bis zum Bus schaffe ich das einfach nicht.« Was ich doch für eine erschreckend gute Lügnerin war!

»Unsinn!«, widersprach er sofort. »Ich hab da eine Idee – lass dich überraschen. In zwanzig Minuten bin ich bei dir.

Wenn wir Glück haben, erwischen wir den Bus nach Pegeritz um halb elf.« Fabian legte auf und ich verbrachte die restliche Wartezeit damit, mir vorzustellen, welche Idee Fabian ausgebrütet hatte, damit ich mit ihm, trotz aller Widrigkeiten, seinen Großvater besuchen konnte. Eine willkommene Ablenkung!

Kurz nach zehn klopfte es an der Haustür. Durch das gestrige Erlebnis alarmiert, fragte ich nach, wer da sei, ehe ich erleichtert öffnete.

Fabian hielt mir grinsend zwei Krücken entgegen. »Damit müsste es gehen.«

Ich ließ ihn herein und probierte die Gehhilfen gleich aus. »Cool, die sind super! Wo hast du die denn her?«

Er zuckte die Schultern. »Sie gehören meinem Großvater. Jetzt kann er gar nicht mehr selbst gehen. Aber als es ihm noch ein wenig besser ging, war er mit denen unterwegs.«

»Ich mag deinen Opa jetzt schon«, gab ich zurück. Ich konnte gar nicht sagen, wie glücklich ich über die Krücken war, denn durch sie war ich wieder mobil und konnte endlich außer Haus gehen.

Ich schnappte meine Umhängetasche, die Paula zu meinem Geburtstag gehäkelt hatte, und setzte diesmal einen Hut auf. Der Sonnenstich war mir eine Lehre gewesen. Noch einmal würde mir das nicht passieren. Dann verließen wir das Haus und ich sperrte die Eingangstür sorgfältig zu.

Der Weg zur Bushaltestelle kam mir ziemlich lang vor und es war ganz schön anstrengend, mich mit den Armen auf den Krücken abzustützen, aber das erste Mal seit Tagen hatte ich das Gefühl, wieder frei atmen zu können.

Kapitel 15

Gott sei Dank hielt der Bus genau vor dem Eingang des großen Gebäudekomplexes, der neben dem Pflegeheim auch ein Ärztezentrum beherbergte.

Ich betrachtete die Anlage mit gemischten Gefühlen, musste aber zugeben, dass diese hier auf den ersten Blick nichts mit der Enge und Trostlosigkeit der Pflegeheime aus den Medienberichten gemein hatte.

Fabian führte mich hinein und grüßte die Schwestern. Eine erkundigte sich nach seinen Eltern. »Danke, denen geht es gut. Sie kommen am Montag wieder zu Besuch.«

Er zeigte mir den Aufenthaltsraum, in dem einige Insassen vor dem Fernseher saßen, andere spielten Karten. Sie sahen allesamt ganz zufrieden aus, fand ich.

Schließlich erreichten wir eine rote Tür. Fabian klopfte kurz an und öffnete sie.

Unschlüssig blieb ich im Türrahmen stehen, während er hineinging und ans Bett trat. Das Gesicht des Mannes strahlte, sobald er Fabian erkannte. »Mio caro. Wie schön, dass du da bist.«

Fabian küsste seinen Opa auf die faltigen Wangen. »Nonno, ich habe eine Freundin mitgebracht.«

Der alte Herr wandte sich zu mir. Sein Blick schien in mein Innerstes vorzudringen. Seine Augen sahen genauso aus wie Fabians.

Leise lächelnd winkte er mich näher. »Komm rein und schließ die Tür. Fabian hat dich bereits angekündigt.«

Schüchtern folgte ich seiner Aufforderung. Was, zum Kuckuck, hatte Fabian seinem Großvater bloß über mich erzählt?

Ein wenig befangen ging ich zum Bett und reichte dem alten Mann die Hand. »Magdalena Hofner. Meine Freunde sagen Leni zu mir.«

Er ergriff meine Hand und hielt sie fest. »Ein schöner Name. Setz dich doch.« Er deutete auf einen Stuhl. Fabian nahm ihn und stellte ihn neben das Bett.

»Mio nipote – mein Enkelsohn – hat gesagt, du möchtest etwas über Ulrike Schönbeck wissen. Warum, wenn ich fragen darf?«

Ich holte Luft und fing damit an, dass ich ihren Namen auf der Gedenktafel gelesen und dadurch erfahren hatte, dass Ulrike meine Tante gewesen war.

»Keiner hat je von ihr gesprochen, das finde ich schade. Ich habe das Haus, in dem sie gelebt hat, nun von ihrer Schwester geerbt. Beim Saubermachen habe ich ein paar alte Fotos gefunden – und da waren Briefe.«

»Briefe?«, hakte er nach.

Ich nickte. »Liebesbriefe, die Ulrike erhalten hat. Ich habe sie alle gelesen und sie sind so ... wunderschön.«

Sein Gesicht erhellte sich. »Tatsächlich!«

»Äh ... ja. Leider hat Ulrikes Freund immer nur mit M unterschrieben und ich würde furchtbar gerne wissen, wer dieser Freund war.«

»Weshalb? Das ist alles so lange her.«

»Aber sie war meine Tante«, protestierte ich. »Bis vor ein paar Tagen wusste ich nicht einmal, dass es sie gab. Und ich finde, das ist die schönste – und tragischste Geschichte seit ... Romeo und Julia.«

Ich blickte Hilfe suchend zu Fabian, der nur breit grinsend mit den Schultern zuckte.

»Bitte!«, sagte ich und sah Fabians Großvater flehentlich an.

»Mio caro, würdest du mir einen Kaffee holen?«, wandte er sich stattdessen an Fabian.

Der blickte zu mir, als wolle er sich vergewissern, dass es mir nichts ausmachte, wenn er mich mit seinem Großvater alleine ließ. Ich nickte ihm unmerklich zu und er stand auf.

»Für dich auch etwas?«, fragte Fabian an mich gewandt.

»Ich weiß nicht ... gibt es hier eine Cola?«

»Ma sicuramente. Aber sicher!«, antwortete sein Großvater für ihn. »Nimm dir aus meinem Portemonnaie zehn Euro.«

»Nonno, ich habe Geld«, gab Fabian zurück und verschwand aus dem Zimmer.

Fabians Großvater seufzte und musterte mich stumm. Fast wurde mir ein wenig unbehaglich zumute. Was würde nun kommen? »Du siehst genauso aus wie sie«, unterbrach er meine Gedanken.

Aufgeregt lehnte ich mich vor. »Sie kannten Ulrike also?«

»Leni, hat Fabian dir nie meinen Vornamen verraten?«

Ich schüttelte verwirrt den Kopf.

»Ich heiße Mario. Mario Biasini.«

Im ersten Moment stand ich auf der Leitung und fragte mich verwirrt, was sein Vorname mit Ulrikes Briefen zu tun hatte. Doch plötzlich traf mich die Erkenntnis wie ein Blitz. Mario war M!

»Oh.« Mein Gesichtsausdruck musste ziemlich bescheuert ausgesehen haben.

»Es ist ... du siehst ihr unglaublich ähnlich«, sagte Mario.

»Erzählen Sie mir von ihr«, bat ich.

»Wir haben uns geliebt. Wenn ich sie ansah, war es, als würde die Sonne aufgehen. Ich dachte, Liebe auf den ersten Blick gäbe es nur in Büchern oder Filmen – bis ich Ulrike traf.«

»Sie mussten Ihre Liebe geheim halten. Warum?«

Er seufzte. »Oh, cara. Die Zeiten waren damals anders. Die Menschen waren anders. Ich hätte sie sofort geheiratet, aber sie war noch nicht alt genug – 1967 war man erst mit einundzwanzig volljährig, sie hätte die Einwilligung ihrer Eltern gebraucht – und die ... weißt du, ich war nur ein einfacher Hilfsarbeiter. Noch dazu Italiener. Ulrike hingegen ... sie war schön und klug. Sie hat als Sekretärin gearbeitet, sprach mehrere Fremdsprachen.«

»Ach was!«, entfuhr es mir. »Ihre Briefe sind einfach nur traumhaft schön! Sie sind ein wahrer Poet!« Sogleich stieg mir die Röte ins Gesicht. Was redete ich hier eigentlich?

Mario grinste und sah dadurch plötzlich viel jünger aus. »Grazie, ich habe mich sehr bemüht. Oft bin ich den ganzen Abend mit dem Wörterbuch dagesessen, damit alles stimmt. War eine gute Methode, um besser Deutsch zu lernen.«

»In den Briefen wollten Sie mit ihr fortgehen. Warum haben Sie es nicht getan?«

»Oh, wir wären wohl tatsächlich durchgebrannt«, sagte Mario lächelnd. »Aber dann sah es so aus, als würde sich alles zum Guten wenden. Ich wurde zum Vorarbeiter befördert, mit einem ordentlichen Gehalt, das gereicht hätte, um eine Familie zu ernähren. Du musst verstehen, sie hatte ihre Freunde hier, ihre Eltern. Wenn wir gegangen wären, hätten wir nichts gehabt. Wir hätten ganz von vorne anfangen müssen. Und dann ...«

»Dann passierte das Unglück, nicht wahr?«, fragte ich sanft.

Er nickte und sein Blick verschleierte sich. Einen Moment lang musste er sich fassen und ich machte mir Vorwürfe, dass ich damit so rausgeplatzt war. »Ich wünschte, ich hätte sie vorher weggebracht«, fuhr er dann leise fort. »Sie könnte noch am Leben sein. Sie und unser Kind.« Aus Marios Augen liefen Tränen die Wangen hinunter. Er tat mir unendlich leid und ich nahm seine Hand, um ihn zu trösten.

»Ich wusste bis dahin nicht einmal, dass sie schwanger war«, erzählte er weiter. »Das habe ich erst nach dem Einsturz erfahren – genauso wie ihre Eltern. Sie hatte es niemandem erzählt, bis auf Helene, die mir zeit ihres Lebens Vorwürfe gemacht hat, weil Ulrike gestorben ist, als sie auf dem Weg zu mir war, um mir die Nachricht zu überbringen.«

»Aber niemand hat damit rechnen können, dass die Brücke einstürzt.«

»Ich bin schuld an ihrem Tod«, beharrte er und wischte mit den Händen seine Tränen weg.

»Es ist furchtbar, dass Ulrike und das Baby gestorben sind. Doch ich finde es fast schlimmer, dass meine Familie so tut, als hätte es sie nie gegeben. Im ganzen Haus war nichts von ihr zu finden, bis auf ein paar versteckte Fotos in einer Blechdose und die Briefe auf dem Speicher.«

Mario lächelte gequält. »Für ihre Eltern war es ein Skandal, dass ihre Tochter ein uneheliches Kind erwartet hatte. Ganz Riedeshagen hat Spekulationen darüber angestellt, wer der Vater gewesen sein könnte.«

Ich ließ Marios Worte auf mich wirken. War es tatsächlich so gewesen, dass meine Großeltern die eigene Tochter noch nach ihrem Tod verstoßen hatten? Hilflose Wut überkam mich bei dem Gedanken. Kein Wunder, dass Ulrike sich nicht getraut hatte, ihren Eltern von Mario zu erzählen. Wahrscheinlich wäre sie hochkant vor die Tür gesetzt worden. In diesem Moment war ich froh, dass ich meine Großeltern nie kennengelernt hatte. Die waren ja glatt zum Davonlaufen gewesen!

»Was ist mit Helene? Wenigstens sie hätte ...«, begann ich, aber Mario drückte meine Hand und unterbrach mich mit den Worten: »Helene hat ihre kleine Schwester geliebt, das weiß ich. Gegen ihre Eltern konnte sie sich auch nicht durchsetzen. Sie hat heimlich Ulrikes Grab besucht. Ich habe sie dort gesehen. Wahrscheinlich hat sie die Fotos und Briefe ohne das Wissen ihrer Eltern aufgehoben.«

Eine Weile schwiegen wir in gegenseitigem Einvernehmen.

Dann durchbrach ich die Stille. »Darf ich Sie noch etwas fragen?«

Mario lächelte. »Di sicuro – aber sicher.«

»Hat Ulrike Ihnen eigentlich mal zurückgeschrieben?«

Sein Lächeln vertiefte sich, er ließ meine Hand los und zeigte auf einen deckenhohen Schrank. »Kannst du mir von dort drinnen die Holzkiste bringen?«

Mein Mund wurde vor Aufregung ganz trocken, ich humpelte hinüber und machte die Schranktür auf. Die Kiste, die Mario gemeint hatte, stand auf dem Regal in Kopfhöhe. Ich nahm sie an mich und brachte sie ihm.

Sanft strich er über den Deckel, ehe er ihn aufklappte. Dann holte er einen Stapel fliederfarbener Umschläge heraus und reichte sie mir.

»Ich habe alle aufbewahrt.«

»Danke«, flüsterte ich gerührt und drückte sie an mich. »Ich weiß gar nicht, was ich sagen soll. Selbstverständlich bringe ich sie Ihnen zurück, sobald ich sie mir angesehen habe.«

Mario winkte ab. »Nein, sie gehören dir. Ich habe sie tausendmal gelesen, nach Ulrikes Tod sogar mehrmals pro

Tag. Sie waren das Einzige, was mir von ihr geblieben ist. Ich kenne jedes Wort auswendig. Behalte sie.«

Ich musste schlucken, denn ich wusste, wie viel ihm die Briefe bedeuteten. »Ich werde auf sie aufpassen«, versprach ich mit belegter Stimme.

In diesem Moment kam Fabian zurück ins Zimmer. Er gab Mario einen Pappbecher mit Kaffee in die Hand und sagte zu mir: »Cola war leider aus.«

»Danke, mio caro.« Mario stellte den Becher auf den Nachttisch. »Den trinke ich später. Ich bin schrecklich müde und möchte vor dem Mittagessen ein wenig schlafen.«

Ich steckte die Umschläge in meine Tasche und stand auf. »Mario, danke, dass Sie sich so viel Zeit für mich genommen haben und für Ihre Offenheit.« Spontan beugte ich mich zu ihm hinunter und küsste ihn auf die Wange.

»Ciao, Leni. Zeit ist das, was ich hier im Überfluss habe. Gern geschehen.«

Ich wartete an der Tür, damit Fabian, der vom plötzlichen Abschied etwas überrumpelt schien, ebenfalls noch ein paar Worte mit seinem Großvater wechseln konnte.

»... und bring deine Freundin ruhig wieder mit«, rief Mario ihm nach, ehe Fabian die Tür zum Zimmer schloss.

»Hat dir mein Großvater mit Ulrike weiterhelfen können?«, fragte mich Fabian auf dem Weg zur Bushaltestelle.

Ich nickte und holte die Briefe, die mir Mario gegeben hatte, aus meiner Tasche. »ER hat die Briefe an Ulrike geschrieben.«

Fabian sah mich ungläubig an. »Wow! Heißt das ... mein Großvater war Ulrikes Freund und der Vater ihres ungeborenen Kindes?«

»Ja. Und das hier«, ich hielt den Packen Umschläge hoch, »das sind die Gegenstücke.«

Der Bus kam und wir stiegen ein. Auf dem Rückweg nach Riedeshagen war Fabian sehr schweigsam. Ich ließ ihn in Ruhe, auch mir ging viel im Kopf herum.

Erst als wir ausstiegen, meinte er: »Wie wär's mit einem Eisbecher? Hast du Lust?«

Ich grinste. »Und wie!«

Sommer, Sonne, ein süßer Junge an meiner Seite und ein Rieseneisbecher – es hätte so schön sein können!

Ein Moment lang gestattete ich mir das Rundum-Sorglos-Gefühl, doch es hielt nicht lange an. Mit einem Mal stellten sich meine Nackenhärchen auf und ich fühlte mich beobachtet. Hektisch blickte ich mich um.

»Alles in Ordnung?«, fragte Fabian.

»Äh ... ja«, antwortete ich, weil ich nichts Verdächtiges entdecken konnte. »Es war nur ... ach nichts.« Ich wollte den heutigen Tag genießen, die düsteren Träume und die unheimlichen Vorkommnisse eine Weile vergessen.

Während wir unser Eis aßen, erzählte ich ihm, was ich von Mario über Ulrike erfahren hatte. »Ich möchte unbedingt ihr Grab besuchen.«

»Die Sache ist ein Hammer für mich«, gab Fabian zu. »Wenn Ulrike nicht gestorben wäre, hätte mein Großvater sie wahrscheinlich geheiratet und ich wäre nie auf die Welt gekommen.«

So hatte ich das noch gar nicht betrachtet, aber er hatte recht. Auch wenn der Brückeneinsturz schrecklich gewesen war: Ohne ihn würde ich Fabian jetzt nicht gegenübersitzen.

Ich legte meine Hand auf seine, es sollte eine tröstende Geste sein, aber er öffnete sie und verschränkte seine Finger mit meinen. Mein Herz begann, wie wild zu klopfen. Das hier war ganz anders als an unserem ersten gemeinsamen Abend am Strand.

Fabian strich mit dem Daumen leicht über meinen Handrücken. »Das wollte ich die ganze Zeit schon machen, aber die Krücken waren irgendwie im Weg.«

Mein ganzer Körper schien durch die bloße Berührung unter Hochspannung zu stehen. Ich wagte es nicht, mich zu bewegen, aus Angst, er könnte meine Hand wieder loslassen. Auf meine Lippen stahl sich ein schüchternes Lächeln, aber mein Mund wurde ganz trocken vor lauter Aufregung.

Irgendetwas sollte ich jetzt sagen, schoss es mir durch den Kopf, etwas Witziges, Intelligentes – mir fiel bloß nichts ein.

»Willst du mal kosten?«, hörte ich mich fragen und hätte mir am liebsten sofort auf die Zunge gebissen. Nicht nur, dass ich dabei krächzte wie eine alte Krähe, einen dämlicheren Spruch gab es ja wohl kaum. Doch nun konnte ich es nicht mehr zurücknehmen. Also hielt ich ihm mit zitternden Händen meinen Löffel hin.

»Leni ... ich«, fing Fabian an, gleich darauf sprang er jedoch wie von der Tarantel gestochen auf und die Magie zwischen uns war verflogen. Schnell wusste ich auch, wieso. Das Eis, das ich ihm reichen wollte, war auf seiner Hose gelandet. Aus dem Augenwinkel hatte ich nämlich eine Gestalt vorbeihuschen gesehen, die in null Komma nichts meine ganze Aufmerksamkeit auf sich gezogen hatte. Kein Wunder, dass ich da den Löffel schräg gehalten hatte.

Vor dem Tresen stand ein kleines Mädchen in einem weißen Kleid und kaufte sich eine Eistüte.

Es sah mit seinen langen braunen Haaren genauso aus wie das Mädchen aus der vergangenen Nacht. Unwillkürlich schloss ich für einen Moment die Augen, ganz so, als könnte ich dadurch die Erscheinung verscheuchen. Ich musste mich regelrecht zwingen, wieder hinzusehen. Und kein Zweifel, da war die Kleine wieder. Sie nahm gerade ihr Eis entgegen, drehte sich um und war auch schon inmitten der vorbeischlendernden Menschen verschwunden.

Mit offenem Mund starrte ich ihr einige Sekunden hinterher. Dann erst setzte mein Verstand wieder ein. Das Kind war ein ganz normales Mädchen gewesen, das zufällig ein weißes Kleid trug – wie Hunderte andere. Unwillkürlich war ich bei seinem Anblick in Panik verfallen.

»Es tut mir leid«, flüsterte ich, nun wieder Fabian zugewandt, und mein Gesicht lief rot an wie eine Tomate.

Fabian rubbelte mit der Papierserviette auf dem Fleck herum. Als er bemerkte, dass ich mit den Tränen kämpfte, setzte er sich und nahm erneut meine Hand. »Ist nicht schlimm. Wofür gibt es schließlich Waschmaschinen?«

»Ich bin eine blöde Nuss«, schniefte ich und fixierte dabei die Tischplatte, als würde ich in den bunten Sprenkeln etwas lesen können.

Er hob mein Kinn mit der freien Hand an und zwang mich, ihn anzusehen. »Nüsse sind ganz wunderbar. Ich mag sie.« Sein Blick hielt meinen fest. Dann strich er mir federleicht über die Wange. Ich wünschte, der Moment würde ewig dauern.

Fabian seufzte. »Im Grunde ist es sogar gut, dass du mich mit dem Eis beworfen hast. Sonst hätte ich wohl die Zeit übersehen. Ich muss gleich arbeiten. Vorher begleite ich dich aber nach Hause.« Meinen Protest, dass ich schon alleine klarkäme, ließ er erst gar nicht gelten. Stattdessen rief er die Kellnerin, um zu zahlen, und übernahm gleich meine Rechnung mit. Auch hier durfte ich nichts einwenden.

Und ja, natürlich genoss ich es, ihn noch ein wenig länger an meiner Seite zu haben. Als wir uns schließlich dem Haus näherten, wurde mir regelrecht schwer ums Herz. Und mir kam es so vor, als zögerte auch er den Abschied so lang wie möglich hinaus.

Unsere Körper fühlten sich magisch voneinander angezogen. Irgendwann war er mir so nah, dass ich die Wärme spürte, die sein Körper ausstrahlte. Küss mich, bitte. Bitte, küss mich endlich, war alles, woran ich noch denken konnte.

Mein Wunsch wurde nicht erfüllt, zumindest nicht, wie ich es mir erhofft hatte. Statt eines Kusses strich er mir zärtlich eine Locke aus dem Gesicht. »Ich ruf dich morgen an. Und diesmal wirklich!«

Mit zugeschnürter Kehle konnte ich nur nicken und quetschte schließlich ein »Okay« heraus.

Er drehte sich um und ging, die Sehnsucht nach seiner Nähe blieb und begleitete mich mit jedem Schritt in Richtung Haustür.

Kapitel 16

Als ich bei der Eingangstür angekommen war, stand ich eine Weile unschlüssig davor. Wie glücklich war ich gewesen, wieder einmal in Riedeshagen zu sein. Doch nun schien sich alles gegen mich verschworen zu haben. Fast kam es mir so vor, als würde sich das Haus gegen meine Anwesenheit sträuben, als wollte es mir um jeden Preis zu verstehen geben, dass ich Altes ruhen lassen sollte.

Ich schüttelte den Kopf, atmete tief durch und ging hinein. In der Diele lehnte ich die Krücken an die Wand. Bei meinem Glück würde ich mit ihnen sonst noch etwas kaputt machen.

Als ich die Küche betrat, schenkte ich mir ein Glas von dem Eistee ein, den Chris für mich bereitgestellt hatte, setzte mich ins Wohnzimmer und ließ den Besuch bei Mario Revue passieren. Abgesehen davon, dass er echt nett war, hatte mich seine tiefe Liebe zu Ulrike beeindruckt. Da waren noch viele Dinge, die ich gern von ihm gewusst hätte, vielleicht ergab sich ja eine weitere Möglichkeit, ihn zu fragen. Ich hatte den Eindruck, dass er froh war, mit jemandem über Ulrike sprechen zu können. Und das wunderte mich nicht. Schließlich hatte er ihre Beziehung geheim halten müssen und nach dem Unglück wollte ohnehin niemand mehr über sie reden – so als ob sie kein Kind erwartet hatte, sondern an einer ansteckenden Krankheit gelitten hätte.

Fabians Einladung zum Eisessen war schließlich die Krönung des Tages gewesen – trotz des starken Gefühls, dass mich wer beobachtete, und des kleinen Mädchens im weißen Kleid, das mich in Angst und Schrecken versetzt hatte. Ein weiteres Mal fragte ich mich, ob ich tatsächlich Gespenster sah? Oder suchten mich meine Träume nun schon bei Tag heim?

Ich seufzte beim Gedanken an Fabian und wieder machte sich diese Sehnsucht in mir breit. Morgen wollte er mich anrufen. Bis dahin schien es noch eine Ewigkeit zu dauern. Wie sollte ich die Zeit bloß überstehen?

Ruf Paula an, sagte ich mir. Das hatte ich eh schon tun wollen.

Kurz entschlossen skypte ich sie an und ließ es läuten. Als ich beinahe enttäuscht aufgeben wollte, ging sie endlich ran.

»Hi, hier ist deine beste Freundin – falls du dich überhaupt an meinen Namen erinnern kannst und dein Hirn nicht nur mit Jeff beschäftigt ist.«

»Hallo, Leni.«

Nanu, keine schlagfertige Antwort? Kein Protest? Überhaupt sah sie ziemlich fertig aus.

»Paula, ist was?«

»Abgesehen von einem gebrochenen Herzen?«

»Oh. Was ist passiert?«

»Das mit Jeff ist vorbei.« Sie schniefte gut hörbar und wischte sich nun ein paar Tränen von der Wange. Wie ich sie so auf meinem Handydisplay sah, mit verquollenen Augen, einer roten Nase und ihrem ganz eigenen gequälten Lächeln, das sie mir trotz aller Umstände zuwarf, tat sie mir unheimlich leid!

»Er ist ein Blödmann«, krächzte sie weiter.

»Komm, erzähl«, forderte ich sie auf und zog die Beine auf die Couch, um es mir bequemer zu machen. Wie es aussah, würde es ein laaaanges Gespräch werden. Ich war nur froh, dass Mom wohlweislich einen Handytarif mit Internetflatrate für mich ausgewählt hatte.

Paula seufzte tief und ich wäre jetzt wahnsinnig gern bei ihr gewesen, um sie in den Arm zu nehmen. Es war nicht allzu lange her, da hatte sie das Gleiche für mich getan, als sich mein Exfreund Max nämlich als Riesenidiot entpuppt hatte.

»Wie es aussieht, finden andere Mädels Jeff ebenfalls süß«, fing Paula an. »Das Blöde ist bloß nur, dass es ihm ähnlich geht und er auch gern mal mit ihnen rumknutscht.«

»Was für ein Dreckskerl«, stieß ich hervor. Das kam mir alles bekannter vor, als mir lieb war. »Wie hast du es gemerkt?«

Paula schnäuzte sich geräuschvoll, dann sprach sie weiter: »Nichts ahnend gehe ich shoppen, verstehst du? Eigentlich hätte er mich begleiten sollen, aber dann hatte er keine Zeit. Ich, großzügig, wie ich bin, sag ihm: No problem! Geh ich halt allein. Ich steh ohnehin nicht auf Klammerbeziehungen. Auf jeden Fall laufe ich im Shopping-Center bei einem Musikladen vorbei – so ein spezieller, in dem es sogar noch diese alten Schallplatten gibt. Und wen sehe ich dort?«

»Jeff?«, versuchte ich vorsichtig mein Glück.

»Ja, Jeff und eine Tussi, die ich nicht kenne. Sie hat die Arme um seinen Nacken geschlungen und küsst ihn. Und er sie.«

»Shit! Was für ein Arsch! Hast du die beiden darauf angesprochen?«

»Na, was denkst du denn? Das lass ich doch nicht auf mir sitzen. Ich hab in dem Laden einen Riesenaufstand gemacht.«

»Und das auf Englisch?«

Nun musste Paula sogar kichern. »Ja, stell dir vor! Ich wusste bis dahin gar nicht, dass ich solch einen Wortschatz habe.«

Ich stimmte in ihr Lachen ein. »Und wie ging es weiter?«

Da wurde sie wieder ernst. »Ich bin dann ohne Shopping wieder heim, hab mich ins Bett gelegt und geheult. Es hat keine halbe Stunde gedauert, bis er mich angerufen hat. Das erste Mal von ungefähr zwanzig Versuchen. Ich bin nie rangegangen. Er hat es sogar hier am Festnetzanschluss versucht. Aber die halten alle zu mir und erzählen ihm immer, ich wäre nicht da.«

»Wahrscheinlich will er sich bei dir entschuldigen oder so.«

»Da gibt es nichts mehr zu entschuldigen. Er kann mir dreimal kreuzweise den Buckel runterrutschen. Immerhin brauche ich mir keine Gedanken mehr darüber zu machen, wie es nach meinem Englandaufenthalt weitergehen soll. Das hat sich jetzt erübrigt.«

Typisch Paula, sie versuchte in jeder noch so blöden Situation, das Positive zu sehen.

Sie seufzte. »Ist wahrscheinlich eh besser. Und bei dir? Mir ist immer noch nicht ganz klar, weshalb du ausgerechnet in diesem Kaff deine Ferien verbringst.«

Jetzt fing sie schon wieder damit an! »Es ist ein Dorf, ja. Aber kein Kaff. Heute war ich im Pflegeheim und habe Mario ...« Ich hielt kurz inne. Okay, das klang nicht unbedingt nach Mordsaction oder Spaßprogramm. Prompt lachte mich Paula aus.

Ich war ihr deswegen nicht böse. Mir war klar, wie sich das in ihren Ohren anhören musste. Wenn sie mir erzählt hätte, dass ihr Tageshighlight ein Besuch im Altenheim gewesen war, hätte ich sicher ebenso reagiert wie sie jetzt.

Ich holte tief Luft und überlegte, wo ich mit meinen Erzählungen anfangen sollte. Seit unserem letzten Gespräch war so viel geschehen. Und ich wollte sie ja in jedem Fall zu den gruseligen Erscheinungen befragen. Doch zunächst würde ich mit etwas Positivem beginnen: Fabian. Ich nahm mir jedoch vor, nicht allzu sehr von ihm zu schwärmen, um Paula nicht noch trauriger zu machen.

»Ja, er ist ganz nett und sieht auch nicht schlecht aus«, beschrieb ich ihn möglichst harmlos.

Da prustete meine Freundin los. – Immerhin, ich hatte sie zum Lachen gebracht. »Leni, ich glaube dir kein Wort! Bitte sei ehrlich. Ich kann das schon verkraften«, versicherte sie mir. »Gut, du hast es so gewollt ... Er ist sooooo lieb und er hat die wundervollsten Augen der Welt«, platzte es nun aus mir heraus.

»Das hatte ich von Jeff auch gedacht«, gab sie trocken zurück. »Aber Fabian ist ... als ich ihn angerufen habe, weil ich hier Panik bekam, ist er, ohne Zögern, sofort zu mir gedüst. Heute haben wir seinen Großvater im Altersheim besucht und danach hat er mich zum Eisessen eingeladen. Und weißt du, was mir dabei passiert ist? Ich habe ihm Eis auf die Hose gekippt! Voll peinlich, sag ich dir! Aber er war kein bisschen sauer, sondern hat danach noch gefragt, ob er mich heimbringen soll.«

»Ooooooh, du bist voll verknallt. Habt ihr euch schon geküsst?«

»Nein, nicht so richtig. Aber fast. Hach, Paula, zwischen uns hat's echt geknistert, das war unglaublich! So etwas habe ich noch nie erlebt, nicht einmal mit Max.«

»Ach, hör doch mit dem auf! Hat er sich gemeldet?«

»Nein, das fehlte mir gerade noch. Ich hab genug andere Schwierigkeiten.« Ups, da war es mir auch schon rausgerutscht.

»Leni, was soll das heißen? Welche Schwierigkeiten denn?« Nun endlich schilderte ich ihr die eigenartigen Vorkommnisse der letzten Tage. Ich fing mit den zerstochenen Reifen an, berichtete ihr vom Gesicht am Fenster, dem gruseligen Anruf und natürlich von all den anderen schrecklichen Dingen. Dabei merkte ich, wie sehr mich das Ganze schon wieder mitnahm, allein, wenn ich darüber sprach.

»Und du sagst, diese Ulrike sieht dir ähnlich, war eine Verwandte und ist bei einem Brückeneinsturz gestorben?«, hakte Paula noch einmal nach.

Ich nickte traurig. »Was meinst du? Klingt das nach ihrem Geist? Chris meint, ich sollte lieber heimfahren, aber das will ich nicht. Nicht jetzt, wo es sich mit Fabian gerade so gut entwickelt. Außerdem lasse ich mich nicht vertreiben. Es muss eine andere Möglichkeit geben.«

Eine Zeit lang sagte Paula nichts außer »hm«.

»Und du bist davon überzeugt, dass sie dir erschienen ist?«, fragte sie schließlich vorsichtig.

»Paula, das Problem ist, dass ich mir in gar nichts mehr sicher bin. Du weißt, dass ich nicht an Spuk und so ein Zeugs glaube. Aber hier geschehen Dinge, die ich mir nicht logisch erklären kann. Sie machen mir Angst, verstehst du? Und nun greife ich nach jedem Strohhalm.«

Paula wirkte nachdenklich. »Es könnte tatsächlich sein, dass sie dir etwas sagen will«, erwiderte sie nach einer Weile. »Sie will mich warnen, denkt Chris. Allerdings wüsste ich nicht, wovor.«

»Jaaaaa, da könnte dein Bruder sogar recht haben«, räumte Paula ein.

»Aber vor wem oder was bitte?!«, rief ich verzweifelt.

Meine Freundin zuckte unschlüssig mit den Schultern.

In den nächsten Minuten wälzten wir Ideen hin und her, wie wir das »Problem« lösen konnten. Irgendwann gingen uns jedoch die Einfälle aus und Paula hatte immer absurdere Vorschläge, wie ich mit Ulrike in Kontakt treten könnte, um sie zu fragen, was sie von mir will.

»Ehrlich, wenn dir nichts Besseres einfällt, als bei Vollmond mit ihrem Foto im Garten rumzuspringen, hilft mir das auch nicht weiter. Sag mir lieber, wie ich ihren Geist vertreiben und ihn in die Unterwelt – oder wo auch immer Geister normalerweise leben – zurückschicken kann.«

»Es tut mir leid, das ist nicht ohne Weiteres möglich.« Paulas Stimme klang nun düster und jagte mir einen gehörigen Schauer über den Rücken. Mehr wollte sie anscheinend nicht dazu sagen. Also verabschiedete ich mich schließlich von meiner Freundin. Von dem Gespräch hatte ich mir mehr erhofft, aber sie hatte sich auf jeden Fall Mühe gegeben und mich nicht gleich für verrückt erklärt.

Ich hatte zwar nach wie vor keine Ahnung, wie ich Ulrikes Geist wieder loswerden konnte, aber es hatte mir gutgetan, mich meiner besten Freundin anzuvertrauen. Sie fehlte mir so sehr! Heute mehr denn je.

Um mich auf andere Gedanken zu bringen, nahm ich die Briefe, die ich von Mario bekommen hatte, aus meiner Umhängetasche und kuschelte mich damit wieder aufs Sofa.

Ulrikes Schrift war viel runder als Marios, ein bisschen verspielt. Die Adresse, die auf den Umschlägen stand, stimmte mit der von der Pizzeria nicht überein. Eine Überraschung für mich – und irgendwie auch wieder nicht. Zwar existierte die Pizzeria, solange ich denken konnte, aber das bedeutete natürlich nicht, dass sie schon immer da gewesen war. Ich beschloss, Fabian zu fragen, wie lange es das Restaurant gab.

Gespannt öffnete ich das Kuvert. Oh, Ulrike hatte sich kurz gefasst!

Lieber Mario,

ich bin ehrlich. Zuerst dachte ich, Du wärst wie die anderen Männer, die ich bisher kennengelernt habe. Wie es aussieht, habe ich mich getäuscht. Dein Brief hat mich überrascht und ich muss ein wenig lächeln, jedes Mal, wenn ich ihn lese. So einfach ist es, Dich zum glücklichsten Mann der Welt zu machen? Dann komme ich gerne. Wer will schon einen netten Menschen ins Unglück stürzen? Ich nicht.

Bis Freitag
Ulrike

Ich musste schmunzeln, als ich Ulrikes Antwort auf Marios Bitte, sich mit ihm zu treffen, las. Sie schrieb lange nicht so hochgestochen wie er. Mario war gebürtiger Italiener, Deutsch war eine Fremdsprache für ihn gewesen, auch wenn er sich bemüht hatte, die richtigen Worte zu finden. Vielleicht lag es daran, dass er sich, sogar für die damalige Zeit, ein wenig schwülstig und altmodisch ausdrückte. Wer weiß, womöglich hatte Ulrike gerade das an ihm gefallen?

Eben wollte ich den nächsten Brief lesen, als ich hörte, wie die Eingangstür aufgeschlossen wurde. Das konnte nur Chris sein. Er kam jedoch nicht zu mir, sondern ich hörte, wie er wieder rausging. Verwirrt runzelte ich die Stirn. Was sollte das jetzt? Es dauerte ein paar weitere Minuten, bis er erneut eintrat und rief: »Bin da!«

150

»Ich auch«, gab ich zurück. »Im Wohnzimmer.«

Er kam herein, ging jedoch zunächst in die Küche weiter, um eine Tüte mit Lebensmitteln abzustellen. Aha, die hatte er also erst noch aus dem Auto geholt.

Dann kam er wieder ins Wohnzimmer zurück, ließ sich neben mir auf die Couch plumpsen und gab ein ächzendes Geräusch von sich.

»Anstrengenden Tag gehabt?«, fragte ich ihn.

»Kann man wohl sagen. Ich dachte, der hört überhaupt nicht mehr auf. Wie lief es bei dir?«

»Gut. Ich habe mit Fabian seinen Großvater besucht. Stell dir vor: *Er* war Ulrikes Freund.«

»Interessant. Und wo lebt dieser Großvater?«

»Im Pflegeheim in Pegeritz«, antwortete ich. »Fabian wollte mich ursprünglich mit dem Motorrad abholen, damit ich nicht so weit laufen muss. Doch irgendein Schwachkopf hat ihm Sand in den Tank gekippt. Du kannst dir gar nicht vorstellen, wie sauer Fabian war. Auf jeden Fall sind wir dann mit dem Bus gefahren.«

Chris seufzte. »Leni, du solltest deinen Fuß schonen!«

»Hab ich doch! Fabian hat mir Krücken mitgebracht, damit ich nicht auftreten muss. Wusstest du, wie anstrengend es ist, mit diesen Dingern zu laufen?«

»Ich hatte mal einen gebrochenen Fuß«, sagte Chris. »Ich kann also sehr gut nachvollziehen, was das heißt. Hast du auch so hässlich pinke Krücken bekommen? Damit kann man sich ja echt nicht sehen lassen, vor allem nicht als Kerl!«

»Nee, die sind schwarz. Hast du sie in der Diele denn nicht stehen sehen?«

Nun runzelte Chris die Stirn. »Wo sollen die sein? In der Diele waren keine.«

»Aber ... ich habe sie dort an die Wand gelehnt. Unmöglich, dass du sie übersehen hast.«

»Da waren echt keine, vielleicht hast du sie woanders hingetan?«

Ich schüttelte entschieden den Kopf. »Ganz bestimmt nicht.«

Chris kratzte sich am Kinn. »Dann hat Fabian sie vielleicht wieder abgeholt?«, mutmaßte er.

»Die Tür war die ganze Zeit abgesperrt. Außerdem hätte er ja wohl vorher mit mir darüber gesprochen.«

Mir reichte es endgültig! Wütend stand ich auf und humpelte in die Diele, um zu beweisen, dass Chris sich irrte. Doch ich blieb wie vom Donner gerührt stehen. Sie waren weg! Sie waren tatsächlich weg! Ganz so, wie mein Bruder gesagt hatte.

Hastig schob ich meine Regenjacke und Chris' Sakko beiseite, sah hinter den Schrank, drehte mich mehrmals um meine eigene Achse und betastete am Ende sogar die Wand, an die ich die Krücken gelehnt hatte. Nichts. Sie waren wie vom Erdboden verschluckt.

Ratlos raufte ich mir die Haare und schlang schließlich meine Arme um mich. Meine Wut wich inzwischen einem anderen, nur allzu bekannten Gefühl: Angst! Was. War. Hier. Nur. Los? Wer oder was hatte es auf mich abgesehen? Und warum? Immer wieder diese quälenden Fragen. Ich spürte, wie mir die Tränen in die Augen schossen. Ich stand kurz davor, den Verstand zu verlieren, da war ich mir sicher. Oder war das vielleicht schon geschehen? Andererseits hielten sich Verrückte angeblich ja für ganz normal. Und das war bei mir definitiv nicht der Fall!

Chris hatte mich während meiner verzweifelten Suche

schweigend beobachtet und sich stumm neben mich gestellt. »Kannst du mir erklären, wie so etwas möglich ist?«, flüsterte ich ihm mit weinerlicher Stimme zu, obwohl ich wusste, dass er darauf keine Antwort kannte.

»Zuerst das Fahrrad, dann der nächtliche Besuch, dann ...«, ich stutzte kurz. »Ach ja, vom Dachboden weißt du noch gar nichts. Du hast den nicht zufällig sauber gemacht?«

Entgeistert sah er mich an. »Nein. Ich hatte, ehrlich gesagt, Wichtigeres zu tun. Warum?«

»Weil ... egal«, winkte ich ab. Ich fühlte mich plötzlich unheimlich müde und hatte das Gefühl, mich kaum mehr auf den Beinen halten zu können. Die Tränen rannen mir inzwischen unablässig aus den Augenwinkeln.

»Wie soll ich Fabian bloß beibringen, dass die verdammten Krücken weg sind?«, schluchzte ich auf.

Für einen Moment legte Chris den Arm um mich. »Keine Ahnung. Die werden schon wieder auftauchen. Ich glaube nicht, dass die Trolle sie gefressen haben.« Er lachte bei seinen Worten, aber ich konnte trotzdem einen gewissen Ernst dabei heraushören. War das etwa sein schlechter Galgenhumor? Zumindest ließ er mich kurz aufhorchen.

»Du glaubst nicht etwa wirklich an sie. Elfen, Trolle, Geister ... was noch? Vampire, Zombies?« Ich schniefte laut.

»Du machst dich über mich lustig, Leni. Vampire und Zombies gibt es – natürlich – nicht. Aber ich bin überzeugt davon, dass es Zwischenweltwesen gibt. Und ich bin mit dieser Meinung nicht allein.«

»Bitte was? Zwischenweltwesen?« Hatte ich ihn richtig verstanden?

»Nun ja, das, was man allgemein als Geister bezeichnet.« Ungläubig sah ich ihn an. »Du meinst das ernst.«

»Leni, ich habe dir doch von meiner toten Mutter erzählt«, begann Chris.

Ich nickte langsam.

»Es gibt viele Menschen, die von solchen Phänomenen berichten«, fuhr er eindringlich fort. »Ich kann dir Internetforen zeigen, in denen Leute ihre übersinnlichen Erfahrungen beschreiben.«

»Und was genau erzählen sie?«

»Ich zeige es dir später an meinem Notebook, okay? Aber nun muss ich erst mal was essen. Ich sterbe beinahe vor Hunger.«

Enttäuschung machte sich in mir breit, aber ich wollte ihn auch nicht drängen. Außerdem konnte es nicht schaden, eine Kleinigkeit zu essen – auch, wenn mein Hungergefühl gerade auf Abwegen war. Vielleicht verflog dann endlich meine bleierne Müdigkeit.

Langsam folgte ich Chris in die Küche.

Kapitel 17

Gerade waren wir mit dem Essen fertig – Chris hatte diesmal Spaghetti mit Gemüsesugo und frischen Gartenkräutern zubereitet –, als mein Handy klingelte. Ich sah, dass es Mom war.

»Hallo, Mäuschen, es tut mir leid, dass ich gestern keine Zeit zum Reden hatte. Wie geht es dir?«

»Hi, Mom. Alles bestens«, sagte ich möglichst harmlos. »Chris hat mich gerade wieder bekocht. Ich glaub, nach den zwei Wochen hier kann ich mich nach Hause rollen, anstatt mit der Bahn zu fahren.«

Mom lachte. »Ein paar Kilo mehr würden dir gar nicht schaden. Was hast du denn heute gemacht? Warst du schwimmen? Ehrlich, ich beneide dich im Moment um den Strand und das Meer.«

»Dann komm für ein paar Tage auf Besuch. Du wirst staunen, wie Chris den Garten umgestaltet hat.«

Ein Seufzen. »Ach, das ist furchtbar verlockend, nur geht das gerade überhaupt nicht. Dafür habe ich mir überlegt, dass ich mir bei den vielen Überstunden, die ich machen muss, ein paar Tage freinehme, wenn du wieder zu Hause bist. Was hältst du davon?«

»Klingt super, Mom. Wenn du ohnehin viel Arbeit hast, macht es dir bestimmt nichts aus, wenn ich ein paar Tage länger bleibe. Es ist jede Menge zu tun und …« Ich stockte. War ich denn von allen guten Geistern verlassen? Im wortwörtlichen Sinne? Ich saß in einem vermeintlichen

Spukhaus und feilschte gerade mit meiner Mutter um eine Verlängerung meines Aufenthalts.

Mom bekam von meiner inneren Zerrissenheit glücklicherweise nichts mit. »Schon gut, wie es aussieht, kommst du sehr gut klar. Es ist nur ... ich vermisse dich.«

»Ich dich auch, Mom. Ich –«

»Und weißt du, was?«, unterbrach sie mich aufgekratzt. »Olaf hat sich breitschlagen lassen, eine zweite Kraft einzustellen.«

Olaf war Moms Chef. Wahrscheinlich hatte er endlich gemerkt, dass Mom unmöglich alles alleine machen konnte. Sie lag ihm schon seit letztem Jahr in den Ohren, sie bräuchte jemanden zusätzlich.

»Hey, wie cool!«

»Ja, nicht wahr? Ich werde also in absehbarer Zukunft wieder mehr Zeit haben. Ein paar Wochen müssen wir allerdings noch durchhalten.«

»Okay.«

Na, wenn das mal keine guten Nachrichten waren! Sicher, ich war beinahe erwachsen, aber das hieß nicht, dass ich meine Mom nicht brauchte. In den letzten Monaten hatten mir die langen Gespräche und gemeinsamen Unternehmungen sehr gefehlt. Im Geiste erstellte ich schon eine Liste, was wir alles machen würden: in den Zoo gehen, ein Freizeitbad besuchen oder einfach einen ganzen Tag lang auf der Couch vor dem Fernseher im Pyjama herumlungern. Früher hatten wir das hin und wieder getan und es hatte uns einen Riesenspaß bereitet.

»Du ich muss jetzt Schluss machen, da warten noch ein paar Unterlagen auf mich«, sagte sie mitten in meine Überlegungen hinein.

Ich seufzte. »Ist gut. Bis morgen.« Dann legte ich auf.

Chris hatte sich inzwischen wieder seinen Laptop geschnappt. Als ich mit dem Telefonat fertig war, blickte er mich an, als hätte er nur auf mich gewartet.

»Kann ich dir jetzt etwas zeigen?«, fragte er.

»Klar«, erwiderte ich lächelnd. Ich nahm mir einen Stuhl und setzte mich neben Chris an den Küchentisch. Er stellte seinen Laptop vor mich hin. Erwartungsvoll blickte ich auf den Bildschirm.

Mein Bruder hatte eine Internetseite aufgerufen, die »Geisterweb« hieß und allein schon von der Aufmachung her total düster wirkte.

Mit ein paar Klicks loggte er sich ins zugehörige Forum ein und öffnete ein Thema mit dem Titel »Übersinnliche Erlebnisse«.

»Hier, lies dir das in Ruhe durch«, wies er mich an und stand auf. »Natürlich gibt es darunter auch harmlose oder an den Haaren herbeigezogene Geschichten. Aber anhand der Schilderung wird einem eh schnell klar, ob es sich um eine reale Geistererscheinung handelt oder nicht.«

Ich schluckte. »Real« schien in diesem Zusammenhang keine treffende Bezeichnung zu sein und es löste in mir eine Beklommenheit aus, die ich nicht erklären konnte, vor allem, da Chris so ernsthaft bei der Sache war.

Ganz anders als Paula, die vieles einfach als gegeben hinnahm und es akzeptierte, konnte ich mit Dingen, die einen tieferen Glauben erforderten, wenig bis gar nichts anfangen. Deshalb erschreckten mich diese mysteriösen Vorfälle, denen ich zurzeit ausgeliefert war, auch dermaßen.

Mit klopfendem Herzen scrollte ich mich durch die Themen. Von »Unheimlicher Geisterhund« bis »Gespenst im Wäschetrockner« war alles dabei. Chris hatte recht. Manches klang wirklich arg abgedroschen. Aber ich fand auch einige Themen, die meinen Erlebnissen ähnlich zu sein schienen, und klickte sie an.

Eine Userin mit dem Nickname »Feuerelfe« hatte die anderen Mitglieder um Hilfe gebeten. In der neuen Wohnung, in der sie seit ein paar Wochen lebte, gäbe es seltsame Phänomene. Sie erzählte von einem Schatten in einer Zimmerecke, der immer nachts auftauchte und die Gestalt eines Mannes mit Hut hatte. Außerdem berichtete sie von Türen, die von alleine aufgingen, von klappernden und scharrenden Geräuschen, die sie nicht schlafen ließen.

Gänsehaut überzog meinen Arm, obwohl es bestimmt immer noch siebenundzwanzig Grad im Raum hatte. Als ich die Antworten der anderen las, wurde mir jedoch schnell klar, dass keineswegs alle davon überzeugt waren, Feuerelfe hätte Geister bei sich daheim. Vielmehr wurden natürliche Erklärungen gesucht. Aber: Half mir das weiter?

Die nächsten zwei Beiträge, die ich anklickte, gingen in eine ähnliche Richtung. Zunächst beschrieb ein Mitglied sein Zusammentreffen mit unliebsamen »Mitbewohnern«. Dies rief sogleich andere User auf den Plan, die unzählige Gründe lieferten, warum es sich dabei eben nicht um Geistererscheinungen handeln konnte.

Ich lehnte mich zurück und dachte nach. Vielleicht sollte ich mir selbst einen Nicknamen überlegen und in dem Geisterforum von meinen Erlebnissen berichten? Ganz anders als ich erwartet hatte, nahmen die Mitglieder hier nicht alles für bare Münze, sondern versuchten, das Gelesene objektiv zu beurteilen. Waren es also doch nicht einfach nur ein paar Spinner, die im Internet »herumgeisterten«?

Etwas beruhigt las ich weitere Erlebnisberichte und stieß schließlich auf einen Beitrag von einem gewissen »Whisper«.

Er erzählte von seiner Schwester, die bei einem Autounfall ums Leben gekommen war. Obwohl er zu dem Zeitpunkt 300 Kilometer weit entfernt von ihr war, hatte er sie vor sich gesehen. Er hatte eine sanfte Berührung gespürt, einen Lufthauch – ganz wie ich. Zwei Stunden später erhielt er die Nachricht von ihrem Unfall und erfuhr, dass sie ihm genau im Moment ihres Todes erschienen war, ganz so, als wolle sie sich von ihm verabschieden.

Trotz der Hitze im Haus rieselte mir ein Schauer über den Rücken. Hier gab es keine logischen Argumente mehr für das Erlebte. Natürlich konnte diese Geschichte erfunden sein, aber was hätte Whisper das gebracht? Bei keinem seiner Postings hatte ich den Eindruck gewonnen, dass er Aufmerksamkeit suchte, sondern lediglich eine Bestätigung dafür haben wollte, dass das, was er erlebt hatte, wahr sein konnte und er nicht verrückt war. Das schrieb er auch zum Schluss des Verlaufs. Er bedankte sich und meinte, er könne sich zwar nicht mit dem Gedanken an Geister anfreunden, aber immerhin habe er jetzt nicht mehr das Gefühl, in die Klapsmühle zu gehören, denn er müsse wohl oder übel einräumen, dass seine Schwester ihm anscheinend tatsächlich Lebewohl sagen wollte.

Ich schloss für einen Moment die Augen und versuchte, die Gedanken, die in meinem Kopf wild durcheinanderwirbelten, zu ordnen. Diese Geschichte war meinen Erlebnissen erschreckend ähnlich, nur dass die Motive von Ulrike andere sein mussten als die von Whispers Schwester.

In meinem Innern kam ich mir nach wie vor total zerrissen vor: Geister gab es nun mal nicht, sagte die vernünftige Seite in mir, es musste eine wissenschaftliche Erklärung geben. Die andere meinte, eine Geistererscheinung wäre die einzige Möglichkeit. Was sollte ich nun denken oder glauben?

Ich las ein paar weitere Beiträge und blätterte in den Themen – in der Hoffnung, ich würde auf Tipps stoßen, wie man ungebetene Geister wieder loswurde. Doch ich fand keine. Seufzend klappte ich schließlich den Deckel des Laptops zu und stand auf, um es Christopher zurückzubringen.

Er hatte es sich auf der Couch im Wohnzimmer gemütlich gemacht und blickte von irgendwelchen Unterlagen auf, als ich den Raum betrat.

»Ein interessantes Forum, das du mir da gezeigt hast. Einige dieser Schilderungen könnten von mir sein.«

Er lächelte. »Deshalb dachte ich ja, dass du dir das durchlesen solltest.«

Ich ließ mich ihm gegenüber auf einen Stuhl sinken. »Nur – ich weiß nicht. Die meisten Geschichten kommen mir dann doch ... wenig glaubwürdig vor.«

Chris runzelte die Stirn. »Ich möchte ja nicht behaupten, dass alles wahr ist, was die Leute in diesem Forum schreiben. Aber einiges davon stimmt. Oder hast du eine andere Erklärung für die seltsamen Dinge, die hier im Haus vorgehen?«

Ich biss mir auf die Lippen und schüttelte den Kopf. »Wie es aussieht, bin ich die Einzige, die diesen Spuk sieht. Oder hast du hier ebenfalls schon etwas Merkwürdiges erlebt?«

»Nein«, gab er zu.

»Warum hat es Ulrike ausgerechnet auf mich abgesehen?« Wieder konnte ich selbst kaum glauben, dass ich gerade dieses Gespräch führte und wie selbstverständlich über Geister sprach.

»Hm, vielleicht bist du ein Medium?«

Mir entfuhr ein entrüstetes Schnauben. »Nein, bestimmt nicht! Diese Möglichkeit schließen wir aus. Meine Freundin Paula vielleicht, aber nicht ich. Niemals!«

Chris sah mich mit einem Blick an, den ich nicht deuten konnte. »Leni, ich weiß, dass du zweifelst. Ich tue es nicht. Meine Mutter ist mir nach ihrem Tod erschienen. Sie hat mich beschützt und getröstet. Du kannst das nicht nachvollziehen, weil du noch nie jemanden verloren hast, der dir nahestand. Ulrikes Geist will dir nichts Böses, im Gegenteil. Immerhin bist du ihre Nichte, auch wenn sie dich nie kennenlernen durfte. Die Zeichen sind eindeutig.« Und eindringlich setzte er hinzu: »Bitte, fahr nach Hause, ehe etwas Schlimmes passiert.«

»Das ist es ja gerade«, rief ich. »Was soll mir denn Schlimmes geschehen? Und warum?« Ich brachte meine Stimme wieder etwas unter Kontrolle. »Chris, das Thema hatten wir schon. Ich werde nicht davonlaufen, egal wie viel Angst ich bei dem Ganzen habe. Kannst du mich denn nicht verstehen?« Traurig blickte ich ihn an.

Doch seine Gesichtszüge wurden hart, seine Kiefer mahlten. »Du machst sowieso, was du willst«, stieß er wütend hervor. »Egal, was ich dir vorschlage, du hörst nicht auf mich. Weißt du, was? Mir ist selten jemand untergekommen, der so stur ist wie du. Also frag mich einfach nicht mehr, okay?« Er sprang auf, nahm seinen Laptop und dampfte ab in sein Zimmer. Ich zuckte zusammen, als ich das Knallen der Tür vernahm.

Wie versteinert blieb ich sitzen. Was hatte er nur? Sorgte er sich so sehr um mich?

In meinem Kopf herrschte ein einziges Chaos. Abgekämpft und niedergeschlagen beschloss ich, mich bettfertig zu machen und ebenfalls in mein Zimmer zu gehen. Auf dem Weg dorthin kontrollierte ich noch einmal, ob die Haustür auch wirklich abgeschlossen war.

In meinem Zimmer staute sich die Hitze, aber ich ließ das

Fenster zu. Sicher war sicher. Auf einen weiteren nächtlichen Besuch konnte ich gut und gerne verzichten.

Ich legte mich aufs Bett, fühlte mich aber viel zu fertig, um auch nur einen von Ulrikes Briefen zu lesen – meine übliche Bettlektüre. Stattdessen hoffte ich, schnell einschlafen zu können, doch es gelang mir nicht. Kaum schloss ich die Augen, prasselten meine Gedanken wie ein Platzregen auf mich ein. Die vielen Geschichten über Spuk- und Geistererscheinungen, die ich im Forum gelesen hatte, erzeugten Bilder in meinem Kopf, die schlimmer waren als jeder Horrorfilm.

Ständig horchte ich in der Dunkelheit auf verdächtige Geräusche und wartete darauf, dass etwas passierte. Die drückend heiße Temperatur tat ihr Übriges.

Nachdem ich mich eine halbe Stunde von einer Seite auf die andere gewälzt hatte und mein T-Shirt schon total durchgeschwitzt war, gab ich auf.

Ich ging zum Fenster und öffnete es weit. Gierig sog ich die frische salzige Luft und den Duft der Rosen ein und starrte in die Dunkelheit hinaus. Alles wirkte ruhig und friedlich, nur das Zirpen der Grillen und das leise Rauschen des Meeres waren zu hören. Eine Weile stand ich da und genoss den Wind, der über meine erhitzten Wangen strich. Ich beschloss, wieder ins Bett zu gehen. Fieberhaft suchte ich nach einer Möglichkeit, die kühle Nachtluft hereinzulassen, ohne dass ich Angst haben musste, dass jemand einstieg. Leider besaß das alte Fenster keine Kippfunktion. Mein Blick fiel auf einen dünnen Schal, den mir meine Mom erst vor ein paar Wochen gekauft hatte, und mir kam eine Idee.

Zuerst fädelte ich das Tuch durch die Sprossen des Rosenspaliers an der Hausmauer. Dann klemmte ich ein Buch zwischen Fenster und Rahmen, zog das Tuch, so fest ich konnte, an, band es an den Fenstergriff und fixierte auf diese Weise den Spalt, der entstanden war.

Vorsichtig rüttelte ich an meiner Konstruktion. Sie war nicht sehr stabil, aber zumindest würde jeder, der jetzt versuchte einzudringen, Lärm machen und mich wecken.

Doch auch diese Sicherheitsmaßnahme und die nun etwas kühlere Raumtemperatur brachten nicht den gewünschten Erfolg, um in den Schlaf zu finden. Es hatte keinen Zweck! Entschlossen stand ich auf, knipste das Licht an und nahm mir den nächsten von Ulrikes Briefen.

Lieber Mario,

ich werde zum Strand kommen, ich weiß nur nicht, ob ich es pünktlich schaffe. Also warte bitte auf mich, ja?

Meine Eltern würden es niemals dulden, dass ich mit Dir ausgehe. Wir müssen vorsichtig sein. Helene wird uns decken, das habe ich mit ihr schon abgesprochen. Ich wünschte, ich wäre schon 21 wie sie. Dann könnten mir meine Eltern nichts mehr vorschreiben. Aber wo ein Wille ist, ist auch ein Weg, sagt ein altes Sprichwort – und ich will Dich treffen. Unbedingt. Du hast eine Art, Dinge zu sehen, die mich fasziniert. Mit Dir scheint alles so ... neu. Als würde ich erst durch Dich erkennen, was die ganze Zeit schon von mir unbeachtet vor meiner Nase lag.

Ich freue mich auf den Strandspaziergang am Freitag.

Bis bald,
  Ulrike

Ich musste lächeln. Also hatte sich auch Ulrike sofort in Mario verliebt. Doch zwischen den Zeilen schwang auch eine große Traurigkeit mit. Mom würde mir nie vorschreiben, mit wem ich mich treffen durfte und mit wem nicht, Ulrike hatte es da so unendlich viel schwerer gehabt.

Schnell faltete ich das Briefpapier zusammen und steckte es in den Umschlag zurück. Dann las ich die nächsten drei Briefe. Wie ich erfuhr, hatten sich Ulrike und Mario mindestens einmal in der Woche getroffen.

In einem ihrer Briefe bedankte sich Ulrike für den Bernstein, den Mario ihr geschenkt hatte. »Ich werde ihn ständig tragen«, schrieb sie. Ich hätte gerne gewusst, ob sie ihn auch bei sich hatte, als sie von der Brücke gestürzt war.

Sie betonte jedes Mal, wie glücklich sie war, ihn kennengelernt zu haben, und dass ihr seine Herkunft egal sei. Er gäbe ihr das Gefühl, etwas ganz Besonderes zu sein.

Mehr und mehr erspürte ich, dass Ulrike wohl stets im Schatten ihrer großen Schwester gestanden hatte. Helene war die brave, angepasste Tochter, während Ulrike die Verbote der Eltern heimlich umging. Was waren meine Großeltern bloß für Menschen gewesen?

Langsam bekam ich eine Idee davon, weshalb Paps nie über seine Kindheit sprach. Er hatte sie wohl verdrängt – kein Wunder!

Nach und nach merkte ich, wie meine Augen durch das Lesen immer schwerer wurden. Am liebsten hätte ich sie gleich geschlossen und mich ins Kissen gekuschelt, aber wenn ich nicht bei Licht schlafen wollte, blieb mir nichts anderes übrig, als noch mal aufzustehen.

So schnell es ging, rappelte ich mich hoch, betätigte den Lichtschalter und tappte im Dunkeln zurück ins Bett.

Und mit dem wunderschönen Bild von Ulrike und Mario in meinem Innern, wie sie am Strand spazieren gingen, konnte ich endlich einschlafen.

Kapitel 18

Die Wellen klatschen gegen das Ufer und hinterlassen Steine und Muscheln als Geschenke für uns. Fabian (Oder ist es Mario? Seine Kleidung wirkt ziemlich altmodisch.) steht neben mir, wir blicken hinaus aufs Wasser.

»Ich habe einen Bernstein gefunden«, *sagt er und reicht mir einen ziemlich unscheinbaren Stein.* »Der muss geschliffen und poliert werden, damit er glänzt. Aber dann ist er wunderschön ...«

Ich bedanke mich und küsse ihn mitten auf den Mund. Wir gehen ein Stück weiter, Hand in Hand. Wie aus dem Nebel tauchen plötzlich die Umrisse einer Brücke auf. DER Brücke. Magisch werde ich von ihr angezogen. Ich muss auf die andere Seite, irgendetwas wartet dort auf mich.

Fabian – er ist es, inzwischen bin ich mir ganz sicher – hält meine Hand fest. »Geh nicht«, *bittet er, bleibt stehen und lässt mich nicht los.*

»Ich muss«, *beharre ich, winde meine Hand aus seiner und gehe, obwohl die Brücke umso desolater aussieht, je näher ich komme. Sie ist aus Beton, doch überall fehlen ganze Gesteinsbrocken. Also keinesfalls vertrauenerweckend. Dennoch bewegen sich meine Füße wie von allein. Ich könnte nicht zurück, selbst wenn ich wollte. Ein letztes Mal drehe ich mich zu Fabian um, der mir verlassen nachblickt und den Mund zu einem Rufen geöffnet hat. Doch ich höre ihn nicht. Schon schaue ich wieder nach vorne, ich will sehen, wo ich hintrete, denn ich habe die Brücke* erreicht. Unter meinen Füßen knirscht es bedenklich, die ganze Konstruktion schwankt, der Beton bricht unter mir weg, ich falle ... ich schwebe lange. Endlos. So ist Fliegen, denke ich und breite meine Arme aus, mit der Gewissheit, dass mir nichts passieren wird. Der Aufprall kommt wie aus dem Nichts, völlig unerwartet. Er raubt mir den Atem, aber nur für einen Moment. Ich tauche in das kalte Wasser ein, gehe unter, tauche wieder auf, pruste. Dann schwimme ich.

Eine Hand streckt sich mir entgegen, ich ergreife sie, sie zieht mich ans Ufer. Erst jetzt sehe ich das Gesicht meiner Retterin, es ist ein Mädchen in einem weißen Kleid. Sie sieht aus wie fünf oder sechs, hat aber die Kraft eines Erwachsenen.

»Wer bist du?«, frage ich sie, doch die Kleine lächelt nur.
»Ulrike? Du heißt Ulrike, nicht wahr?«
Wieder dieses kleine Lächeln.
»Du hast mich gerettet. Bist du eine Art Schutzengel?«
Ich habe so viele Fragen, doch im nächsten Moment verblasst ihre schmale Gestalt, sie löst sich auf.

Nun habe ich es zwar auf die andere Seite geschafft, doch weit und breit ist nichts. Keine Häuser, keine Menschen, nicht mal Vögel ziehen am Himmel ihre Kreise. Alles wirkt wie gemalt. Statisch. Nicht einmal der obligatorische Wind weht. Es ist, als wäre ich in einer dieser Schneekugeln gefangen.

Erst jetzt merke ich, was mich die ganze Zeit gestört hat. Der Fluss rauscht nicht, fließt nicht. Ich befinde mich tatsächlich in einer eingefrorenen Welt. Nur wie soll ich wieder aus ihr herauskommen? Die Brücke war die einzige Verbindung zum anderen Ufer.

Ich muss schwimmen. Die gegenüberliegende Seite scheint

plötzlich in unerreichbarer Ferne. Trotzdem. Mir bleibt keine andere Wahl.

Warum wollte ich überhaupt über die Brücke? Ich weiß es nicht mehr.

Langsam lasse ich mich in den Fluss gleiten und wundere mich. Vorhin war er kühler gewesen. Das Schwimmen ist anstrengend, meine Arme ermüden. Was zum Teufel ist mit dem Wasser los? Da merke ich, dass ich in einer dickflüssigen, zähen Brühe schwimme. Unangenehm warm.

Ich schreie gellend. Rudere panisch, gehe unter, schlucke, strample mich hoch, etwas greift nach meinem Fuß und zieht mich wieder unter die Oberfläche. Ich trete, strample, kämpfe. Trete wieder. Schreien traue ich mich nicht mehr, ich habe einfach nur Angst zu ersticken. Angst um mein Leben.

Keuchend rang ich nach Atem. Es war bloß ein Traum, stellte ich erleichtert fest. Die Decke hatte sich um meine Füße gewickelt. Wieder einmal. Es überraschte mich nicht, dass ich da gedacht hatte, jemand würde mich festhalten.

Mit klopfendem Herzen nahm ich mein Handy und sah auf das Display. 3.40 Uhr. Na toll! Ich hatte nur etwa eine Stunde geschlafen.

Woher kamen nur all diese blöden Bilder im Kopf, die mich nicht einmal in der Nacht in Ruhe ließen? Vollkommen zerschlagen zog ich mir die Decke über den Kopf und schlummerte tatsächlich noch einmal ein.

Das nächste Mal erwachte ich um zehn Uhr morgens. Anhand des zerwühlten Lakens nahm ich an, dass ich erneut unruhig geschlafen hatte, konnte mich aber nur mehr an Fragmente entsinnen. Ähnlich wie in dem Trailer für einen Horrorthriller, bei dem ein Bild das andere jagt. Momentaufnahmen. Fratzen. Dunkle Flüssigkeit. Und immer wieder Ulrike im weißen Kleid.

Nachdem ich geduscht und mich angezogen hatte, ging ich in die Küche und fand wie gewohnt eine Notiz von Chris, dass er in der Firma gebraucht würde. Ich sollte auf mich aufpassen.

Ich freute mich, dass er sich trotz unserer gestrigen Auseinandersetzung Sorgen um mich machte. Doch die Aussicht, den ganzen Tag (und womöglich die halbe Nacht) allein im Haus zu verbringen, rief ein mulmiges Gefühl in mir hervor.

Ich warf einen Blick nach draußen. Das Wetter passte zu meiner gedrückten Stimmung. Zwar regnete es nicht, aber die dichten Wolken ließen kaum Sonne durch. Wenigstens etwas Gutes hatte es: Die brütende Hitze war endlich vorbei.

Angespannt verfolgte ich, wie sich die Zweige des Birnbaums im Wind bogen. Hoffentlich würde es kein Unwetter geben. Ich hatte als Kind hier in Riedeshagen eines erlebt und noch nie in meinem Leben solche Angst gehabt. Der Strom war ausgefallen und Tante Helene hatte sich alle Mühe gegeben, uns mit Märchen abzulenken, während ich die ganze Zeit nur daran denken konnte, dass sicher gleich das Dach wegfliegen oder ein Baum umstürzen würde – genau auf uns drauf.

Nichts davon war eingetroffen, doch die Zeitungen hatten später berichtet, dass in Riedeshagen und Umgebung beträchtliche Schäden entstanden waren.

Besorgt wandte ich mich ab und ging in die Küche. Dort kochte ich mir einen Tee und bestrich eine Scheibe Vollkornbrot mit Butter. Gerade als ich abbeißen wollte, klingelte mein Handy. Erschrocken zuckte ich zusammen.

Sofort kamen die Erinnerungen an den gruseligen Anruf hoch. Mit zitternden Händen zog ich das Handy zu mir heran und schielte ängstlich auf das Display. Fabian. Ein Gefühl wahnsinniger Erleichterung durchströmte mich und ich ging schnell ran.

»Hi!«, begrüßte ich ihn.

»Hi, gut geschlafen?«

Ich fand, er musste nicht wissen, dass ich von ihm geträumt hatte, also sagte ich: »Geht so und du?«

»Hätte besser sein können. Einstein hat sich in mein Bett gelegt. Anscheinend denkt er, dass er immer noch ein Welpe ist, dabei braucht er mittlerweile mehr Platz als ich.«

Sofort entstand in meinem Kopf ein Bild, wie sich Fabian am Fußende seines Bettes zusammenrollte, um überhaupt ein freies Fleckchen zu finden, und ich musste lachen. »Vielleicht brauchst du ein größeres Bett?«

»Darauf wird es wohl hinauslaufen«, antwortete er. »Du kannst mich für verrückt halten, aber er tut mir leid, wenn er nicht ins Bett darf. Diese Augen! Ich habe noch nie jemanden dermaßen vorwurfsvoll gucken sehen. Ich krieg jedes Mal ein schlechtes Gewissen.«

»Kann ich verstehen.«

»Leni, hast du Lust, mit uns heute einen Spaziergang am Strand zu machen? Natürlich nur, wenn es deinem Knöchel wieder besser geht.«

»Ja, gerne. Er tut gar nicht mehr weh«, beeilte ich mich zu versichern. Und das war die Wahrheit. Ich konnte beinahe wieder normal gehen. Nur Luftsprünge sollte ich lieber noch keine machen.

Ich fand, dass die Gelegenheit günstig war, Fabian von den verschwundenen Krücken zu erzählen. Erfahren musste er es ja ohnehin, warum also nicht gleich? Zerknirscht berichtete ich ihm von ihrem mysteriösen Verschwinden.

»Wie, sie sind weg?!« In seiner Stimme schwang Unglauben. »Vielleicht hast du sie bloß verlegt?«

»Nein, ich schwöre, ich hatte sie in der Diele an die Wand gelehnt. Es tut mir echt leid, aber ich habe keine Ahnung, wie das passieren konnte. Ich habe im ganzen Haus nach ihnen gesucht. Aber sie sind wie vom Erdboden verschluckt. Du bekommst sie natürlich ersetzt.«

»Sehr eigenartig«, murmelte Fabian. »Dein Angebot ist lieb gemeint, Leni, aber das ist nicht nötig. Ich sagte doch, dass sie von meinem Großvater sind – und der kann ohnehin nicht mehr herumlaufen.«

»Trotzdem. Es ist mir total peinlich«, sagte ich.

»Muss es nicht, ehrlich. Vielleicht tauchen sie ja wieder auf. – Also, wann soll ich dich abholen?«, versuchte er, mich aufzumuntern.

Kein Groll, kein Ärger. Er war so unglaublich lieb! In meinem Hals bildete sich vor lauter Rührung ein dicker Kloß.

Ich räusperte mich. »Meinst du, es wird regnen? Dann sollten wir möglichst früh los«, ging ich auf seine Frage ein.

»Nein, das Wetter hält. Ich habe die Abendschicht gegen die Mittagsschicht in der Pizzeria getauscht und bin gegen drei bei dir. Ist das okay für dich?«

»Ja, klar. Ich freu mich.«

Wir verabschiedeten uns und ich legte auf.

Mein Herz machte vor Freude einen Turbo-Hüpfer. Er hatte sogar extra seine Schicht getauscht, damit er mit mir einen Strandspaziergang machen konnte. Wie süß von ihm!

Lebhaft hatte ich Fabians Gesicht vor Augen, als wir uns gestern so nahe gekommen waren. In meinem Bauch flatterten tausend Schmetterlinge und mein Lächeln war so breit wie das der Grinsekatze aus Alice im Wunderland. Am liebsten hätte ich nun wirklich Luftsprünge gemacht, wollte aber auf keinen Fall meinen Knöchel überstrapazieren. Nicht, dass ich durch eine blöde Unachtsamkeit unseren Spaziergang gefährdete!

Hoffentlich behielt Fabian recht und es würde nicht regnen. Wobei ... Dann wäre der der Strand nahezu menschenleer. Nur er und ich ... und Einstein. Das Meer, der Wind, der uns die Haare zerzauste, die Wellen ... romantischer ging es kaum. Jetzt stellte sich nur die Frage, wie ich die nächsten dreieinhalb Stunden überstehen sollte.

Kapitel 19

Zunächst machte ich einen kleinen Rundgang im Garten, wässerte die frisch gesetzten Pflanzen und ging anschließend hinein, um etwas zu essen. Dabei verbrauchte ich die letzten Scheiben Wurst. Brot hatten wir ebenfalls keins mehr. Was hatte Chris gestern eigentlich gekauft?! Typisch Mann!

Ich beschloss, einkaufen zu gehen. Dadurch würde die Zeit schneller verstreichen. Als ich eine Dreiviertelstunde später die Lebensmittel verstaute und auf die Uhr sah, wunderte ich mich, dass es immer noch so lang dauerte, bis Fabian kam. Warum bewegten sich die Zeiger vor allem dann besonders langsam, wenn man ganz, ganz dringend auf etwas wartete?

Eine halbe Stunde verbrachte ich vor dem Spiegel, schminkte mich, schminkte mich wieder ab, weil mir mein Make-up zu aufdringlich vorkam. Schließlich trug ich ein bisschen Wimperntusche und etwas Lipgloss auf und war endlich mit meinem Aussehen zufrieden. Das Haar ließ ich so, wie es war. Ich konnte es ohnehin nicht bändigen, spätestens nach fünf Minuten im Freien würden meine Locken wieder durcheinandergeraten. Manchmal hasste ich meine Kringel wirklich und wünschte, ich hätte Moms glattes Haar geerbt.

Nachdem ich im Bad fertig war, hatte ich immer noch knapp zwei Stunden Zeit. Etwas planlos tigerte ich herum, bis ich mich besann: Ulrikes Briefe! Was wäre eine bessere

Ablenkung, als in ihnen zu versinken, bis Fabian kommen würde?

Mario, mein Liebster,

ja, ich liebe Dich! Mit jeder Minute, die vergeht, sogar mehr. Es tut beinahe weh, wie stark ich für Dich empfinde. Du schreibst, dass ein Tag, an dem Du mich nicht siehst, ein verlorener ist. Wie wahr! Auch ich denke beim Aufwachen an Dich. Wenn ich zur Arbeit gehe, sehe ich Dein Gesicht vor meinem. Ich spüre Deine Küsse, sobald ich die Augen schließe, und wünschte, ich müsste sie nie wieder öffnen. Ich bin Dein, für immer, wenn Du willst. Ja, ja, ja! Zeige mir diesen Ort, den Du für uns gefunden hast. Ich weiß jetzt schon, dass er für mich der schönste Platz auf Erden sein wird. Es ist egal, ob es dort kalt, zugig oder finster ist. Deine Arme werden mich wärmen, Deine Augen bringen den dunkelsten Raum zum Strahlen. Ich will nur eins: mit Dir zusammen sein. Mit Dir wegzugehen ... ich glaube, mein Mut reicht dafür nicht. Selbst mit Dir an meiner Seite ist die Angst zu groß, was werden könnte. Wir müssen nur abwarten. Meine Eltern sind zwar streng, aber nicht herzlos. Wenn es mit Deiner Beförderung klappt und du Vorarbeiter wirst, können sie nichts mehr gegen unsere Beziehung haben. Mein Vater sagt, ein Mann muss seine Familie ernähren und ihr ein Dach über dem Kopf bieten können. Auf diese Worte werde ich ihn festnageln, wenn es so weit ist. Du wirst sehen, alles wird gut – nein, nicht nur gut. Es wird wunderbar! Alles, was wir brauchen, ist etwas Geduld.

In Liebe für immer
 Ulrike

Ich konnte mich gut in Ulrike hineinversetzen. Einerseits liebte sie Mario und wollte mit ihm zusammen sein. Andererseits scheute sie sich davor, sich gegen ihre Eltern zu stellen, weil das wahrscheinlich bedeutet hätte, sie zu verlieren. Sogar meine Großeltern verstand ich ein bisschen besser.

Nachdem ich nun viele der Briefe gelesen hatte, kam ich zu dem Schluss, dass Ulrike mit ihnen gar nicht über ihren Freund gesprochen hatte. Vielleicht wäre sie von ihren Eltern überrascht worden? Ich hatte Mario als einen wunderbaren Menschen kennengelernt. Bestimmt hätten meine Großeltern ihn ebenfalls gemocht.

Während ich weiter über diese verzwickte Situation nachdachte, faltete ich den Brief zusammen und holte den nächsten aus seinem Umschlag. Er war der vorletzte. Ein Blick auf die Uhr zeigte mir, dass noch gut eine Stunde blieb, ehe Fabian mich abholte. Womöglich fand ich in diesem einen Hinweis auf Ulrikes und Marios geheimen Treffpunkt?

Mario,

mein Geliebter, du hast recht. Auch wenn wir nicht offiziell verheiratet sind, so sind wir es im Herzen. Ich hätte niemals gedacht, dass es so ist, wenn man liebt. Wenn Körper, Geist und Seele eins sind. Wenn zwei Herzen im gleichen Takt schlagen, wenn man das Gefühl hat, mit dem anderen zu verschmelzen, wenn man sich aufgibt und was Größeres dafür bekommt.

Schon jetzt, bloß Stunden, nachdem wir uns getrennt haben, vermisse ich Deine Umarmung, Deine Nähe. Deine Wärme, mit der Du den alten grauen Bunker erfüllt hast und mir damit das Gefühl gabst, eine – Deine – Königin zu sein.

Paläste entstehen im Herzen, wahrer Reichtum auch. Und durch Dich bin ich zum reichsten Menschen auf der ganzen Welt geworden. Wenn ich das bloß meinen Eltern verständlich machen könnte! Sie haben diese Art von Liebe, wie wir sie füreinander fühlen, nie erlebt. Oder sie erinnern sich nicht mehr an sie. Aber ich möchte nicht unfair sein. Vielleicht ist unser Haus ihr Palast – oder war es, zumindest früher einmal.

Inzwischen sind sie misstrauisch geworden. Sie glauben Helene nicht mehr, wenn sie behauptet, ich wäre mit ihr zusammen gewesen, während ich in Wahrheit bei Dir bin. Es wird schwierig, mich mit Dir weiterhin zu treffen, doch um nichts in der Welt würde ich mich davon abhalten lassen, Dich zu sehen. Sie können mich schließlich nicht einsperren. Warte jeden Tag auf mich in unserem Versteck. Ich versuche zu kommen.

Tausend liebende Küsse
 Ulrike

Ein Bunker also. Ich kramte in meinen Erinnerungen, ob wir als Kinder jemals eine solche Anlage entdeckt hatten, war aber überzeugt davon, dass ich mich daran entsinnen würde. Fabian war in Riedeshagen geboren und aufgewachsen. Wenn jemand so einen Ort kannte, dann er. Ich würde ihn fragen, wenn er kam.

Im gleichen Moment klopfte es an der Tür. Mist! War es schon so spät? Ich legte den Brief aufs Sofa, sprang auf und wurde durch einen Stich in meinem Knöchel gemahnt, dass er noch nicht ganz in Ordnung war. Obwohl ich am liebsten gerannt wäre, zwang ich mich dazu, langsam zu gehen.

Fabian stand auf der Schwelle und lächelte mich an. In

der Hand hielt er neue Fahrradreifen. Mein Herz machte einen Salto, als er auf mich zutrat und mich auf die Wange küsste. Himmel, roch er gut! Er hatte sich frisch rasiert. Einstein bellte einmal kurz auf, als wollte er mich daran erinnern, dass er auch noch da sei, und schob sich an Fabian vorbei ins Haus.

Ich tätschelte seinen Kopf und kraulte ihn zwischen den Ohren. Dann griff ich nach meiner Regenjacke. Doch Fabian hielt mich zurück.

»Zuerst montiere ich die hier, ich bin eh früh dran«, sagte er, nahm die Reifen und ging durch die Küche über die Terrassentür zum Schuppen. Ich folgte ihm.

Zwanzig Minuten später hatte er es geschafft. »Bitte schön, Signorina.«

»Du bist echt der Beste. Danke!«

Während ich mein Rad im Schuppen verstaute, wusch sich Fabian im Haus die Hände. Wir trafen uns an der Haustür, ich sperrte ab und rüttelte noch einmal kräftig daran. Mein neues Ritual.

Gemeinsam schlugen wir den Weg in Richtung Strand ein. Da Fabian keine Anstalten machte, meine Hand zu nehmen, steckte ich sie in meine Jackentasche.

Als wir an der Pizzeria vorbeikamen, sagte er: »Warte kurz, ich muss schnell was holen.« Und weg war er. Einstein, der neben mir stehen geblieben war, blickte Fabian traurig hinterher und wedelte freudig mit dem Schwanz, als sein Herrchen eine Minute später wieder mit einem Korb zurückkam.

»Was ist denn da drinnen?«, fragte ich und versuchte, unter das Tuch zu linsen, mit dem der Korb abgedeckt war.

Fabian drehte sich schnell weg. »Nichts da. Du wirst es früh genug erfahren.«

Trotz meiner Neugier drang ich nicht weiter in ihn, weil ich ihm seine Überraschung nicht verderben wollte. Während ich mich bemühte, mir meine Aufregung nicht anmerken zu lassen, erklärte ich den heutigen Tag zum Feiertag für mich, denn ich hatte so eine leise Vorahnung, womit Fabian mir eine Freude bereiten wollte.

Wir bummelten Seite an Seite die Strandpromenade entlang, Einstein lief ein Stück voraus und wandte seinen Kopf jedoch immer wieder zu uns, um sich zu vergewissern, dass wir ihm folgten.

Eine ganze Weile sagten wir nichts, aber das Schweigen war nicht unangenehm, es schien eher, als ob wir uns ganz ohne Worte verstanden.

Schließlich erreichten wir mehrere Reihen mit Strandkörben. Fabian steuerte zielsicher einen von ihnen an, holte einen Schlüssel aus seiner Jackentasche und öffnete das Vorhängeschloss.

»Oh, wie cool!« Ich liebte diese gemütlichen Rückzugsinseln. Man konnte hier stundenlang sitzen und aufs Meer hinausstarren oder das Treiben am Strand beobachten. Sie dienten nicht bloß als Sonnenschutz. Vielmehr hielten sie den Wind ab, was an der Ostsee, besonders heute, mindestens genauso wichtig war.

Fabian klappte das Verdeck zurück und ließ die Fußstützen einrasten.

»Per favore, siediti«, sagte er und forderte mich mit einer Handbewegung auf, Platz zu nehmen.

»Grazie«, antwortete ich und setzte mich wie geheißen. Zum wiederholten Mal wünschte ich mir, mein Italienisch wäre besser. Leider beschränkte sich mein Wortschatz nur auf ein paar Brocken wie »prego« und »grazie«, »buongiorno« und »buonanotte« sowie ein paar Floskeln, um in einem Restaurant eine Pizza oder ein Eis zu bestellen und nach der Rechnung zu fragen. Die wirklich wichtigen Sachen, wie zum Beispiel »dolcezza«, verstand ich natürlich nicht.

»Erfahre ich jetzt, was in dem Korb ist?«

Anstelle einer Antwort zog Fabian das Tuch weg und ließ mich hineinsehen. Ein Picknick, genau wie ich vermutet hatte.

»Ich hoffe, du hast Hunger«, sagte er.

»Und wie!«, gab ich zurück und klappte das Tischchen vor mir herunter. Es sah alles so lecker aus!

Ich brach mir ein Stück von dem Ciabatta ab, nahm mir etwas von dem Schinken und ein bisschen Salami.

»Hier, ich habe auch Mozzarella und Tomaten, wenn du willst.«

»Oh ja, danke.« Ich legte den Käse auf mein Brot und biss ab. Hin und wieder fütterte ich Einstein, der es sich zu unseren Füßen bequem gemacht hatte, mit Schinkenstücken.

»Wer verwöhnt ihn jetzt von uns beiden?«, stichelte Fabian.

»Ich kann den armen Hund schließlich nicht verhungern lassen«, gab ich zurück.

»Eine Olive?«, fragte Fabian, und als ich nickte, holte er ein Glas aus dem Korb, drehte den Verschluss auf, pikste eine Frucht auf einen Zahnstocher und steckte sie mir in den Mund.

»Du auch?« Ich wartete seine Antwort nicht ab, sondern nahm den Zahnstocher aus seiner Hand, fischte damit eine Olive heraus und fütterte ihn ebenfalls damit.

Als Nächstes war er wieder an der Reihe, und ehe ich mir die Olive schnappen konnte, zog er die Hand weg. Ich beugte mich zu ihm, um sie zu erwischen, und kam dadurch mit meinem Gesicht ganz nah an seines. Mit seinen Schokoladenaugen sah er mich durchdringend an, sie waren jetzt beinahe schwarz. Ich konnte mich nicht von ihnen lösen, ein Knoten setzte sich in meinem Hals fest. Fabian musterte mich, dann legte er seine Arme um meine Schultern und zog mich näher zu sich heran. Mein Herz trommelte, außer seinen Augen nahm ich um mich herum nichts mehr wahr. Mein Kopf wurde ganz leicht, in meinem Magen krabbelten Ameisen um die Wette. Keine Ahnung, woher ich den Mut nahm, den ersten Schritt zu tun. Doch ich legte meine Lippen auf seine und küsste ihn. Einfach so.

Fabian entwich ein leises Stöhnen. Er nahm mein Gesicht vorsichtig in seine Hände und dann erwiderte er meinen Kuss. In meinem Magen flatterten tausend Schmetterlinge, mein Herz raste. Nichts war im Moment wichtig, nur wir beide.

Seine Lippen fühlten sich wunderbar an, ich wünschte mir, er würde nie mehr damit aufhören. Ich hatte schon einige Jungs geküsst, aber noch nie hatte es sich so perfekt angefühlt wie jetzt.

Nach einer endlos langen Weile lösten wir uns voneinander. Unsere Gesichter waren sich noch ganz nah.

»Leni ... ich wollte das schon im allerersten Moment machen, als ich dich bei uns in der Pizzeria wiedergesehen habe«, sagte Fabian. Seine Stimme klang belegt.

»Warum hast du nicht?«, flüsterte ich. »Mir ging es genauso!«

»Weil ... also ...« Er seufzte. »Es ist ...«, setzte er erneut zu einer Erklärung an und stieß die Luft aus, »... du warst früher wie eine kleine Schwester für mich ... und plötzlich ist alles anders.«

179

Ich legte ihm einen Finger auf die Lippen, um ihn am Weitersprechen zu hindern. »Schau mich an!«, bat ich ihn, und als er meiner Aufforderung folgte, bemerkte ich seinen ernsten Blick.

Ich schluckte und bekam die Frage kaum über meine Lippen: »Fühlte sich das eben falsch an?«

»Nein!«, brachte er hervor und zog mich in seine Arme. »Es war ... genau richtig. Als hätte ich all die Jahre nur darauf gewartet.« Dann senkte er seine Lippen wieder auf meine.

Der zweite Kuss war sogar noch schöner als der erste. Wir vergaßen alles um uns herum. Erst als Einstein zu knurren begann, wurden wir zurück in die Wirklichkeit geholt.

»Was ist denn, mein Junge?«, fragte Fabian atemlos und kraulte den Hund beruhigend hinter den Ohren.

Ich stand auf und blickte mich um. Hinter den Dünen verschwand eben eine Gestalt. »Da war jemand!«, rief ich und zeigte mit dem Finger in die Richtung.

Fabian kniff die Augen zusammen. »Jetzt nicht mehr.«

Einstein brummte und legte sich schließlich wieder hin. Wer auch immer sich angeschlichen hatte – er war weg.

Mir wurde ganz mulmig bei dem Gedanken, jemand könnte uns beobachtet haben. Nicht, weil wir etwas Verbotenes getan hatten, sondern, weil sich ein Dritter in diesen besonderen Augenblick, der nur Fabian und mir gehören sollte, eingeschlichen hatte.

»Können wir vielleicht woandershin?«, bat ich Fabian. Ich fühlte mich hier einfach nicht mehr wohl.

Er nickte, zog mich aber noch einmal an sich und gab mir einen sanften Kuss. »Das musste jetzt sein!«, flüsterte er mit einem liebevollen Grinsen.

Schweigend packten wir die Reste des Picknicks in den

Korb. Nachdem Fabian den Strandkorb wieder mit dem Schloss versperrt hatte, fragte er: »Möchtest du wieder zurück?«

»Nein. Von dem blöden Kerl lasse ich mir bestimmt nicht den Nachmittag versauen.«

»Okay. Was möchtest du stattdessen tun?«

Die Antwort fiel mir nicht schwer – zumindest in Gedanken: Mit dir irgendwo ganz ungestört sein. Dich küssen und dich nie mehr wieder loslassen. Doch das traute ich mich nicht zu sagen. Irgendwie war mein Mut für den Moment verflogen.

Ich grübelte einen Augenblick. Dann fiel mir Ulrikes Brief an Mario ein. »Kennst du in der Gegend zufällig einen Bunker?«

Nachdenklich kratzte sich Fabian am Kinn. »Es gibt da einen, ja. Früher war ich ein paar Mal dort, obwohl es mir meine Eltern verboten hatten. Sie meinten, es sei zu gefährlich. Na ja, für uns Jungs war's halt eine Mutprobe.«

»Zeigst du ihn mir?«

Fabian hob spitzbübisch eine Augenbraue. »Mir würden da eigentlich ganz andere Sachen einfallen, aber wenn du unbedingt willst ...« Meine Wangen begannen zu glühen und die Schmetterlinge in meinem Bauch flatterten wild durcheinander. »... doch rein können wir nicht. Vor drei oder vier Jahren stürzte ein Teil ein, zwei Jugendliche wurden verschüttet. Zwei Tage lang waren Suchtrupps unterwegs.«

Die Schmetterlinge landeten abrupt. Ich war schockiert. »Ist ihnen etwas passiert?«

»Einer war verletzt, der andere konnte nur mehr tot geborgen werden. Seither ist der Zugang versperrt.«

Wie furchtbar! Sollten wir dennoch hingehen? »Mario

und Ulrike haben sich vielleicht dort getroffen. Wusstest du das?«, offenbarte ich Fabian meine Überlegungen.

Er schüttelte den Kopf. »Nein, über diesen Teil seines Lebens hat mein Großvater nie gesprochen.« Und als hätte er meine Unsicherheit gespürt, ermunterte er mich: »Komm, wir sehen uns den Bunker mal an. Von außen ist er ganz harmlos.«

Fabian nahm meine Hand und ich ließ mich nur allzu gern von ihm mitziehen. Wir schlenderten noch eine Weile den Strand entlang und trotzten gemeinsam dem Wind.

»Hier müssen wir rauf«, sagte er, als wir einen schmalen, verwachsenen Pfad erreichten, der über die Dünen zu einer richtigen Felswand führte. Ich betrachtete die Gesteinsbrocken, unsicher, ob ich die mit meinem Fuß hinaufklettern konnte.

»Gibt es denn keinen anderen Weg?«, fragte ich.

»Doch, aber dafür müssten wir einen ziemlichen Umweg in Kauf nehmen. Komm, ich helfe dir.« Schon war er ein Stück hochgestiegen und hielt mir die Hand hin.

Auch Einstein sprang ohne Schwierigkeiten von einem Stein zum anderen. Ich gab mir einen Ruck. Schließlich wollte ich sehen, wo Marios und Ulrikes vermeintliches Versteck – ihr Palast – gewesen war.

Ich ergriff Fabians Hand, suchte nach einem festen Stand für meinen Fuß und zog mich hinauf.

Der Aufstieg war weniger beschwerlich, als ich befürchtet hatte. Auch mein Knöchel machte mir keine Probleme. Einzig auf lose Steine musste ich achtgeben. Einmal wäre ich fast gestürzt, weil mir die Füße wegrutschten.

Einstein war natürlich als Erster oben und bellte uns auffordernd zu. Wenig später hatten wir es ebenfalls geschafft.

Ich hatte das Gefühl, den Mount Everest erklommen zu haben, nicht bloß eine kleine Felswand.

Mein Blick schweifte über den Strand, der sich scheinbar endlos rechts und links entlangzog. Auf dem Meer sah ich Schiffe, die so winzig aussahen, als würden sie in ein Überraschungs-Ei passen. Der Wind riss an meiner Jacke und wehte mir das Haar ins Gesicht. Die Wellen peitschten ans Ufer. Jetzt sah ich erst, wie weit wir uns von der Strandpromenade entfernt hatten. Von dem Aussichtsturm, in dem die Rettungsschwimmer saßen, konnte ich nur noch die rote Flagge ausmachen, die immer gehisst wurde, wenn der Wellengang zu stark zum Baden war.

Spontan überkam mich das Verlangen, meine Freude hinaus in den Sturm zu schreien. »Juhuuuuuu!«, rief ich, so laut ich konnte.

Fabian lachte. »Was war das denn?«

Euphorisch warf ich meine Arme in die Luft, alle Sorgen waren für den Moment vergessen. »Es gibt eine Redewendung, die heißt, man könne vor Glück schreien. Und ich bin glücklich!«

Da nahm er mich in den Arm und küsste mich. »Du bist echt verrückt, weißt du das?«

»Nur ein bisschen. Irgendwohin muss ich mit meiner Freude, sonst platze ich.«

Fabian lächelte. »Okay, wenn's hilft. Willst du noch mal oder gehen wir weiter?«

»Noch mal schreien oder noch mal küssen?«, gab ich breit grinsend zurück und zog ihn wieder an mich.

Als wir uns später voneinander lösten, wies mir Fabian die Richtung. »Da entlang«, sagte er und zeigte auf die Erhebung vor uns. Das Gras wuchs dort hüfthoch, aber der Wind drückte die Halme platt. Der Anblick erinnerte mich an die Bilder von Monet, den wir letztes Jahr im Kunstunterricht behandelt hatten. Ich hatte sogar ein Referat über ihn gehalten.

Durch den orkanartigen Sturm wurde das Gehen nun richtig anstrengend. Ich musste mich gegen den Wind stemmen und bald wünschte ich, ich hätte mir einen anderen Tag für unser Vorhaben ausgesucht. »Ist es noch weit?«, rief ich.

»Nein, wir sind gleich da.«

Endlich hatten wir den Anstieg hinter uns gebracht und befanden uns nun auf einem Pfad, der auf einer Seite von Sträuchern begrenzt wurde.

»Hätten wir den nicht gleich nehmen können?«, nörgelte ich gespielt theatralisch.

»Wäre schade um deinen Urschrei gewesen ... und um das Drumherum«, gab Fabian zwinkernd zurück. »Die Strecke führt um Riedeshagen herum. Du kennst doch den Weg, der gleich an der Ortstafel nach links reingeht?«

»Wenn man von Pegeritz kommt?«

Fabian nickte. »Genau. Wenn man den entlangfahren würde, käme man irgendwann hier raus.«

»Okay, du hast mich überzeugt. Der andere Weg wäre zwar bequemer, aber wesentlich länger gewesen.« Ich sah mich suchend um. »Wo ist der Bunker denn nun?«

»Hinter dir.« Fabian deutete mit dem Kopf in meine Richtung. »Man sieht den Eingang kaum, weil er so zugewachsen ist.«

Plötzlich war alle Anstrengung vergessen. Die Aussicht, gleich zu sehen, wo sich Mario und Ulrike vermutlich getroffen hatten, versetzte mir einen regelrechten Adrenalinkick.

Ich griff nach Fabians Hand und zog ihn mit mir. Er rief

nach Einstein, der ein Stück zurückgeblieben war und in der Wiese herumschnüffelte. Der Hund hob den Kopf und widmete sich dann wieder der Fährte, die er anscheinend aufgenommen hatte. Vielleicht die von Kaninchen – von denen wimmelte es hier nur so.

»Dann eben nicht«, murrte Fabian. »Sehr folgsamer Hund.«

»Lass ihn«, verteidigte ich Einstein. »Der kommt schon nach.«

Ich behielt recht. Gerade als wir den Eingang zum Bunker erreicht hatten, schloss Einstein zu uns auf. Ich musste lachen, weil seine Nase voller Erde war. Er schien tatsächlich nach Kaninchen gebuddelt zu haben.

Fabian rüttelte an dem dicken Vorhängeschloss, mit dem die massive Eisentür gesichert war. »Siehst du? Verschlossen. Wie ich es gesagt hatte.«

»Schade.« Ich überlegte einen Moment. »Glaubst du, die beiden haben dort irgendetwas hinterlassen?«

»Hm, du meinst so etwas wie ihre Initialen, die sie in eine Felswand geritzt haben? Gut möglich. Ich hätte es jedenfalls getan.« Fabian legte seinen Arm um meine Schulter und ich kuschelte mich an ihn.

»Fände ich schön.«

Er blickte auf den Boden und hob schließlich einen spitzen Stein auf. Damit kratzte er ein Herz neben die Eingangstür in den Felsen. In das Herz fügte er ein L und ein F hinein und setzte das heutige Datum darunter. »So, damit haben wir alles für die Nachwelt dokumentiert«, sagte er und warf den Stein in hohem Bogen wieder fort.

Ich fand seine Geste wahnsinnig süß, irgendwie bekam unsere Beziehung dadurch einen ganz offiziellen Charakter.

Auch wenn Fabian übertrieben stark mit den Augen rollte, ließ ich es mir nicht nehmen und machte schnell ein Foto von dem Herzen und ein Selfie von Fabian und mir, um es später Paula schicken zu können – und Mom. Die Bilder sprachen für sich und machten jedes weitere Wort überflüssig. Dennoch wusste ich jetzt schon, dass die nächsten Telefonate mit meiner Freundin und meiner Mom ziemlich lange dauern würden.

Mittlerweile hatte sich der Himmel verdunkelt und es sah stark nach Regen aus. Wir beschlossen zurückzugehen, ehe es wirklich zu schütten begann.

Da es nun bergab ging, waren wir viel schneller wieder bei unserem Ausgangspunkt.

Gerade als wir den Eingang zur Strandpromenade erreicht hatten, spürten wir die ersten Regentropfen.

»Wir sollten uns jetzt besser beeilen«, sagte Fabian und blickte besorgt zum wolkenverhangenen Himmel.

Kapitel 20

Wir passierten gerade das Stadtarchiv, als richtig dicke Tropfen fielen und große dunkle Flecken auf dem Gehweg hinterließen.

»Sollen wir uns wo unterstellen?«, fragte Fabian.

»Nein, lieber schnell nach Hause ... der Sturm ... ich mag ihn nicht«, rief ich über das Brausen des Windes hinweg. Bei meinen Worten ergriff er meine Hand ein wenig fester. »Okay, das heißt, du fürchtest dich nicht nur vor niedlichen kleinen Spinnen, sondern auch vor ein bisschen Wind?«, neckte er mich grinsend.

»Was heißt hier ›kleine Spinnen‹? Die waren riesig. Und das ist ein kein ›bisschen Wind‹, sondern ein Orkan«, protestierte ich und schlug den Weg zu meinem Haus ein, drehte mich aber noch einmal suchend nach Einstein um, der seelenruhig gegen einen Baum pinkelte. Dabei konnte ich gerade noch sehen, wie sich ein Kopf hinter die Straßenecke zurückzog, so als würde uns jemand folgen und sich vor mir verstecken wollen. Ich ließ Fabians Hand los und ging zurück, doch als ich die Stelle erreichte, war niemand mehr dort. Sogar in die nächsten Hauseingänge blickte ich hinein. Nichts.

Fabian, der mir nachgegangen war, nahm mich wieder an die Hand. »Was ist los?«, brüllte er nun fast, denn der Wind machte jede normale Unterhaltung unmöglich.

Ich schüttelte nur den Kopf. Einstein stand neben mir und starrte ebenfalls angespannt die Straße entlang. Auch er hatte also gemerkt, dass da jemand gewesen war. Schon seine Reaktion zeigte mir, dass ich mir den Verfolger nicht eingebildet hatte. Bloß war ich – wieder einmal – zu spät gekommen, um herauszufinden, um wen es sich handelte.

Der Regen wurde immer stärker, wahrscheinlich würde es jeden Moment anfangen, richtig heftig zu schütten. Daher sparte ich mir zunächst jede Erklärung an Fabian. Stattdessen eilten wir, so schnell es mein Fuß zuließ, nach Hause.

Vor der Tür streiften wir uns den Sand von den Schuhen, ehe wir hineingingen. Kaum hatte Fabian die Haustür hinter uns zugeworfen, begann es, wie aus Eimern zu schütten. Es klang, als würde jemand mit einem Gartenschlauch gegen die Tür und die Fenster spritzen. Ich hängte meine Jacke an den Haken und war froh, im Trockenen zu sein.

»Glück gehabt!«, sagte Fabian.

Einstein schüttelte sich, feine Wassertropfen trafen uns. Ich lachte. »Na, ich weiß nicht.«

Im Wohnzimmer breitete ich den alten Teppich aus, damit es sich der Bernhardiner darauf gemütlich machen konnte. Mit dem feuchten Fell wollte ich ihn lieber nicht aufs Sofa lassen. Seufzend rollte er sich ein, nachdem ich ihm seinen Platz gezeigt hatte, und legte den Kopf auf seine Pfoten. Dann eilte ich in mein Zimmer, um mein Fenster zu schließen, und hoffte, dass ich kein Boot brauchen würde, weil schon alles überschwemmt war.

Wie sich herausstellte, war der Holzboden zwar nass, aber ansonsten nicht viel passiert. Mit einem alten Handtuch wischte ich die Pfütze auf und warf den nassen Lappen schnell ins Bad.

»Möchtest du Tee?«, fragte ich Fabian, als ich wieder zurück ins Wohnzimmer kam.

Er nickte. »Gern.«

Ich verschwand in der Küche. Wie gut, dass ich heute eine Packung Kekse gekauft hatte. Ich legte das Gebäck auf einen Teller und bereitete schnell den Tee zu. Anschließend trug ich alles auf einem Tablett ins Wohnzimmer.

Einstein hob kurz den Kopf, als ich ins Zimmer kam, schlief aber gleich weiter. Ihn hatte der Ausflug wohl auch angestrengt.

Glücklich kuschelte ich mich neben Fabian. So entspannt hatte ich mich schon lange nicht mehr gefühlt. Seine Anwesenheit sorgte dafür, dass ich den ganzen Spuk der letzten Tage verdrängte.

Er legte den Arm um mich und ich lehnte den Kopf an seine Schulter. »Ist es nicht lustig, dass deine Tante und mein Großvater auch schon zusammen waren?«, fragte er.

»Ist wohl Schicksal, dass unsere Familien irgendwie miteinander verbunden sind«, gab ich zurück. Ich überlegte kurz. »Willst du sie vielleicht mal sehen? Die Briefe?«

»Die hatte ich für den Moment ganz vergessen, aber ja. Ich bin neugierig, wie deine Tante so war.«

Freudig rappelte ich mich hoch, Fabian hielt jedoch meine Hand fest und durch den Schwung wurde ich zurück aufs Sofa geworfen. Er küsste mich. »Jetzt gleich?«

Ich musste lachen. »Ja, das hatte ich mir so gedacht.« Suchend blickte ich mich um. Wohin hatte ich die Umschläge vorhin nur gelegt? Mein Blick fiel auf den Couchtisch. Außer dem Tablett mit unseren Tassen und dem Teller mit Keksbröseln war er leer. Hatte ich die Briefe vielleicht in mein Zimmer getragen? Nein, ich hatte sie gelesen, als Fabian mich abholen kam, und keine Zeit mehr dafür gehabt. Wo, verflixt, konnten sie dann also sein?

Im Geiste ging ich noch mal die Situation durch. Da fiel

es mir ein: Ich hatte einen Brief auf das Sofa gelegt und die anderen auf den Tisch, da war ich mir ganz sicher.

»Steh doch mal kurz auf«, bat ich Fabian. Als er meiner Aufforderung nachgekommen war, hob ich die Kissen an und warf die Decke auf den Boden. Von den Umschlägen war nichts zu sehen. »Verdammt«, fluchte ich und tastete die Ritzen ab. Irgendwo mussten sie doch sein.

»Kann ich dir irgendwie helfen?«

»Weiß nicht. Ich suche die Briefe. Ich bin überzeugt, dass ich sie auf die Couch gelegt habe, als du angeklopft hast.«

Zu zweit nahmen wir das ganze Sofa auseinander und fanden eine Büroklammer, einen Bleistift, eine alte Zeitschrift sowie jede Menge Fusseln – ich wollte gar nicht wissen, wie lange diese Dinge schon da drinnen lagen. Nur die Briefe waren nicht da.

»Bist du dir sicher, dass du sie dahin gelegt hast?« Eine Frage, die ich in der Art nicht zum ersten Mal hörte in den letzten Tagen.

Aber ja, ich war mir sicher. Ziemlich. Allerdings war der Aufbruch hektisch gewesen, ich hatte mich über Fabians Kommen so gefreut, dass ich in meiner Schusseligkeit ...

»Vielleicht habe ich sie mit in die Diele genommen«, spekulierte ich.

Wir suchten auch dort und in meinem Zimmer. Ohne Erfolg.

Schließlich landeten wir in der Küche.

»Hier können sie aber wirklich nicht sein.« Meine Stimmung sank in den Keller. Schon wieder war etwas verschwunden.

Wider besseres Wissen kletterte ich auf den Stuhl und öffnete eine Schranktür nach der anderen, während Fabian sich in den Schubladen umsah.

Plötzlich rief er: »Da sind sie ja!«, und er hielt mir den ganzen Packen entgegen.

Ich kletterte vom Stuhl und nahm die Briefe entgegen. Meine Erleichterung stritt mit Ratlosigkeit.

»Wie kommen sie in die Schublade?«, sprach ich mehr zu mir selbst als zu ihm.

Fabian zuckte mit den Schultern. »Kann es nicht sein, dass du sie doch reingelegt hast? Ich mein, so etwas passiert.«

Mit einem lauten Seufzer stieß ich die Luft aus. »Es muss wohl so gewesen sein. Aber ich kann mich überhaupt nicht mehr daran erinnern.«

»Leni, irgendwie habe ich den Eindruck, dass du in den letzten Tagen ein wenig ... verwirrt bist. Ich will ja nicht behaupten, es läge an mir.« Er grinste mich schief an.

»Das wäre wenigstens eine schöne Erklärung«, sagte ich und mein Lächeln missglückte. Ich mochte Fabians Humor, nur jetzt im Moment fand ich seine Aussage nicht besonders lustig. Klar, meine Gefühle waren seinetwegen durcheinandergeraten, und zugegeben, auch meine Gedanken waren recht häufig mit ihm beschäftigt, doch nicht so sehr, dass ich nicht mehr wusste, wohin ich was tat!

»Fabian, ich fürchte, ich muss dich desillusionieren. An meiner geistigen Verwirrung bist nicht du schuld, sondern meine permanente Übermüdung.«

»Das enttäuscht mich«, gab Fabian zurück, lächelte aber dabei. Ich knuffte ihn in den Oberarm. »Hättest wohl gern gehabt, dass ich deinetwegen schlaflose Nächte verbringe.«

Er tat so, als würden ihn meine Worte überraschen. »Etwa nicht?«

Jetzt musste ich doch lachen. »Doch, natürlich.« Dann wurde ich ernst. »Fabian, ich weiß nicht, was mit mir los ist. Ich schlafe kaum. Diese Albträume ... und ich habe das Gefühl, beobachtet zu werden. Ständig verschwinden Dinge ... Einen Augenblick lang hielt ich inne, dann fragte ich: »Glaubst du wirklich nicht an Geister?«

Er nahm mich in den Arm und ich lehnte mich an ihn. »Nein«, murmelte er in mein Haar. »Aber ich glaube daran, dass das menschliche Gehirn einem Streiche spielen kann. Es ist leicht zu beeinflussen. Du sagst, du schläfst schon seit Tagen zu wenig – da haben wir die Erklärung dafür, dass du dich nicht mehr erinnern kannst, wo du die Briefe hingelegt hast. Und vielleicht ist das auch der Grund dafür, dass du meinst, beobachtet zu werden.«

Ich dachte über seine Worte nach. Aus seinem Mund klang das so logisch und trotzdem konnte ich nicht glauben, dass alles nur Einbildung war. Andererseits: Chris hatte das Gesicht am Fenster ebenso wenig gesehen wie Fabian jemanden am Strand oder vorhin auf der Straße. Ich war die Einzige. – Doch halt! Das stimmte nicht! Da war noch Einstein, fügte ich in Gedanken hinzu. Er hatte sogar geknurrt. Nein, es wäre einfach gewesen, diese unerklärlichen Begebenheiten allein auf meine Übermüdung zu schieben, doch schon aus Prinzip wollte ich mich mit der erstbesten Lösung nicht zufriedengeben.

Dennoch räumte ich ein: »Okay, vielleicht hast du recht, ich bin vom Schlafmangel total fertig mit den Nerven. Aber ich wüsste auch nicht, wie ich das ändern kann. Ich fürchte mich ja inzwischen schon vor dem Zubettgehen, weil ich nicht weiß, welche Träume mich als Nächstes erwarten.«

Sanft küsste mich Fabian auf die Nasenspitze. »Dann träum einfach von mir.«

Stürmisch umschlang ich seinen Nacken und presste

meine Lippen auf seine. Ja, genau das würde ich tun. Ich würde mich an all die Küsse erinnern und an das Herz, das er in den Stein geritzt hatte. Dazu an jedes Wort, das er zu mir gesagt hatte. Und natürlich an das Gefühl, das ich empfand, als ich auf dem Felsen stand und vor Glück laut geschrien hatte. Bei all diesen positiven Gedanken würden schlechte Träume keine Chance haben.

Wir gingen zurück ins Wohnzimmer. Zunächst wollte ich Fabian tatsächlich die einzelnen Briefe zeigen, doch er war nicht ganz bei der Sache und lenkte mich immer wieder ab. Er spielte mit meinen Locken, knabberte mir liebevoll ins Ohrläppchen und strich mit seinem Zeigefinger meinen Hals hinab. Irgendwann warf ich ihm lachend ein Kissen gegen den Kopf, obgleich ich die Streicheleinheiten unheimlich genoss. »Na warte!«, rief er und schmiss mir das Kissen zurück. Daraus entwickelte sich eine regelrechte Kissenschlacht. Wir balgten uns und lachten, bis wir irgendwann nicht mehr konnten.

Irgendwann hörten wir Einstein winseln und wir rappelten uns hoch. »Oje, ich glaube, der Gute muss mal raus«, meinte Fabian. Draußen war es inzwischen stockdunkel geworden, doch der Regen hatte aufgehört.

Es fiel mir unendlich schwer, mich für diesen Abend von Fabian zu trennen. Doch morgen würden wir uns wiedersehen. Ich setzte also eine tapfere Miene auf, begleitete ihn und Einstein zur Tür und winkte den beiden zum Abschied nach.

Gerade als ich absperren wollte, hielt Chris' Auto vor dem Haus. Mein Bruder stieg aus. Er wirkte erschöpft.

»Hi«, begrüßte ich ihn. »Wieder ein harter Tag?«

Chris kam herein und zog die Tür hinter sich zu. »Ja, megaanstrengend und voll beknackt. Ich hatte gerade mal fünfzehn Minuten, um schnell einen Burger in mich reinzustopfen. Und bei dir?«

Ich erzählte ihm von meinem Ausflug mit Fabian, ohne zu erwähnen, dass er und ich nun ein Paar waren. »Kennst du diesen alten, stillgelegten Bunker? Dort haben sich Ulrike und Mario wahrscheinlich getroffen, es war sozusagen ihr Geheimversteck.« Ich zeigte ihm das Handyfoto, das ich vom Eingang gemacht hatte.

Chris dachte einen Augenblick nach. »Ich glaub, ich war vor Jahren mit ein paar Jungs dort. War ziemlich abenteuerlich.« Ich musste grinsen, da Fabian mir haargenau das Gleiche erzählt hatte. »Und das hier?«, fragte er weiter. Er deutete auf das Herz mit Fabians und meinen Anfangsbuchstaben.

Mist! Ertappt! Ich lächelte selig. »Jaaaa, es hat sozusagen gefunkt.« Dann wechselte ich schnell das Thema: »Tut mir leid, dass du Stress hattest. Hunger?«

Er schüttelte den Kopf. »Ich habe mir auf der Fahrt was gekauft. Trotzdem danke.«

Ich folgte Chris ins Wohnzimmer. »Du warst nicht zufällig am Nachmittag hier und hast diese Briefe in die Küchenschublade getan?«

Mein Bruder zeigte mir einen Vogel. »Leni, ich sagte doch, dass ich nicht mal Zeit zum Essen hatte. Wie hätte ich dann in der Gegend herumfahren können?«

Mit einem tiefen Seufzer sagte ich: »Ich wollte es nur noch mal von dir bestätigt haben. Ich weiß nämlich nicht, wie sie dorthin gekommen sind.«

Er zuckte die Achseln. »Vielleicht war's ja Ulrike.«

Aus einem unerfindlichen Grund wurde ich wütend. »Jetzt hör bloß mit den Schauergeschichten auf. Du machst mich noch ganz irre. Es. Gibt. Keine. Geister.« Ich betonte jedes einzelne Wort – dabei ging es mir mehr darum, mich selbst von ihrem Wahrheitsgehalt zu überzeugen als Chris. Chris sah mich mit zusammengezogenen Brauen an.

»Dann bleibt nur eine Möglichkeit: Du selbst hast sie dorthin gelegt.«

»Und ich kann mich nicht mehr daran erinnern? Ich weiß jede verdammte Kleinigkeit vom heutigen Tag, nur nicht, wo ich die Briefe hingelegt habe? Sehr unwahrscheinlich.«

»So wie die verschwundenen Krücken. Oder wie das Gesicht an deinem Fenster, das du dir eingebildet hast zu sehen ... Leni, ich zweifle ernsthaft an deinem Geisteszustand. Du bist total überspannt, wer weiß, was als Nächstes passiert.«

»Überspannt? Danke, Bruderherz. Gerade von dir hatte ich mir mehr Verständnis erwartet. Du hast mir doch erst diesen ganzen Blödsinn eingeredet und mir dieses ominöse Internetforum gezeigt. Wo also bin ich, bitte, überspannt? Und erzähl mir bloß nicht, dass dein Nervenkostüm besser wäre, wenn du diese Dinge erlebt hättest«, fauchte ich ihn böse an. Ein Streit war das Letzte, worauf ich Lust hatte, aber ich wollte nicht wieder klein beigeben. Und ich hatte es satt, von allen zu hören, wie nervlich angegriffen ich doch sei – was nichts anderes hieß, als dass ich für verrückt erklärt wurde.

Nun wurde auch Chris lauter: »Dein Nervenkostüm war ja schon nicht das beste, als ich hier ankam. Du bist mit einer Stange auf mich losgegangen!«

»Ich hatte sie bloß als Schutz dabei. Immerhin hast du dich reingeschlichen. Woher sollte ich denn wissen, dass du es bist?«, schrie ich nun.

Chris hingegen wurde ganz ruhig, als er sagte: »Leni, sieh dich an, du bist ein nervliches Wrack! Kapier's endlich:

Der Urlaub hier tut dir nicht gut! Ich mache mir Sorgen um dich!«

»Das Einzige, was mir nicht guttut, sind Leute, die mir ständig sagen, dass ich spinne«, giftete ich ihn an. »Weißt du, was? Ich gebe mir das nicht länger und geh schlafen.«

Daraufhin stürmte ich aus dem Zimmer, schloss mich im Bad ein und trödelte extralange herum – nur für den Fall, dass Chris das Badezimmer ebenfalls benutzen wollte. Allerdings wurde mein, zugegeben, kindisches Verhalten nicht belohnt, denn irgendwann hörte ich, wie er seine Zimmertür zuknallte.

Also gab ich auf und ging auch in mein Zimmer. Das Adrenalin, das mich durch die Auseinandersetzung mit Chris für eine kurze Weile aufgepusht hatte, war verflogen und nun fühlte ich mich erschöpfter als je zuvor.

Im Zimmer angekommen knipste ich das Licht an und wandte mich zum Bett – Mir blieb für mehr als einen Moment das Herz stehen. Der Schrei, der sich in mir formte, verstummte vor lauter Grauen sofort. Mein Bett war komplett verdreckt. Auf der Decke sah ich glitschige Algen und schmutzigen Sand. Ein riesiger nasser Fleck befand sich genau in der Mitte.

Ungläubig streckte ich meine Fingerspitzen nach dem Unrat aus und zuckte kurz zusammen, als ich ihn berührte – so groß war mein Ekel. Als ich die Hand zurückzog, war sie feucht und dreckig.

Das konnte einfach nicht wahr sein! Nein, ich musste mich mitten in einem furchtbaren Albtraum befinden. Kurz schloss ich meine Augen, doch als ich sie wieder öffnete, bot sich mir weiterhin dasselbe widerliche Bild.

Da erwachte ich aus meiner Starre und zog wie eine Irre an dem Laken, um es mitsamt der schmutzigen Decke vom

Bett zu ziehen. Als ich es endlich geschafft hatte, bemerkte ich, dass selbst die Matratze etwas abbekommen hatte. Tränen der Wut und der Verzweiflung schossen mir in die Augen und mit einem Mal war mir hundeübel. Ich presste mir die Hand auf den Mund, rappelte mich hoch und rannte ins Badezimmer. Gerade noch rechtzeitig erreichte ich die Kloschüssel, ehe ich mich in hohem Bogen übergab.

Es dauerte eine Weile, bis sich mein aufgebrachter Magen wieder beruhigt hatte. Doch Tränen rannen mir weiterhin unablässig aus den Augen. Ich fühlte mich so elend, ich war so müde. Zu müde zum Denken. Alles, was ich jetzt noch wollte, war schlafen, einfach nur schlafen.

Da ich unmöglich zurück in mein Zimmer konnte, schleppte ich mich ins Wohnzimmer, legte mich dort aufs Sofa und wickelte mich in die Wolldecke ein. Wenig später fiel ich tatsächlich in einen tiefen, aber unruhigen Schlaf.

Kapitel 21

Als ich wach wurde, war es draußen dunkel. Nichts regte sich im Haus. Mein Handy zeigte 6.13 Uhr, kein Wunder also, dass Chris um diese Zeit noch schlief.

Es dauerte eine Weile, bis ich meine Gedanken sortiert hatte und mich erinnerte. Und mit der Erinnerung kam das Grauen der letzten Nacht zurück.

Voller Angst zog ich die leichte Wolldecke bis zum Kinn. Ruhig bleiben, Leni, ruhig bleiben, sagte ich mir. Es gibt sicher für alles eine logische Erklärung – eine Versicherung, an die ich selbst nicht glaubte.

Nichtsdestotrotz ging ich im Geiste durch, wann ich gestern in meinem Zimmer gewesen war. Zunächst gleich nach dem Heimkommen, als ich das Fenster geschlossen hatte. War es möglich, dass der Regen …? Nein, beantwortete ich stumm die Frage. Nur der Fußboden unter dem Fensterbrett war nass gewesen. Außerdem brachte Regen bestimmt keinen Sand und kein Algenzeugs mit. Abgesehen davon war ich mir sicher, dass zu dem Zeitpunkt mit meinem Bett alles in Ordnung gewesen war.

Das zweite Mal suchte ich später mit Fabian Ulrikes Briefe. Auch da war noch alles bestens. Was war also zum Teufel passiert? Und wann?

Und vor allem: Wer hatte es getan?

Der mysteriöse Unbekannte vielleicht? Doch wie sollte er hereingekommen sein? Das Fenster war nach meiner Rückkehr schließlich zu – und Fabian und ich hatten uns nicht aus dem Wohnzimmer wegbewegt. Selbst Einstein hatte keinen Mucks von sich gegeben.

Wenn nun Chris ... ich traute mich kaum, diesen Gedanken weiterzuspinnen. Aber außer ihm blieb sonst niemand übrig, der vor Ort war, um mein Bett zu verwüsten. Vielleicht hatte er sich über unseren Streit so geärgert, dass er ... Leni!, schalt ich mich. So ein Unsinn! Und überhaupt: Wann hätte er denn Gelegenheit dazu gehabt? In der kurzen Zeit, als du im Bad warst? Ich musste zugeben, mein Verdacht war tatsächlich ein wenig weit hergeholt.

Blieb eigentlich nur noch Ulrike übrig. Doch, selbst wenn ich an ihre Existenz geglaubt hätte, konnte ich mir einfach nicht vorstellen, dass sie mir etwas Böses wollte! Mich warnen: vielleicht. Aber mich derart in Angst und Schrecken – und ja, auch Ekel – zu versetzen, das traute ich ihr irgendwie nicht zu. Schließlich war sie meine Tante gewesen.

Über eins war ich mir jedoch mehr als sicher: Keine zehn Pferde würden mich im Moment in mein Zimmer bringen. Ich wollte raus, nur raus an die frische Luft. Vielleicht konnte ich da etwas Abstand gewinnen. An Schlaf war ohnehin nicht mehr zu denken.

Leise schlich ich ins Bad – auf eine Begegnung mit Chris war ich im Moment nicht scharf – und zog mir schnell meine Sachen von gestern noch einmal an. Harte Zeiten erforderten eben harte Maßnahmen.

In der Küche stürzte ich geschwind ein Glas Wasser hinunter und schrieb Chris fairerweise einen Zettel, auf dem stand, dass ich einen Strandspaziergang machen wollte.

Vielleicht war Chris ja noch da, wenn ich wieder zurückkam, dann konnten wir gemeinsam frühstücken – und unser angespanntes Verhältnis ein wenig lockern.

Als ich in die Diele trat, um meine Regenstiefel anzuziehen, die ich extra für meinen Urlaub gekauft hatte, glaubte ich, wieder schlecht zu träumen. Wie schon mein Bett, waren auch sie voller Sand, ganz so, als wäre ich in der Nacht mit ihnen am Meer gewesen, dabei hatte ich sie noch kein einziges Mal getragen.

Voller Entsetzen wich ich zurück und stieß dabei an die Wand hinter mir. Weg, bloß weg von hier! An etwas anderes konnte ich nicht denken. Ich schnappte mir mit zitternden Händen meine Sneaker, die neben den Stiefeln standen, jedoch kaum etwas abbekommen hatten, und wäre beim Weiterrennen fast gegen die Haustür gekracht. Hastig drehte ich den Schlüssel im Schloss und stürmte nach draußen. Die Schuhe streifte ich mir im Laufen über.

Das Wetter tat so, als ginge es alles nichts an. Nach dem gestrigen Regenguss versprach es, heute wieder schön zu werden, wenn auch nicht mehr so heiß wie die Tage davor. Der Himmel wirkte wie frisch gestrichen, ausnahmsweise war es windstill, aber trotzdem kühl.

Das Laufen beruhigte mich etwas. Nach und nach wurde ich langsamer – was nicht zuletzt daran lag, dass ich meinen Knöchel unangenehm spürte. Tief sog ich die frische Luft ein, schmeckte das Meer. Medizin für meine Seele!

Mit einer Hand zog ich den Reißverschluss meiner Jacke hoch und machte mich auf den Weg zum Strand.

Ich war nicht die Einzige, die auf die Idee gekommen war, um sieben in der Früh einen Spaziergang am Meer zu unternehmen. Ein Jogger überholte mich und murmelte einen Gruß. Weit entfernt sah ich zwei weitere Leute; sie schienen nach Muscheln oder Krabben zu suchen, denn sie bückten sich immer wieder.

Mich störte es nicht, dass ich nicht ganz allein unterwegs war, solange mich keiner ansprach und ich ungestört nachdenken konnte.

Als ich an einem Strandkorb vorbeikam, den jemand vergessen hatte abzuschließen, setzte ich mich hinein und blickte von dort aus auf das Wasser hinaus. Über mir kreisten die Möwen, Wellen klatschten ans Ufer und dann, nach einer Weile, schlug mein Herz wieder in ruhigerem Takt.

Mit halb geschlossenen Augen ließ ich die letzten Tage Revue passieren. Es war so viel geschehen, ein Ereignis hatte das andere gejagt, schlimme, angsteinflößende Erlebnisse – aber klar, auch wunderschöne, so wie der gestrige Nachmittag mit Fabian. Doch gerade dieser Kontrast, dieses Hin und Her machten mich fertig. Ich hatte bisher kaum Zeit zum Durchatmen gehabt, aber hier fand ich, so schien es, endlich die Möglichkeit, das Geschehene noch mal in Erinnerung zu rufen und es objektiv zu betrachten.

Vieles von dem, was passiert war, konnte ich mir nicht erklären, doch eins wusste ich: Chris hatte mich mit seinen Geschichten über Geister angesteckt und mich damit in Angst und Schrecken versetzt. Allein das hatte sicherlich dafür gesorgt, dass ich mir gewisse Dinge einbildete. Aber ganz sicher nicht alles, so viel stand für mich fest! Die Frage war jetzt, wie es weitergehen sollte.

Mit einem Seufzen öffnete ich die Lider und blickte nachdenklich in die Ferne – da glaubte ich, ihn plötzlich wiederzusehen, meinen Verfolger. Angestrengt kniff ich die Augen zusammen, um ihn besser erkennen zu können. Für mich bestand kein Zweifel: Das war er, dort hinten am Strand.

In meinem Bauch staute sich auf einmal eine unglaubliche Wut. Mir reichte es endgültig! Zornig sprang ich auf und sprintete los.

Als er sah, dass ich auf ihn zurannte, drehte er sich um und lief davon. Wenn das mal kein Beweis war!

Ich legte an Tempo zu, doch mein Fuß machte mir einen Strich durch die Rechnung. Ein stechender Schmerz fuhr mir durch den Knöchel und zwang mich dazu, stehen zu bleiben. Hilflos musste ich mit ansehen, wie der Typ am Strandeingang verschwand.

Mist! Immerhin hatte ich aber jetzt die Bestätigung, dass ich mir den Stalker nicht bloß einbildete.

In der Hoffnung, dass ich irgendwelche Spuren von ihm entdecken würde, ging ich dorthin, wo er gestanden war. Als ich die Stelle erreichte, suchte ich den Boden ab. Da! Ein Blitzen. Ich bückte mich und hob den metallenen Gegenstand auf. Es war ein Zippo-Feuerzeug. Mit dem Zeigefinger wischte ich den Sand weg und betrachtete die geschwungene Gravur. Ich kannte dieses Feuerzeug genau, hatte es schon zig Mal gesehen und wusste, wem es gehörte: Max, meinem Exfreund.

Das konnte doch alles nicht wahr sein, ehrlich! Schrieb hier jemand ein irres Drehbuch, das sich »Lenis total bescheuertes Leben« nannte?

Vollkommen außer mir zückte ich mein Handy und suchte nach Max' Nummer. Paula hatte mich immer ausgeschimpft, dass ich sie noch nicht gelöscht hatte. Nun war ich froh über meine Sturheit.

Max war tatsächlich hier und er hatte mich nicht nur einmal verfolgt. Er war es gewesen, der gestern um die Ecke gebogen war, und auch am Strand mit Fabian hatte er uns beobachtet.

Mittlerweile war ich sogar davon überzeugt, sein Gesicht am Fenster gesehen zu haben.

Die Wut schwelte in mir, sie brodelte, köchelte und ich spürte, dass ich kurz davor war, auszurasten. Was bildete sich der Mistkerl überhaupt ein?!

Wie wild hackte ich auf mein Handy ein, fand den Kontakt und wählte. Es klingelte fünfmal, ehe Max abhob.

Bevor er Gelegenheit hatte, auch nur ein Wort zu sagen, legte ich los: »Sag mal, spinnst du? Was wird das? Spionierst mir einfach nach! Wie krank muss man eigentlich sein?!« Die anderen Strandbesucher waren mir in dem Moment schnuppe.

»Leni, ich ...«, fing er an, doch ich unterbrach ihn. »Woher weißt du überhaupt, dass ich hier bin?«, schrie ich ihn an.

»Paula hat's mir erzählt«, antwortete er.

»Diese blöden Ausreden kannst du dir sparen, sie hätte niemals –«, aber diesmal ließ er mich nicht zu Wort kommen.

»Paula kann nichts dafür, ich hab sie mit Anrufen und SMS bombardiert. Sie wollte mir nicht verraten, wohin du gefahren bist, ehrlich.«

Oh, das wurde ja immer schöner! Und so was nannte sich Freundin! Andererseits wusste ich, welch Überredungskünstler Max sein konnte. Ich selbst war ihm ja lange genug auf den Leim gegangen. Trotzdem: Es war einfach nicht in Ordnung von ihr, Max meinen Aufenthaltsort zu verraten. Ausgerechnet ihm!

»Leni, bitte, hör mir zu. Nur fünf Minuten«, bettelte er.

»Drei Minuten«, fauchte ich, »und keine Sekunde länger!«

Die Worte sprudelten nur so aus ihm heraus, er sagte, dass ihm alles furchtbar leidtäte und dass er gehofft hatte, wir könnten es noch einmal miteinander versuchen. Er habe gemerkt, dass er nicht bloß einen, sondern einen Haufen Fehler gemacht hatte. Doch meine Mutter hatte einfach aufgelegt, als er anrief, um mit mir zu sprechen.

Bravo! Wenigstens auf sie war Verlass.

Also habe er Paula angerufen, die schließlich mit der Sprache rausrückte, wo er mich finden könne. Daraufhin war er in den nächsten Zug gestiegen ...

»Deine drei Minuten sind gleich um«, warnte ich ihn.

Ich hörte ihn tief durchatmen. »Leni, können wir nicht über alles reden?«

»Wir reden doch.«

»Bitte, nicht am Telefon. Wenn ich dir jemals etwas bedeutet habe, dann gib mir die Möglichkeit, dir alles persönlich zu erklären.«

Ich seufzte.

»Bitte, Leni«, hörte ich ihn nun schon fast winseln. »Ich verspreche, ich lasse dich dann in Ruhe. Nur noch das eine Gespräch!«

»Gut«, hörte ich mich sagen. »Um zehn in dem Eiscafé neben dem Strandeingang. Aber ich sag dir gleich: Ich bin jetzt mit wem anderen zusammen. No chance für dich!«

»Ja, ich weiß«, murmelte er leise. »Ich habe euch gesehen. Scheint ganz okay zu sein.«

»Das geht dich mal so überhaupt nichts an«, ätzte ich zurück und legte dann ohne Gruß auf. Schon jetzt tat es mir leid, dass ich mich hatte erweichen lassen, aber vielleicht war eine Aussprache sogar ganz gut, um endlich mit der Vergangenheit abschließen zu können.

Da ich gerade so in Streitlaune war, versuchte ich gleich noch, Paula anzuskypen, doch wohlweislich war ihr Handy aus. Also schrieb ich ihr eine Nachricht, dass sie sich dringend bei mir zu melden hatte. Danach steckte ich mein Handy ein und ging mit großen Schritten nach Hause.

Kapitel 22

Chris saß noch beim Frühstück.

»Guten Morgen«, sagte ich betont freundlich.

»Morgen«, brummte er zurück, ohne aufzusehen.

Ich machte mir schnell ein Schinkenbrot und setzte mich zu ihm an den Tisch. Er verzog keine Miene. Gut, wenn er jetzt bockig sein wollte – das konnte ich auch.

Schweigend aßen wir unser Frühstück, die Spannung im Raum war fast greifbar. Plötzlich stand Chris auf, knallte seine Müslischüssel mit einem lauten Scheppern in das Spülbecken und verließ die Küche. Gleich darauf hörte ich die Eingangstür zuschlagen. Er war weg.

Na super! Das konnte ja die nächsten Tage noch heiter werden!

Auf Streit hatte ich keine Lust, doch ich wollte auch nicht diejenige sein, die nachgab. Also hoffte ich einfach, dass er sich wieder beruhigen würde. Ganz verstand ich ohnehin nicht, was ich ihm eigentlich getan hatte.

Auf jeden Fall war mein Hunger nun restlos vergangen, ich wickelte das angefangene Brot in Folie und legte es in den Kühlschrank. Ich würde es zu Mittag essen, falls ich nach dem Treffen mit Max überhaupt etwas runterbringen könnte. Worauf hatte ich mich da nur wieder eingelassen?

Für die Begegnung mit Max hatte ich mich sorgfältig geschminkt. Nicht, um ihn zu beeindrucken. Mir war egal, ob ich ihm gefiel oder nicht. Vielmehr ging es mir darum, mich hinter dem Make-up verstecken zu können wie hinter einer Maske.

Doch nicht nur das Treffen selbst lag mir im Magen, ich hatte auch ein furchtbar schlechtes Gewissen wegen Fabian. Er hatte mir heute Morgen eine zuckersüße Nachricht geschrieben und mich gefragt, ob wir uns am Vormittag nicht kurz sehen könnten. Er müsse zwar arbeiten, würde sich aber schnell davonstehlen, so groß sei seine Sehnsucht nach mir.

Nun musste ich ihm schweren Herzens absagen und ihn auf den Nachmittag vertrösten. Ich müsse noch etwas klären, schrieb ich ihm, und er solle mir einfach vertrauen. Das war zwar keine Lüge, aber ich kam mir dennoch vor wie eine Verräterin. Darauf folgte von ihm nur ein kurzes »Okay, bis später«. Weiter nichts. Meine Wut auf Max stieg ins Unermessliche.

Als ich das Eiscafé erreichte, wartete er bereits an einem der Tische. Er hielt nach mir Ausschau und sprang auf, sobald er mich entdeckte.

Meine Beine fühlten sich an wie Gummi, doch ich ließ mir meine Unsicherheit nicht anmerken und steckte lässig die Hände in die Hosentaschen. Einen Moment lang sah es so aus, als wollte er mich umarmen, schien es sich aber dann anders zu überlegen. Gott sei Dank!

»Hi«, begrüßte er mich leise, beinahe schüchtern. Das war ich von Max gar nicht gewohnt. Sonst tat er immer obercool. Wie es aussah, hatte sein Selbstbewusstsein einen ordentlichen Knacks abbekommen – und ich musste zugeben, dass ich mich darüber freute. Er hatte es verdient!

Ich setzte mich auf einen Stuhl ihm gegenüber, um möglichst viel Abstand zwischen uns zu bringen, und verschränkte meine Arme abwehrend vor der Brust. Als Getränk bestellte ich einen Eistee.

In Gedanken hatte ich mir hundert Dinge überlegt, die ich ihm an den Kopf werfen wollte, jetzt fiel mir keins mehr davon ein. Also legte ich das Feuerzeug auf den Tisch und schob es zu ihm hinüber: »Das gehört dann wohl dir.«

Er streckte seine Finger aus und umschloss es mit der Faust. »Danke. Du weißt, wie viel mir es bedeutet.«

Ja, das wusste ich. Max war Nichtraucher, das Feuerzeug trug er dennoch ständig mit sich. Es hatte seinem Opa gehört, das Gehäuse war aus echtem Silber, eine Sonderanfertigung.

Bei jeder sich bietenden Gelegenheit prahlte er damit, holte es raus, um Feuer zu geben oder einfach, um Eindruck zu schinden.

»Also, warum wolltest du dich mit mir treffen? Oder ging es dir nur um das blöde Feuerzeug?«

Erschrocken hob er den Blick. »Nein. Natürlich nicht. Ich ... Leni, ich habe erkannt, was ich für ein Idiot war, und ...«, er ließ die Schultern hängen und senkte den Kopf, »... aber jetzt ist es zu spät, oder?«

In mir brodelte es. »Ja, allerdings. Und damit meine ich beides: Dass du ein Riesenidiot bist und dass es zu spät ist, selbst wenn ich Fabian nicht kennengelernt hätte.«

»Fabian heißt er also. Und gegen ihn habe ich keine Chance?«

Ich funkelte ihn an. »Was soll das hier? Ich möchte nicht mit dir über Fabian und mich reden. Das geht dich nämlich nicht das Geringste an, hörst du! Komm endlich zur Sache oder lass es bleiben! Aber raub mir nicht meine kostbare Zeit!«

Max presste die Lippen zusammen und sah mich trotzig an. »Du hast nicht sehr lange gebraucht, um über mich hinwegzukommen.«

Ich schnaubte wütend und sprang auf. »Okay, das ist mir zu blöd! Ich gehe!«

Max ergriff meine Hand und zog mich wieder auf den Stuhl zurück. »Nein, bitte. Entschuldige, ich hab das nicht so gemeint. Es ist ...«, er raufte sich das Haar, »... es ist einfach frustrierend für mich, dich mit jemand anderem zu sehen.«

»Ach, und für mich war es damals lustig, oder wie? Dabei waren wir da noch zusammen.« Ich entwand ihm meine Hand, blieb aber sitzen. »Ich weiß nicht, was du dir erwartet hast, als du mir nachgefahren bist. Die Aktion war vollkommen zwecklos! Ich möchte nur wissen: Wie lange beobachtest du mich schon?«

Er spielte mit dem Feuerzeug. »Bereits eine ganze Weile«, gab er schließlich zu.

Betont ruhig fragte ich weiter: »Und du warst nicht zufällig nachts vor meinem Fenster?«

Da sackte mein Exfreund in sich zusammen, antwortete jedoch nicht, aber sein Schweigen sagte genug.

»Also doch!«, rief ich. »Max, du hast gesagt, wenn du mir je etwas bedeutet hast, soll ich mich mit dir treffen. Ich bin hier. Ich spiele den Ball an dich zurück. Wenn ich *dir* jemals wichtig war, erzählst du mir alles. Keine Ausflüchte, keine Lügen – das bist du mir echt schuldig.«

Irrte ich mich oder funkelten nun tatsächlich Tränen in seinen Augen?

Mit einem tiefen Seufzer nickte er. »Okay – aber du wirst mich dafür hassen.«

Verachten traf es schon eher, korrigierte ich ihn in Gedanken, laut sagte ich: »Spuck es aus! Ich möchte endlich die Wahrheit erfahren.«

Was ich von ihm zu hören bekam, verschlug mir den Atem. Max hatte mich nicht nur verfolgt und durchs Fenster beobachtet – so viel zu »Ich sehe Gespenster!« –, er gab sogar zu, dass er meine Fahrradreifen zerstochen hatte.

»Ich hatte dich vorher mit diesem Italiener gesehen und hab gleich gemerkt, dass zwischen euch was läuft. Da bin ich ausgerastet.«

»Er heißt Fabian – warst du das mit seinem Tank etwa auch?«

Er nickte abermals und wich meinem Blick aus. »Ich wollte ihm eins reinwürgen.«

»Was noch, Max?«, donnerte ich. Es war wohl nur eine Frage der Zeit, bis sie uns aus dem Café werfen würden, doch das war mir in dem Moment egal.

Es war einfach nicht zu fassen! Ich hatte an meiner Zurechnungsfähigkeit gezweifelt, dabei war alles seine Schuld! Ich wusste nicht, ob ich vor Wut schreien oder vor Erleichterung laut auflachen sollte.

»Du musst mir glauben, ich wollte bloß mit dir reden und dich um eine zweite Chance bitten. Ich war sogar bei dir im Haus – die Eingangstür war nicht abgesperrt. Ich stand in der Diele, plötzlich wusste ich nicht mehr, was ich sagen sollte, und bin wieder gegangen.«

Noch allzu gut erinnerte ich mich an die Schritte, die ich gehört hatte und für die ich in meiner Angst einen Geist verantwortlich machte. Von wegen! Das war alles er gewesen.

Max sprach unbeirrt weiter, als wäre er froh, eine Last loszuwerden. »Gestern bin ich dir gefolgt und hab dich mit ... Fabian gesehen, wie ihr euch geküsst habt – immer und immer wieder. Da wusste ich, dass ich verspielt hatte, und – du musst mir glauben – ich wollte sofort heimfahren, nur fuhr kein Zug mehr. Ich nehme heute den Bus um drei nach zwölf.«

»Und in der Früh am Strand? Wieso bist du mir da gefolgt, wenn du bereits aufgegeben hast?« Ich war immer noch unsicher, ob ich seinen Worten Glauben schenken konnte.

»Ach, Leni, das war reiner Zufall. Ich dachte, um diese Zeit wäre ich allein. Ich wollte mir in Ruhe alles durch den Kopf gehen lassen ... Abschied nehmen. Als ich dich entdeckt habe, bin ich losgerannt, ohne nachzudenken. Den Rest kennst du ja.«

Ich ließ das Gehörte einen Moment sacken. Für vieles hatte ich nun eine Erklärung, manche Dinge hatte Max dagegen nicht erwähnt.

»Ehrlich gesagt bin ich froh, dass du mir alles erzählt hast. Ich hatte schlaflose Nächte, weil ich nicht wusste, was los war. Was ist mit den Krücken?«

Er sah mich irritiert an. »Womit?«

Ich holte Luft. »Mit den Krücken, die Fabian mir geliehen hat, um meinen verstauchten Knöchel zu schonen. Ich hab sie in der Diele abgestellt und ein paar Stunden später waren sie weg.«

Max schüttelte den Kopf. »Ich weiß nicht, wovon du sprichst.«

»Und der Dachboden, die Briefe ... ach, und mein Bett?«, versuchte ich weiter mein Glück.

Wieder ein Kopfschütteln. »Ich hab viel Mist gebaut, das weiß ich – und es tut mir leid. Ich bin bereit, die Konsequenzen zu tragen – richte Fabian aus, dass er mir die Rechnung für die Reparatur des Motorrads schicken soll –, aber alles lass ich mir nicht in die Schuhe schieben. Ich habe weder die Krücken angerührt, noch weiß ich was mit dem Dachboden, den Briefen oder ...«, er räusperte sich unbehaglich, »... deinem Bett ist.«

Ich dachte über Max' Worte nach. Mein Vertrauen in ihn war zerstört, doch warum sollte er mich belügen, wo er gerade viel schwerwiegendere Verfehlungen gebeichtet hatte? Nein, dafür gab es keinen Grund. Außerdem kannte ich ihn: Seine Verwirrung war echt. Ich glaubte ihm – was hieß, dass es für einige der mysteriösen Dinge, die mir passiert waren, weiterhin keine Erklärung gab.

Max sah auf die Uhr. »Es ist bald zwölf.«

»Ja, wir sollten gehen«, antwortete ich und gab der Kellnerin ein Zeichen. Max beharrte darauf, mich einzuladen. Mir wäre es lieber gewesen, ich hätte meinen Eistee selbst bezahlt, sah aber den flehenden Ausdruck in seinen Augen; er wollte damit ein wenig wiedergutmachen, was er verbockt hatte – und weil ich ein versöhnlicher Mensch war, ließ ich mich erweichen. Auch, weil ich mich keiner weiteren Diskussion mehr aussetzen wollte.

Wir standen von unseren Stühlen auf, und ehe ich mich versah, umarmte er mich.

Ich war so perplex, dass ich gar nicht reagieren konnte, ich stand einfach nur reglos da.

»Tschüss. Ich hoffe, wir können irgendwann wieder Freunde sein«, sagte er.

»Mal sehen«, wollte ich antworten, als in diesem Moment Fabian um die Ecke gebogen kam. Einstein lief neben ihm her.

Er erstarrte, als er uns entdeckte. Nacheinander erkannte ich in seinem Blick zunächst Ungläubigkeit, dann Enttäuschung.

Wortlos machte er auf dem Absatz kehrt und rief seinen Hund.

»Fabian!«, schrie ich laut und löste mich schnell aus Max' Umarmung.

Erst jetzt kapierte der, was los war. »*Shit!* Tut mir leid, ich rede mit ...«

»Nein, du hast bereits genug getan«, fauchte ich und kämpfte gegen die aufsteigenden Tränen an. Schnell wandte ich mich von ihm ab und rannte los, um Fabian einzuholen.

Gehetzt ließ ich meinen Blick schweifen und drehte mich mehrmals im Kreis. Offenbar hatte ich ihn aus den Augen verloren. Doch ich würde ihn schon finden, musste ihn einfach finden. Entschlossen machte ich mich auf in Richtung Pizzeria.

»Ist er hier?«, fragte ich dort den Kellner, noch atemlos vom schnellen Rennen. Glücklicherweise schienen Fabians Eltern im Moment nicht da zu sein.

»No, signorina. Scusi.«

»Aber ...«, fing ich an, brach jedoch ab, als der harte Gesichtsausdruck des Mannes mir verriet, dass Fabian natürlich hier war.

Endgültig traten mir Tränen in die Augen. »Sagen Sie ihm bitte ... er irrt sich. Das, was er gesehen hat ... es ist nicht, wie er glaubt ... würden Sie ihm das bitte ausrichten?«

Offenbar rührte meine Verzweiflung den Kellner, sein Miene wurde weicher. »Bene – ich sag's ihm.«

»Danke«, schniefte ich, verließ das Lokal und lief blind vor Tränen, die nun ungehindert flossen, nach Hause.

Es dauerte eine ganze Weile, bis ich mich wieder halbwegs beruhigt hatte. Der Anblick meines Bettes hob nicht gerade meine Laune. Die Sauerei hatte ich vor lauter Aufregung ganz vergessen. Auch vorhin, als ich mich auf das Treffen mit Max vorbereitet hatte, war ich nur wie ein gehetztes Huhn durch die Zimmer gesaust und hatte meinem Bett kaum einen Blick gegönnt. Vielleicht eine besonders perfide Verdrängungstaktik?

Wie auch immer: Nichts wog im Moment schwerer als die Sache mit Fabian. Inzwischen ärgerte ich mich über mein kopfloses Davonrennen aus der Pizzeria. Ich hätte darauf bestehen sollen, mit ihm zu sprechen, sagte ich mir wohl zum hundertsten Mal. Aus meiner Verzweiflung wurde Trotz, der sich allmählich in Ärger verwandelte, als ich ihn mehrmals anrief und er nicht ranging. Ich hatte nichts falsch gemacht, hatte ihm ja sogar eine – zugegebenermaßen etwas kryptische – Nachricht geschickt! Er war derjenige, der nun, ohne mir die Gelegenheit zur Rechtfertigung zu geben, die falschen Schlüsse zog.

Pfeif auf alle Jungs, dachte ich bockig, wer braucht sie schon? Ich bestimmt nicht. Zumindest nicht einen, der mir kein Vertrauen schenkte. Pffft! Sie konnten mir alle gestohlen bleiben. Chris, Fabian – und Max natürlich, der für den ganzen Mist verantwortlich war. Der am meisten!

Weil mir die Sache mit Fabian so naheging, sagte meine Magen Nein zu einem Mittagessen und ich ging stattdessen hinaus in den Garten. Chris' Abwesenheit in den letzten Tagen machte sich bemerkbar. An einigen Stellen begann das Unkraut, in den Beeten zu sprießen. Gießen musste ich nach dem gestrigen Regen nicht, aber das Gras war bereits hoch und hätte einen Schnitt vertragen.

Ich erinnerte mich daran, im Schuppen einen Rasenmäher gesehen zu haben. Ob der funktionierte? Ich hatte noch nie einen bedient, aber allzu schwierig stellte ich mir das nicht vor.

Gerade als ich mich auf den Weg in den Schuppen machte, klingelte mein Handy. Es war Paula, na endlich!

»Hi, ich sollte dich zurückrufen«, begann sie. »Klang ziemlich dringend.«

»Wusstest du, dass Max in Riedeshagen war?«, fragte ich aufgebracht.

»Ähm, jaaaaa«, antwortete sie gedehnt. »Ich habe dir doch erzählt, dass ich ihm deine Adresse gegeben habe, und dich noch gefragt, ob es schlimm ist. Weißt du nicht mehr? Das war, als ich auflegen musste, weil Jeff an der Tür war.«

Oh, jetzt dämmerte es mir. Ich konnte mich vage an das Gespräch erinnern. Es war an dem Tag, als ich krank im Bett lag und sie mich kaum zu Wort hatte kommen lassen. Hätte ich ihr nur besser zugehört!

»Das ist an mir irgendwie vorbeigegangen«, gab ich zu.

»Nun, ich habe mich vorhin mit ihm getroffen.«

»Mit Max? Und? Erzähl schon.«

»Ach, da gibt es nicht viel zu erzählen. Er ist nach Riedeshagen gekommen, weil er gehofft hat, ich würde ihn mit offenen Armen empfangen und ihm eine zweite Chance geben.«

»Ja, das hat er mir am Telefon gesagt, als er wissen wollte, wo du steckst. Er hat total fertig geklungen ... deshalb hab ich schließlich nachgegeben – ich hoffe, ich habe damit keine Katastrophe ausgelöst. Du warst wegen der Trennung unglücklich und von Fabian wusste ich –«

»Katastrophe? Ach wo!«, fiel ich ihr ins Wort. »Außer, dass Max mich gestalkt hat und Fabian jetzt denkt, ich treffe mich hinter seinem Rücken gern mit fremden Jungs, und nun nicht mal mehr mit mir spricht, ist weiter nichts passiert.«

Schon wieder kamen mir die Tränen.

Eine Weile blieb Paula stumm. Schließlich sagte sie: »Ach Süße, das tut mir wahnsinnig leid. Wenn ich geahnt hätte, was ich damit anrichte ...« Sie seufzte. Ihr schlechtes Gewissen war nur allzu deutlich.

»Ich weiß, dass du es gut gemeint hast«, räumte ich ein, »aber der Schuss ist voll nach hinten losgegangen. Was soll ich denn jetzt tun? Fabian reagiert nicht auf meine Anrufe und in der Pizzeria heißt es, er sei nicht da – was natürlich nicht stimmt.«

»Leni, ich kann mir vorstellen, dass er bestimmt mit dir reden wird, wenn er sich beruhigt hat. Glaub mir: Wenn er erst einmal nachgedacht hat, sieht er von selbst ein, dass seine Reaktion vollkommen überzogen war. Hey, immerhin hat er ein Herz mit euren Initialen in einen Fels geritzt. Klingt so, als wäre er über beide Ohren in dich verliebt, und wenn du ihm das Ganze erklärst, versteht er das sicherlich. Da sind schließlich echte Gefühle im Spiel.« Manchmal klang Paula furchtbar erwachsen und weise.

»Du meinst, es renkt sich alles wieder ein?«

»Klar, sonst wäre er ein Trottel – und so einen brauchst du wirklich nicht schon wieder.«

Ich fühlte mich ein wenig besser. Wo Paula recht hatte, hatte sie recht.

Wir quatschten eine Weile über Jeff, der sich nicht wieder bei ihr gemeldet hatte, und natürlich noch einmal über die seltsamen Erscheinungen hier im Haus – hinter denen, wie ich ja nun wusste, größtenteils Max steckte.

»Was für ein Mistkerl«, eiferte sich Paula. »Wenn ich wieder daheim bin, kann er was erleben! Mir die Ohren volljammern, wie sehr er dich vermisst ... und dann so fiese Aktionen starten!«

»Ach, lass gut sein«, winkte ich ab. »Im Nachhinein kann man eh nichts mehr daran ändern. Vom Neuesten habe ich dir noch gar nichts erzählt: Als ich gestern ins Bett wollte, war es über und über mit Sand und glitschigen Algen bedeckt. Total ekelhaft!« Ich spürte, wie mir allein bei der Beschreibung wieder ein Schauer über den Rücken lief. »Angeblich hatte Max aber damit nichts zu tun.«

»Und das glaubst du ihm?«, fragte Paula skeptisch. »Dem traue ich inzwischen alles zu!«

Wir rätselten eine Weile hin und her, ob Max nicht doch unbemerkt ins Haus gelangen konnte und für die Sauerei verantwortlich war, kamen jedoch zu keinem Ergebnis. Es war in der Tat sehr unwahrscheinlich – doch wer sollte es sonst gewesen sein?

Zum Schluss berichtete ich Paula noch von Ulrikes Briefen an Mario – und dem Bunker, in dem sie sich getroffen hatten. Erwartungsgemäß fand sie das total romantisch und hoffte, eines Tages auch mal so geliebt zu werden. Ich gönnte es ihr von Herzen. Dann verabschiedeten wir uns voneinander und ich legte auf.

Das lange Gespräch mit meiner besten Freundin hatte mir gutgetan. Ich sah nun tatsächlich einen kleinen Hoffnungsschimmer, dass zwischen Fabian und mir alles wieder ins Lot kommen würde.

Sogar ein wenig Hunger hatte ich jetzt, daher aß ich das Brot, das vom Frühstück übrig geblieben war, und verschlang gleich noch zwei weitere.

Anschließend nahm ich meinen Plan, den Rasen zu mähen, wieder auf. Ich ging in den Schuppen und blickte mich nach dem Rasenmäher um. Bei meiner Suche stellte ich den Krempel von der Wand weg – und glaubte zu träumen. Die Krücken! Sie waren hier. Max hatte mich belogen.

Wieder einmal. Was hattest du denn erwartet, Leni?, fragte mich meine innere Stimme spöttisch.

Offenbar zu viel, dabei hatte ich ihn bloß um die Wahrheit gebeten.

Als ich die Krücken an mich nahm, fielen mir zwei kleine Löcher in der Wand auf. Waren die immer da gewesen? Keine Ahnung. Als ich mich bückte, um hindurchzusehen, merkte ich, dass man genau auf die Couch im Wohnzimmer blicken konnte. Mir glitten vor lauter Entsetzen die Krücken aus der Hand. Max! Was. Für. Ein. Psycho! Wie oft hatte er mich wohl unbemerkt von hier aus beobachtet? Der gehörte weggesperrt, ehrlich! Mein Körper überzog sich mit Gänsehaut, so schockiert war ich von dieser Entdeckung. Gut, dass er inzwischen abgereist war! Ich war so wütend auf ihn, dass ich für nichts hätte garantieren können. Doch daheim würde ich ihn zur Rede stellen, das schwor ich mir! Eigentlich war das sogar ein Fall für die Polizei.

Angeekelt wandte ich mich von den beiden Gucklöchern ab. Vielleicht würde ich meinen Kopf beim Rasenmähen ein wenig freikriegen? Das konnte ich jetzt wirklich brauchen.

Beim zweiten Versuch schaffte ich es tatsächlich, den Rasenmäher zu starten. Ich hoffte, dass der Sprit reichte, um nicht mittendrin aufhören zu müssen. Die Tankanzeige war zwar halb voll, aber ich hatte keine Ahnung, wie viel Benzin solch ein Gerät verbrauchte.

Es machte mir richtig Spaß, meine Bahnen zu ziehen, auch wenn es ein wenig anstrengend war, weil die vom Regen aufgeweichte Erde an den Reifen kleben blieb. Zudem bereitete mir das geschnittene Gras einige Mühe, da es feucht war und so immer wieder an der Klinge des Mähers haftete. Dadurch musste ich meine Arbeit in kurzen Abständen stoppen, um Reifen und Klinge vorsichtig zu säubern.

Doch irgendwann hatte ich es tatsächlich geschafft. Zufrieden ließ ich meinen Blick über die gemähte Fläche schweifen und fühlte mich unbändig stolz. Der Rasen sah wieder schön und gepflegt aus. Ich hatte gute Arbeit geleistet, fand ich. Dafür würde ich mich mit Ulrikes letztem Brief belohnen.

Nachdem ich ihn aus meinem Zimmer geholt hatte, setzte ich mich auf einen Stuhl unter den Birnbaum und faltete das Papier auseinander. Ein bisschen wehmütig strich ich die Knicke glatt. Da fiel mir das Datum auf, das rechts oben am Eck stand. Ulrike hatte den Brief am Tag vor ihrem Tod geschrieben.

Gebannt wanderten meine Augen zu den ersten Wörtern.

Liebster,

habe ich es nicht gesagt? Alles wird gut und das schneller als gedacht.

Gleich morgen werde ich mit meinen Eltern sprechen. So, wie die Dinge liegen, können sie eine Heirat mit Dir nicht mehr ablehnen.

Ich habe unsere gemeinsame Zukunft genau vor Augen. Es wird wie im Bilderbuch sein. Erst heute habe ich eine Wohnung entdeckt, die perfekt für uns ist. Es hat Vorteile, für einen Immobilienmakler zu arbeiten. Kennst Du die Bäckerei in Pegeritz? Dort, wo wir das wunderbare Weißbrot gekauft haben, um es in unserem Palast zu essen?

Die Wohnung kostet nur eine Lappalie, im Gegensatz zu den anderen, die derzeit am Markt angeboten werden –

mit Deinem Lohn als Vorarbeiter und meinem Gehalt können wir sie uns leisten. Sie ist sogar groß genug, wenn wir ein Kind haben.

Ich glaube, sie ist deshalb billig, weil die Mutter des Bäckermeisters drin gestorben ist. Nun wollen sie die Zimmer vermieten, aber offenbar mag wegen dieses Todesfalles keiner einziehen. Du bist doch nicht abergläubisch, oder? Mir würde es nichts ausmachen. Die Frau wurde immerhin 97 Jahre alt, was dafür spricht, dass die Wohnung ein guter Platz zum Altwerden ist.

Du kannst mich für verrückt halten (allerdings weiß ich, dass Du das nicht tust), ich male mir jetzt schon aus, wie es wird, dort neben Dir aufzuwachen. Der Duft nach frischem Brot zieht von unten in unsere Wohnung herauf. Während ich Dir Kaffee koche, läufst Du die Treppe hinunter, kaufst frische Brötchen. Sie sind knusprig und warm, sodass die Butter darauf schmilzt.

Wir frühstücken gemeinsam. Ja, ich werde jeden Tag mit Dir aufstehen.

Danach gibst Du mir einen Kuss und gehst zur Arbeit.

Am Nachmittag holst Du mich vom Büro ab, wir machen einen Spaziergang am Meer oder einen Abstecher zu unserem Geheimversteck. Auch wenn wir es dann nicht mehr brauchen, wird es immer »unser« gemeinsamer Ort bleiben. Später fahren wir zusammen nach Hause – wie schön das klingt, findest du nicht?

Wir kochen, essen, wir lieben uns. Wir schlafen eng umschlungen ein und wachen am nächsten Morgen nebeneinander wieder auf. Das wird unser Leben sein – romantisch und herrlich – und kein bisschen langweilig.

Ich habe noch nie dermaßen viel gelacht, wie in der Zeit, seitdem ich mit Dir zusammen bin. Ich habe mich nie so stark erlebt, so mutig und so ... besonders. Du gibst mir das Gefühl, einzigartig zu sein. Deshalb liebe ich Dich und werde Dich immer lieben – bis zu meinem letzten Atemzug.

Ulrike

Wie schön und furchtbar zugleich. »Bis zu meinem letzten Atemzug«, hatte Ulrike geschrieben und das war eingetreten – nur, dass dieser letzte Atemzug so nahe war, hatte sie nicht erwartet.

Sorgfältig faltete ich den Brief wieder zusammen und überlegte, wie schnell sich Dinge ändern konnten. In einem Moment war alles wunderbar, im nächsten alles bescheuert. Man musste sich bloß Ulrike und Mario ansehen. Oder Paula und Jeff – und natürlich Fabian und mich. Dass ich mein Schicksal mit ihnen teilte, tröstete mich auch nicht.

Ehe ich in Selbstmitleid zu versinken drohte, wählte ich Moms Nummer. Ich hätte ihren Rat gut brauchen können, doch sie hatte das Handy ausgeschaltet. Wahrscheinlich war sie gerade in einer Sitzung. Ich schrieb ihr eine SMS, dass sie mich bitte zurückrufen solle, und setzte ein trauriges Smiley unter die Nachricht.

Um mich auf andere Gedanken zu bringen, beschloss ich, ein fulminantes, üppiges, aufwendiges Abendessen zu kochen – nur für mich allein. Gerade, wenn es einem schlecht geht, muss man sich selbst verwöhnen, sagte Paula immer. Ich würde ihren Antidepressionsrat befolgen, vielleicht war ja was Wahres dran.

Eben hatte ich die Zutaten für meine Kochorgie zusammengesucht, als die Eingangstür aufgeschlossen wurde und Chris gleich darauf in die Küche kam. In der einen Hand hielt er eine riesige Pizzaschachtel von Biasini, in der anderen eine Flasche italienischen Rotwein.

Mit einem Ausdruck in den Augen, der Einstein Konkurrenz hätte machen können, sah er mich an. Ich bemühte mich, ihn zu ignorieren, allerdings war ich damit nicht sehr erfolgreich.

»Friedensangebot«, sagte Chris und hielt mir die Pizza entgegen. Sie roch wunderbar – auch wenn mich die nur allzu bekannte, schwungvolle Aufschrift traurig machte. Mein Magen war jedoch ein Verräter und knurrte prompt. Ich seufzte. Mein Blick wanderte von dem Pizzakarton zu den Lebensmitteln, die auf der Arbeitsplatte standen. »Also gut. Aber nur, wenn du endlich mit deinen Geisterhorrorgeschichten aufhörst.«

Er stellte die Weinflasche und den Karton auf den Tisch und hob feierlich die rechte Hand. »Ich schwöre!«

Während Chris die Pizza teilte, holte ich die Teller aus dem Schrank. »Du warst in der Pizzeria Biasini?«

»Ja, stell dir vor, ich habe Fabian getroffen.«

Ich wurde hellhörig. »Und? Hat er was gesagt?«

»Oh, wir haben über dieses und jenes gesprochen ...«

Ich schnaubte ungeduldig. »Ich meine, über mich.«

Mein Bruder kratzte sich betont gleichmütig am Kopf. »Mal überlegen!«

»Chris!«, rief ich empört. »Du setzt den gerade erst geschlossenen Frieden aufs Spiel.«

»Schon gut«, sagte er grinsend und hob beide Hände. »Du sollst um acht zu dem Bunker kommen.«

Ich fiel ihm vor Freude um den Hals. »Jaaaaa!«, rief ich und tanzte ausgelassen um den Tisch. Chris lächelte nachsichtig. »Ich wünschte, jemand würde sich über ein Treffen mit mir so freuen, wie du es gerade tust«, meinte er schließlich und stellte die Teller auf den Tisch. Wir setzten uns.

»Und der Wein?«, fragte ich und griff nach der Flasche. Mir war gerade nach Feiern zumute. Alles würde gut werden, Fabian wollte sich mit mir treffen, und zwar nicht irgendwo, sondern an unserem »Platz«, was nur heißen konnte, dass er eingesehen hatte, dass er im Unrecht war.

Hach, ich hatte das Gefühl, eine zentnerschwere Last wäre von meinen Schultern gefallen.

Milde lächelnd nahm Chris mir die Weinflasche aus der Hand. »Der ist für dein Date«, sagte er und zwinkerte mir zu.

»Oh ... danke.« Wie lieb von ihm, er hatte wirklich an alles gedacht.

Nachdem wir die Pizza restlos vertilgt hatten, bot Chris an, die Küche aufzuräumen, damit ich Zeit hatte, um mich für meine Verabredung mit Fabian fertig zu machen. Von mir aus konnte er ruhig öfter ein schlechtes Gewissen haben, wenn er sich dadurch jedes Mal so ins Zeug legte, um sich wieder mit mir zu versöhnen.

Ich ging unter die Dusche und danach in mein Zimmer, um mich anzuziehen. Schnell wandte ich den Blick von meinem Bett ab und unterdrückte ein Schaudern. Mein Treffen mit Fabian war jetzt das einzig Wichtige. Ich wollte gut aussehen, nicht zu aufgedonnert, aber auch nicht zu lässig. Schließlich entschied ich mich für eine Jeans und meine Kringelbluse.

»Oh là là«, kommentierte Chris, der an der offenen Zimmertür stand, mein Outfit. »Du siehst richtig schick aus.« Dann glitt sein Blick weiter zu meinem Bett und dem Unrat davor. »Was ist denn hier passiert?«, fragte er fassungslos.

»Ein Geschenk von letzter Nacht, Absender unbekannt«,

murmelte ich betreten. »Das heißt, es könnte auch von meinem Exfreund stammen, wer weiß das schon so genau.«

»Aber wie sollte er ...« Chris' Gesichtszüge entgleisten, er fing sich aber gleich wieder und nickte mir aufmunternd zu: »Das kannst du mir später alles in Ruhe erzählen. Jetzt gehst du erst mal zu deinem Date und ich räume hier auf, einverstanden? Quasi als Wiedergutmachung für mein blödes Verhalten.«

»Danke«, antwortete ich und wurde ein wenig rot. Ich steckte mein Handy in die Hosentasche und Chris drückte mir einen Rucksack in die Hand. »Hier, da ist der Wein drin – und eine Taschenlampe. Nicht, dass du dir wieder den Knöchel verstauchst, weil du nicht siehst, wo du hintrittst.«

Ich gab ihm einen Kuss auf die Wange. »Du bist der beste Bruder, den man sich wünschen kann.«

Um mir die Kletterei über die Dünen zu ersparen, nahm ich das Fahrrad und schlug den längeren Weg ein. Was für ein Glück, dass Fabian den Reifen ausgetauscht hatte!

Nach fünfundzwanzig, für mich endlosen Minuten hatte ich die Wiese erreicht, wo Einstein auf Kaninchensuche gegangen war. Wenig später stand ich auch schon vor dem Eingang des Bunkers. Mit den Fingern fuhr ich Fabians Gravur nach und konnte es kaum erwarten, ihn wiederzusehen. »Fabian?«, rief ich leise, bekam aber keine Antwort. Stattdessen hörte ich ein dumpfes Bellen.

Nanu? Wo kam das denn jetzt her? »Hallo?«, rief ich. »Ist da jemand?« Erneut das Bellen. Ich überlegte einen Moment. Könnte das Einstein sein? Doch wie sollte er da ... In dem Moment bemerkte ich, dass der Bügel am Schloss nicht eingerastet war. Als ich es näher untersuchte, sah ich, dass es jemand durchtrennt hatte. In meinem Kopf purzelten die Gedanken wild durcheinander. Hatte sich Fabian etwa Zugang zu dem Bunker verschafft, weil ich gestern erwähnt hatte, dass ich gerne hineingehen würde? Das wäre ja blanker Wahnsinn! Doch wenn ja, warum antwortete er mir nicht?

»Fabian!«, schrie ich nun, doch wieder kam nur das Bellen – diesmal lauter und irgendwie verzweifelt. Ich war mir nun sicher, dass es nur von seinem treuherzigen Bernhardiner stammen konnte.

Und wenn etwas passiert ist?, wisperte es in mir. Einstein war kein Hund, der grundlos kläffte, vielleicht wollte er auf diese Weise Hilfe herbeiholen?

Mir fielen Fabians Worte ein – der Bunker war lebensgefährlich, bereits einmal waren Teile eingestürzt, es konnte jederzeit wieder passieren. Vor meinem inneren Auge sah ich Fabian schon unter Geröll verschüttet am Boden liegen.

Und wenn du wieder mal nur Gespenster siehst?, gab die skeptische Seite in mir zu bedenken. Es wäre nicht das erste Mal. Womöglich wollte mich Fabian da drinnen mit etwas total Romantischem überraschen, hatte Kerzen aufgestellt und Einstein bellte lediglich die zuckenden Schatten an der Wand an. Ehe ich voreilig Feuerwehr, Notarzt und Höhlenrettung verständigte, sollte ich lieber auf Nummer sicher gehen, dass sich tatsächlich jemand in Gefahr befand.

Los, Leni!, machte ich mir Mut. Wie gut, dass Chris daran gedacht hatte, die Taschenlampe in den Rucksack zu packen. Ich nahm sie heraus, schaltete sie ein – und fluchte. Der Lichtstrahl war schwach und ich konnte kaum etwas erkennen. Was für ein Pech, dass ausgerechnet jetzt die Batterien ihren Geist aufgaben.

Ich hielt den Lichtkegel auf den Boden gerichtet, zog den

Kopf ein und betrat den Bunker. Langsam setzte ich einen Fuß vor den anderen und achtete auf Stolperfallen. Weit war ich nicht gekommen, als hinter mir mit einem lauten Rums die Tür zuschlug. Ich zuckte erschrocken zusammen. War das alles ein schlechter Scherz?

Ich fuhr herum, stürzte zurück zum Eingang, stemmte mich mit meinem ganzen Gewicht gegen die Tür, doch sie gab keinen Millimeter nach. Für einen Moment schnürte mir Panik die Luft zum Atmen ab, meine Beine drohten mir zu versagen. Ich schloss die Augen und atmete mehrmals tief ein und aus. Nur nicht die Nerven verlieren, nur nicht die Nerven verlieren!, sagte ich mir.

Aus dem Innern des Bunkers erklang wieder Gebell, eindringlicher als die Male zuvor. Ich wandte meinen Kopf in die Richtung. Siehst du, Leni, du bist nicht allein! Zuerst musste ich Einstein und Fabian finden, danach konnten wir gemeinsam überlegen, wie wir hier wieder rauskamen. Womöglich gab es einen weiteren Ausgang. Oder wir schafften es mit vereinten Kräften, die Tür aufzustemmen.

»Einstein, ich komme!«, rief ich und machte mich auf den Weg in die Dunkelheit.

Kapitel 23

Einsteins Bellen wurde immer lauter. Mittlerweile gab die Taschenlampe kaum mehr Licht her, sodass ich mich zunehmend auf mein Gehör verlassen musste.

Bei der nächsten Biegung wandte ich mich nach rechts und stand unmittelbar vor einem Stützpfosten. Einstein war daran angeleint und winselte, als er mich sah.

Vor Mitleid ging mir fast das Herz über und ich beeilte mich, ihn loszumachen. »Mein Armer, wie kommst du denn hierher? Und wo ist ...?« Ich blickte mich zwar suchend um, doch insgeheim wusste ich es bereits: Fabian war nicht hier. Er hätte seinen Hund niemals festgebunden und alleingelassen. Irgendetwas lief hier total falsch!

Meine Finger krallten sich in Einsteins Fell, er hob den Kopf und stupste mich mit der Nase an. Tief atmete ich aus. »Okay, komm, mein Junge. Suchen wir einen Weg nach draußen.«

Wir waren keine fünf Schritte gegangen, als die Taschenlampe erlosch und wir im Dunkeln standen. Ich schüttelte sie voller Verzweiflung, sie flackerte noch einmal kurz auf – und blieb dann unerbittlich aus.

Wie versteinert verharrte ich an Ort und Stelle. Einstein neben mir hielt ebenfalls an. »Keine Panik, keine Panik!«, murmelte ich. Allerdings war das leichter gesagt als getan. Ohne Licht würden wir uns restlos verirren ... an das Spinnengetier, das an der Decke hauste, wollte ich gar nicht erst denken. Vorhin hatte ich es wenigstens gesehen!

Fluchend tastete ich mit einer Hand nach Einsteins Halsband und hielt mich daran fest. Mit der anderen holte ich mein Handy aus der Hosentasche und wollte es einschalten, doch es tat sich rein gar nichts! – Verdammt, wie konnte das sein? Über Nacht hatte ich es doch aufgeladen. Sogar nach meinem Telefonmarathon mit Paula müsste der Akku noch ziemlich voll sein.

»Einstein, anscheinend bist du jetzt dran. Such den Ausgang.«

Er setzte sich und ich hörte ihn hecheln. Na toll! Was hatte Fabian diesem Hund eigentlich beigebracht? In Filmen funktionierte das immer.

Verzweifelt ließ ich mich auf den Boden sinken und lehnte meinen Kopf an Einsteins Seite. »Was sollen wir nur tun?«, flüsterte ich in die Dunkelheit hinein. Eine Antwort bekam ich nicht, stattdessen legte sich Einstein hin.

»Ja, vermutlich ist das wirklich das Beste«, murmelte ich. Ich holte meine Jacke aus dem Rucksack und setzte mich drauf. Bevor wir hier in der Dunkelheit herumirrten, sollten wir lieber warten. Irgendwann würde uns wer suchen. Chris, zum Beispiel. Oder Fabian. Solange wir nicht umherliefen, war die Gefahr, dass die Decke oder eine Wand des Bunkers einbrach, gering. Außerdem schonten wir unsere Kräfte, wenn wir einfach sitzen blieben.

»Du bist ein ganz kluger Hund«, sagte ich zu Einstein und fühlte mich durch seine Gegenwart ein wenig getröstet.

Bisher hatte ich die Kälte nicht gespürt, weil ich abgelenkt gewesen war, aber nun fröstelte es mich. Noch hielt ich es aus, zur Not konnte ich mir später die Jacke überziehen. Gedanken an das viele Getier, das hier voller Freude über die Überraschungsgäste herumwuselte, schob ich lieber ganz weit von mir.

Ich schlang meine Arme um Einstein und schloss die Augen, auch wenn es in der Finsternis keinen Unterschied machte. Einsteins Körper strahlte eine angenehme Wärme aus. Nach einer Weile hörte ich ihn schnarchen. Wenn ich nicht dermaßen angespannt gewesen wäre, hätte ich darüber lachen können. Ich stieß ihn an, aber es half nichts. Der hatte vielleicht Nerven!

Um mich irgendwie abzulenken, versuchte ich, die Situation möglichst rational zu analysieren. Wem hatte ich das alles zu verdanken? Wem traute ich solch eine Aktion zu und vor allem: Wer hatte Gelegenheit dazu gehabt?

Ich gab es ungern zu, aber Fabian kam infrage. Er hatte mich um das Treffen gebeten und wusste, dass ich kommen würde. Bloß: Welchen Grund sollte er haben, mir so übel mitzuspielen?

Stell dich nicht dumm, Leni, antwortete eine lästige Stimme in mir, er ist wegen Max total sauer.

Energisch schüttelte ich den Kopf. Nein! Fabian hätte Einstein niemals mit reingezogen. Egal, wie böse er auf mich war, seinen Hund liebte er über alles. Wenn er mich hätte bestrafen wollen – auch wenn ich mir keiner Schuld bewusst war –, hätte er sich etwas anderes einfallen lassen.

Und wenn es Fabian nicht gewesen war, konnte es nur Max gewesen sein. Oder? Aber der war ja angeblich nach Hause gefahren. Zumindest hatte ich das bisher angenommen. Doch natürlich hatte ich nicht gesehen, wie er in den Bus eingestiegen war. Max hatte ein starkes Motiv, nein, sogar mehrere: sein angeknackstes Ego, weil ich nichts mehr von ihm wissen wollte; die Tatsache, dass ich wusste, was er getan hatte; seine Eifersucht ... Aber irgendwie sagte mir meine innere Stimme, dass er dieses Mal nicht der Übeltäter war. Ich grübelte weiter. Wer hatte sonst noch von unserem Treffen gewusst. »Chris!«, entfuhr es mir im Dunkeln. Im meinem Kopf fuhren die Gedanken Achterbahn. Konnte wirklich er hinter meiner misslichen Lage stecken? Verzweifelt hielt ich den Kopf mit beiden Händen und wiegte vor und zurück. Ich wusste einfach nicht mehr, was ich denken sollte. Ich wusste einfach gar nichts mehr.

Eine Weile blieb ich so zusammengesunken sitzen, Einstein schnarchte weiterhin friedlich neben mir. Er schlief wohl den Schlaf der Gerechten!

Plötzlich merkte ich, wie trocken mein Mund sich anfühlte. Meine Lippen klebten zusammen und mein Hals kratzte. Ich hatte Durst.

Der Wein fiel mir ein. Es kam mir zunächst falsch vor, ihn als Durstlöscher zu verwenden. Doch dann gab ich mir einen Ruck und sagte mir, dass es lächerlich sei. Mit Fabian würde ich ihn ohnehin nicht trinken können, wer wusste, wie lange ich hier noch festsaß. Außerdem würde mich der Alkohol wärmen. Nein, ich würde lediglich den Eindruck haben, dass mir wärmer war – aber das reichte für den Moment.

Ich tastete nach meinem Rucksack. Er lag unmittelbar vor meinen Füßen. Meine Finger berührten die kühle Flasche und einen metallenen Gegenstand, den ich als Korkenzieher identifizierte. Mein Bruder hatte wirklich an alles gedacht.

Die Flasche blind zu öffnen, war die nächste Herausforderung, der ich mich stellen musste. Ich klemmte sie zwischen meine Knie, setzte den Korkenzieher dort an, wo ich mithilfe meiner Finger die Mitte des Verschlusses abmaß, und drehte an dem Griff.

Als ich annahm, dass der Korkenzieher weit genug im

Korken saß, drückte ich die beiden Hebel hinunter. Der Stöpsel löste sich und wanderte nach oben. Voilà!

Den Korkenzieher legte ich mitsamt dem Verschluss auf den Rucksack, um beides später wiederzufinden. Dann setzte ich die Flasche an meine Lippen und trank einen Schluck. Vielleicht lag es an meinem Durst – oder dieser Wein war wirklich ein besonders guter oder teurer oder beides –, jedenfalls schmeckte er nach Himbeeren und Kirschen, war aber nur ein bisschen süß. Als ich hinunterschluckte, spürte ich ihn in meiner Kehle, die Hitze breitete sich in meinem Magen aus und strömte in den Rest meines Körpers. Ja, der Wein schmeckte mir, trotzdem trank ich bloß einen weiteren winzigen Schluck und verschloss wieder die Flasche.

Es dauerte nicht lange, bis der Alkohol seine Wirkung zeigte, mir wurde zuerst warm, dann heiß. Ich begann zu schwitzen und bekam dadurch wieder Durst. Meine Hand wanderte instinktiv zurück zu der Flasche – und hielt inne. Der Wein war stärker, als ich erwartet hatte. Trinken, schwitzen, Durst bekommen, wieder trinken ... das war ein Teufelskreis. Entschieden zog ich die Hand wieder fort. Nein!, befahl ich mir, du wirst nichts mehr trinken.

Eine Weile lenkte ich mich mit Wortspielen ab, dann wanderten meine Gedanken wieder zu der Flasche. Die Zunge klebte am Gaumen. Nur einen kleinen Tropfen, sagte ich mir. Nur, um die Lippen anzufeuchten. Ehe meine Vernunftstimme protestieren konnte, hatte ich die Flasche auch schon entkorkt und trank. Diesmal schmeckte ich kaum etwas, ich musste mich richtig dazu zwingen, nach dem fünften Schluck aufzuhören und die Weinflasche abzustellen. Mein Durst war noch lange nicht gestillt.

Wieder dauerte es nicht lange, bis ich die Hitze in meinem Körper spürte. Sogar auf der Stirn fühlte ich Schweißperlen. Der einzige Grund, warum ich mir die Bluse nicht auszog, war die Angst, irgendwelche Tiere könnten auf meiner nackten Haut herumkrabbeln. Dann zitterte ich plötzlich wie Espenlaub. Mein Gehirn schien Karussell zu fahren und mir wurde ganz furchtbar schlecht. Nun war mir alles egal. Ich legte mich auf den Boden und rollte mich zusammen. Meine Haut kribbelte, zuerst nur an den Armen, bald darauf am ganzen Körper, als wäre sie mir zu eng geworden. Um die Übelkeit irgendwie in den Griff zu kriegen, atmete ich tief ein. Und noch einmal. Leider wurde mir davon noch schwindliger, Funken in allen Farben sprühten vor meinen Augen. Zwischen ihnen krochen Riesenspinnen auf mich zu. Ich wollte schreien und brachte doch keinen Ton heraus. Um die Viecher zu vertreiben, schlug ich um mich. Vergebens.

Da tauchte von Weitem eine durchsichtige Gestalt auf, die mir irgendwie bekannt vorkam. »Lauf weg!«, flüsterte sie. Sie schien zu schweben, ein weißes Kleid wehte um ihre Füße. Hatte ich das nicht schon einmal gehört? Mühsam durchforstete ich meinen Geist. Natürlich! Bei dem unheimlichen nächtlichen Anruf! »Ulrike?« Ich wusste nicht, ob ich ihren Namen ausgesprochen oder nur gedacht hatte, doch sie verstand mich, denn sie nickte lächelnd. »Lauf!« Ihre Stimme wurde eindringlicher.

»Ich kann nicht.«

»Du musst.«

Ich spürte, wie Einstein aufstand, sich schüttelte, um mich herumlief und winselte, dann klirrte es. Die Flasche war umgefallen. Ich schluchzte auf. Nun hatte ich nicht einmal mehr etwas zu trinken. In diesem Moment war ich davon überzeugt, hier zu sterben.

Kapitel 24

Hatte ich geschlafen? War ich bewusstlos gewesen? Ich konnte es nicht sagen, wurde aber wach, als Einstein mir übers Gesicht leckte. Erst nachdem ich die Augen aufmachte und dennoch nichts sah, stürzten die Erinnerungen auf mich ein und ich wusste wieder, wo ich mich befand. Ich würde sterben, war der einzige Gedanke, der mich erfüllte. Gleich darauf bäumte sich alles in mir auf. »Nein! Nicht jetzt. Nicht in diesem Loch!«

Obwohl ich mich schwach fühlte, kämpfte ich mich auf die Beine. Irgendetwas krabbelte über meine Hand, ich schrie und konnte die Panik nicht unterdrücken. Spinnen. Sie waren überall. Ich stolperte los, keine Ahnung, wohin, nur weg. Weg von den grausigen Tieren. Unabsichtlich kickte ich mit meinem Fuß die umgefallene Weinflasche zur Seite. Gut, sie schien noch ganz zu sein, also konnte sich Einstein nicht an den Scherben verletzen. Wo war er überhaupt? »Einstein?!«, rief ich laut. Daraufhin hörte ich ein nahes Bellen und fühlte sogleich seine nasse, kühle Nase an meiner Hand und sein weiches Fell.

Vorsichtig tastete ich mit den Zehenspitzen den Weg vor mir ab, trotzdem stieß ich mir mehrmals das Knie an. Einmal stürzte ich und schürfte mir dabei die Hand auf, als ich mich am Boden abstützte. Das Brennen in der Handfläche hielt mich in der Realität fest.

Inzwischen hatte ich mich mit einer Hand in das Halsband von Einstein verkrallt, damit er mir nicht entwischte, doch der Hund ließ es sich gefallen. Mehr noch: Er schien mich regelrecht zu führen.

Wortwörtlich im Blindflug stolperten und ächzten wir durch die alte Anlage. Jegliches Gefühl für Zeit und Raum schien verloren. Doch dann, mit einem Mal, berührte ich kühles Eisen. Die Tür?! Konnte das möglich sein?

Ich lachte hysterisch auf, waren wir tatsächlich instinktiv in die richtige Richtung gegangen und hatten die Eingangstür gefunden? Wenn, dann hatte Einstein einen Löwenanteil dazu beigetragen, da war ich mir sicher.

Mit aller Kraft, die ich aufbringen konnte, stemmte ich mich gegen den massiven Eingang, doch die Tür bewegte sich keinen Millimeter. Verdammt! Ich schlug mit der Faust dagegen, der Schmerz, der daraufhin in meinen Fingerknöcheln wütete, machte mich rasend. Mit beiden Händen umklammerte ich die Klinke und rüttelte, bis ich ein Knirschen hörte. Einstein bellte, als würde er mich anfeuern. Nicht aufgeben!, dachte ich verbissen und machte weiter. Erde rieselte auf mein Haar, dann lösten sich kleine Steine von der Decke. – Hilfe, brach jetzt der Bunker ein?!

Panisch drehte ich mich um meine eigene Achse, blind und voller Angst, dann tastete ich mich, so schnell ich konnte, zurück in den Gang. Meine Flucht wurde abrupt gestoppt, als ich gegen einen Träger knallte. Ich hielt einen Moment die Luft an, hörte ein Knacken, spürte, wie Steine und Erde mich trafen. Einstein erkannte die Gefahr früher als ich, sein Bellen löste mich aus der Erstarrung. Ich stolperte, fiel, rappelte mich auf, bewegte mich weiter, wieder in das Innere des Bunkers hinein, während in meinem Rücken die Decke mit einem ohrenbetäubenden Lärm den Eingang verbarrikadierte. Im selben Augenblick wurde mir klar, dass wir nun endgültig in der Falle saßen.

Einstein war stehen geblieben, beinahe wäre ich über ihn gefallen. Gott sei Dank! Ihn hatte kein Stein oder Felsbrocken erwischt.

Kraft- und mutlos hockte ich mich hin. Ich zitterte am ganzen Körper, meine Zähne schlugen klappernd aufeinander. Der Lärm hatte aufgehört, die Stille sickerte nach und nach in mein Bewusstsein. Vorbei, dachte ich, es ist alles vorbei. Ich drängte mich dazu aufzustehen. Nicht aufgeben, du musst einen Weg suchen, in Bewegung bleiben, etwas tun! Doch mein Körper wollte nicht gehorchen, sondern bis in alle Ewigkeit sitzen bleiben.

Ob es wehtun würde, wenn ich starb? Wenn ich einfach die Augen schloss und wartete, bis ich zu atmen aufhörte?

Ich dachte an Mom. Es würde ihr das Herz brechen. Und Paula, wir hatten so viele Pläne. Was würde aus ihr werden? Würde sie ohne mich nach Island fahren?

Und ja ... Fabian. Ich war noch nie so verliebt gewesen. Das mit uns hätte eine tiefe, dauerhafte Beziehung werden können. Und nun würde sie enden wie bei Ulrike und Mario. Was für eine Ironie des Schicksals!

Nein! Nein! Nein! Das durfte einfach nicht sein! Ich saß tief in der Tinte, das war mir bewusst. Doch jetzt spürte ich so etwas wie Kampfeslust in mir aufkeimen. Das Wattegefühl aus meinem Kopf war verschwunden und auch mein Verstand schien wieder zu funktionieren.

Einstein winselte ein Stück rechts von mir und ich hörte ihn scharren. Dieser wahnsinnig tolle, mutige Hund versuchte, einen Weg nach draußen zu graben! Wenn er nicht aufgab, wie sollte ich es dann tun? Irgendwie würden wir es schaffen, diesen Bunker lebend zu verlassen – und wenn ich jeden einzelnen verdammten Stein vor dem Ausgang wegbringen musste.

Ich biss die Zähne zusammen und stemmte mich auf meine Beine.

Zuerst hatten mir die Arme, dann der Rücken wehgetan, mittlerweile spürte ich nichts mehr. Ich arbeitete wie in Trance, mechanisch, ohne nachzudenken. Das war die beste Methode, nicht darüber zu verzweifeln, dass der Haufen Steine irgendwie nicht weniger werden wollte.

Plötzlich begann Einstein, wie wild zu kratzen. Er bellte, winselte, bellte wieder. Was war plötzlich in ihn gefahren? Hatte er sich beim Graben verletzt?

Dann endlich hörte ich es auch. Da war wer! Jemand versuchte, zu uns zu gelangen.

Erleichterung durchströmte mich, ich schrie – allerdings war meine Kehle ganz trocken, sodass nur ein heiseres Krächzen herauskam.

Die Aussicht, womöglich gerettet zu werden, spornte mich an. Ich legte mich ins Zeug. Schließlich sah ich einen winzigen Lichtpunkt durch die Geröllritzen.

»Leni?«, die Stimme klang bloß gedämpft zu mir durch, trotzdem erkannte ich sie sofort.

»Ich bin hier!«, rief ich schluchzend und warf einen Stein beiseite. Auch von der anderen Seite wurden Felsbrocken weggeräumt.

»Halte durch!«, diesmal etwas lauter und verständlicher.

Ich antwortete nicht, um meinen Atem zu sparen, stattdessen schichtete ich verbissen Stein für Stein auf den Haufen neben mir. Endlich streckte sich mir eine Hand entgegen, ich ergriff sie. Noch nie in meinem Leben hatte ich mich glücklicher gefühlt.

Eine kleine Weile hielten unsere Finger sich fest, dann

ließen wir beide los, um die letzten Steine aus dem Weg zu räumen, die uns noch trennten.

Schließlich war der Spalt groß genug, damit ich durchkam. Fabians Arme umfingen mich, als ich durch die enge Lücke kroch. Einstein folgte mir.

Fabian hatte eine Taschenlampe auf den Boden gelegt und ich blinzelte wegen des Lichts, das in meinen Augen schmerzte, als hätte ich in die Mittagssonne gesehen.

Einstein lief bellend um uns herum und sprang immer wieder freudig an Fabian hoch.

»Was, um Himmels willen, hast du da drinnen gesucht? Ich hab dir gesagt, wie gefährlich es ist hineinzugehen.«

Ich löste mich aus seiner Umarmung. »Du hast mich doch herbestellt«, gab ich zurück.

Sein verständnisloser Gesichtsausdruck zeigte, dass ich mich irrte. »Hast du nicht«, stellte ich ernüchtert fest. Chris ... er hatte mich angelogen.

Fabian strich mein wirres Haar aus dem Gesicht, sanft streichelten seine Fingerspitzen über meine Wangen. »Du siehst sogar mit all dem Dreck wunderschön aus.«

Er verteilte kleine Küsschen auf mein ganzes Gesicht und strich mir dabei immer wieder liebevoll über Kopf und Wangen, so als wollte er sich vergewissern, dass ich tatsächlich gesund und munter vor ihm stand. Irgendwann hielt er inne und sah mir tief in die Augen. »Oh, Leni, ich bin so froh, dass dir nichts passiert ist! Als ich dich in dem Café sitzen sah, war ich, zugegebenermaßen, total eifersüchtig. Gekränkte männliche Eitelkeit und so.« Er grinste mich schief an. »Auf jeden Fall war ich sauer ... für etwa eine Stunde, dann fing ich an nachzudenken und kam zu dem Schluss, dass ich idiotisch reagiert hab. Ich hätte zumindest mit dir reden können. Vor allem, nachdem du mich mit deiner Nachricht quasi vorgewarnt hast.«

»Hättest du nur.« Ich seufzte traurig.

»Ich wollte dich anrufen, aber im Lokal war die Hölle los, und als ich endlich ein wenig Luft hatte, war Einstein weg ... und ich habe ihn gesucht.«

»Hier?«

»Ehrlich gesagt, nein. Nachdem ich ihn nirgends finden konnte, hab ich dich angerufen, mindestens zwanzig Mal. Ich dachte, er wäre vielleicht bei dir. Wusstest du, dass er einen Narren an dir gefressen hat? Es reicht, wenn ich deinen Namen erwähne, und er steht bei der Tür ...«

»... doch du hast mich nicht erreicht ...«, unterbrach ich sein Abschweifen.

»Genau, da fing ich an, mir Sorgen zu machen – und schließlich fiel mir der Bunker ein und ich hatte recht. Als Erstes hab ich dein Fahrrad gefunden, es lag im Gebüsch. Am Eingang bemerkte ich die Eisenstange, mit der die Tür verriegelt war, und das aufgebrochene Schloss. Das kam mir komisch vor, also hab ich die Stange rausgezogen und die Tür aufgemacht und stand vor einer Wand aus Schutt. Ich hab nach dir gerufen, aber da war nur Stille. Oh Mann, ich hatte so eine Angst um dich! Dir hätte weiß Gott was passieren können!«

Nun schilderte ich ihm meine Version der Geschichte, die damit anfing, dass Max sich meine Adresse von Paula erschlichen und mir nachgestellt hatte. Ich erzählte ihm alles, auch dass mein Exfreund ihm Sand in den Motorradtank gefüllt hatte. »Er will die Reparatur bezahlen.«

»Krass«, war Fabians Antwort auf Max' Aktivitäten.

»Nicht wahr? Ich dachte, dass er mich auch in den Bunker gesperrt hat.«

»Etwa nicht?«

Ich schüttelte den Kopf. »Nein, das kann bloß Chris gewesen sein ...«, ich biss mir auf die Lippen. Es tat verdammt weh zu erkennen, dass ich mich so in meinem Bruder getäuscht hatte. Mit gerunzelter Stirn sah Fabian mich an. Schnell berichtete ich ihm von Chris' Lüge, dass wir uns beim Bunker treffen sollten. »Ich war halt froh, dass du dich wieder mit mir versöhnen wolltest, und habe nicht weiter drüber nachgedacht. Du warst nicht hier – dafür Einstein. Er war drinnen an einen Pfosten gebunden und hat wie verrückt gebellt. Da wusste ich, dass ich in eine Falle getappt bin, denn du würdest Einstein niemals absichtlich einer Gefahr aussetzen.«

Fabians Miene verfinsterte sich und er ballte die Faust. »Sobald du drinnen warst, hat er die Tür mit der Eisenstange blockiert«, flüsterte er tonlos.

»Vielleicht hätte ich nicht an der Tür rütteln dürfen, aber ich hatte Panik bekommen, weil die Taschenlampe den Geist aufgegeben hat und mein Handy gar nicht mehr funktionierte.«

»Klar, da drinnen gibt es ja auch keinen Empfang, aber ...«, fing Fabian an. Ich nahm mein Handy aus der Hosentasche und versuchte, es erneut einzuschalten. Es klappte nicht.

»Gib mal her«, sagte Fabian und hielt die Hand auf.

Ich reichte ihm mein Telefon. Auch er versuchte sein Glück, hatte aber ebenfalls keinen Erfolg.

Schließlich öffnete er die Abdeckung auf der Rückseite. »Aha! Kein Wunder, dass es nicht funktioniert. Die Kontakte des Akkus sind abgeklebt.«

Mir war alle Farbe aus dem Gesicht gewichen. Mit offenem Mund starrte ich Fabian an. »Willst du damit sagen, dass ...« Meine Stimme brach und ich musste schlucken.

Fabian schlang die Arme um mich, sein Blick jedoch war ernst. »... dass jemand dein Handy mit voller Absicht manipuliert hat, ja. Und dieser Jemand hat dich und Einstein in die Höhle gelockt und sogar euren Tod, mindestens jedoch eine schlimme Verletzung in Kauf genommen.«

»Aber vielleicht wusste Chris gar nicht ... vielleicht hat ... ich ...« Am Ende brachte ich nur ein klägliches Wimmern zustande. Fabian drückte mich fest an sich. »Komm, wir bringen dich erst mal von hier weg. Und ich denke, dein Bruder ist uns eine ganze Menge Erklärungen schuldig.«

Fabian holte mein Fahrrad und setzte sich auf den Sattel, während er mit einem Blick zu mir auf den Gepäckträger deutete. »Meinst du, das wird gehen?«

Zunächst wollte ich protestieren, doch im selben Atemzug merkte ich, wie erschöpft ich war. Plötzlich war mir alles egal. Hauptsache, ich musste mich nicht anstrengen, weder beim Treten noch sonst irgendwie.

Der Großteil des Weges ging es bergab, sodass wir zügig vorankamen. Zunächst brachte Fabian schnell Einstein nach Hause. »Der braucht dringend ein Bad«, sagte er und fügte nach einem belustigten Blick auf mich hinzu: »Du übrigens auch.«

Ja, ich konnte mir lebhaft vorstellen, welches Bild ich abgab, auch ohne vorher in den Spiegel geguckt zu haben.

Als wir beim Haus ankamen, war von Chris' Auto weit und breit nichts zu sehen. Verdammt! Ich hätte meinen Bruder gern sofort zur Rede gestellt.

Während Fabian das Rad in den Schuppen brachte, führte mein Weg direkt ins Bad. Ich stieg aus meinen Klamotten und ließ sie einfach auf dem Boden liegen. Dann drehte ich das Wasser so heiß auf, wie ich es aushielt, seifte meinen Körper und das Haar ein und betrachtete den grauen Schaum, der gurgelnd mit dem Wasser im Abfluss verschwand. Die Abschürfungen an meinen Handflächen brannten höllisch und fingen unangenehm zu pochen an. Die Wunden mussten dringend desinfiziert werden. Zwei meiner Nägel waren bis unter die Fingerkuppe abgebrochen, andere eingerissen. Ich hatte ein paar schmerzhafte blaue Flecken, aber sonst ging es mir gut. Ich hatte noch mal Glück gehabt!

Nach der Dusche zog ich mir frische Kleidung an und stellte dabei fest, dass Chris tatsächlich mein Bett gesäubert und frisch bezogen hatte. Was sollte das nur wieder bedeuten? Kopfschüttelnd ging ich zu Fabian, der im Wohnzimmer auf mich wartete und mich nun eindringlich ansah. »Besser?«

Ich nickte. »Außer, dass ich mir gerade wie hundertachtzig Jahre vorkomme, ich hoffe, das gibt sich. Wenigstens hab ich keine Spinnennetze mehr an mir kleben.« Ich kuschelte mich eng an ihn und er küsste mich aufs Haar.

»Ich muss dir draußen was zeigen«, sagte er und nahm meine Hand. Ich zuckte vor Schmerz zusammen. »Autsch! Ich glaube, ich muss mich vorher verarzten.«

Erst jetzt musterte Fabian voller Entsetzen meine Wunden. »Tut mir leid, Süße, ich wollte dir nicht wehtun! Das sieht übel aus. Wenn es morgen nicht besser ist, gehen wir lieber zu einem Arzt.«

»Das wird schon«, wiegelte ich ab. Er kannte meine Abneigung zu Menschen in weißen Kitteln noch nicht.

Gemeinsam suchten wir eine Wundheilsalbe und Verbandszeug. Nachdem meine Hände verbunden waren, folgte ich Fabian in den Schuppen, wo er mir stolz die Krücken zeigte.

»Ich weiß, die sind die ganze Zeit über hier gewesen«, sagte ich, »zuerst dachte ich, Max hätte sie hierher getan, doch nun ... an dem Tag kam Chris nach Hause – danach waren sie weg. Ich versteh nicht, was er sich davon versprochen hat.«

Fabian war zur Wand gegangen und winkte mich zu sich. »Leni, es sind nicht nur die Krücken, sieh dir das an.« Er deutete auf die Löcher in der Wand.

»Die sind mir ebenfalls aufgefallen. Vielleicht hat Max sie gebohrt, damit er ...«, ich stockte. Nicht Max, sondern Chris! Das musste ich mir immer wieder in Erinnerung rufen. Langsam, aber sicher wurde mir klar, was das hieß.

Ich glaubte nicht, dass mein Bruder mich durch die Löcher beobachtet hatte – aber für die kalte Luft, die ich auf der Couch gespürt hatte, waren sie eine Erklärung. Ich bekam Gänsehaut, als mir einfiel, dass ich solch einen Luftstrom ebenfalls in meinem Zimmer gefühlt hatte. »Komm mit«, rief ich Fabian zu und lief ins Haus, um nachzuprüfen, ob ich recht hatte.

In meinem Zimmer untersuchte ich die Wand, die an Chris' Raum grenzte. Fabian stand ratlos neben mir. »Was soll das werden?«

Ich erklärte ihm, wonach ich suchte. »Halte Ausschau nach solchen Löchern wie im Schuppen.«

»Da!«, rief Fabian unvermittelt. Er hatte tatsächlich eins gefunden. Es war kaum zu sehen. Das zweite ebenso wenig. Chris hatte sie dort platziert, wo man sie mit den Nägeln, die die Holzverkleidung an der Wand hielten, verwechseln konnte.

»Dieser Mistkerl«, schimpfte ich. »Er muss hier irgendwie kalte Luft hereingeblasen haben.«

Fabian sah mich mit einem unergründlichen Blick an und meinte: »Wir sollten uns in seinem Zimmer umsehen.«

»Okay«, sagte ich nach einer kurzen Weile. »In der Diele gibt es einen Zweitschlüssel.«

Kapitel 25

Ich betrat das Zimmer mit einem gemischten Gefühl. Ein Teil von mir klammerte sich an den Gedanken, es könnte alles ein großes Missverständnis sein. – Verdammt! Chris war mein Bruder!

Der andere rationale Teil listete in Seelenruhe alle Fakten und Beweise auf. Sie ließen nur einen Schluss zu: Chris war verantwortlich für all die furchtbaren Dinge, die mir in den letzten Tagen passiert waren – von Max' Gemeinheiten einmal abgesehen.

Über all den Fragen, die mich beschäftigten, hing die größte von ihnen: Warum?

Ich konnte es einfach nicht begreifen. Was hatte ich ihm denn bloß getan? Gut, wir hatten ab und zu gestritten – und uns wieder versöhnt. Diese kleinen Meinungsverschiedenheiten konnten unmöglich der Auslöser für den ganzen Wahnsinn gewesen sein!

Im Gegensatz zu mir schien Fabian überhaupt keine Probleme damit zu haben, in Chris' Sachen herumzustöbern. Er durchmaß das Zimmer mit wenigen Schritten und ging zuerst zu einer Art Pumpe, die an der Wand stand. Zwei Schläuche waren an sie angesteckt. Deren Durchmesser passte haargenau zu den Löchern, die wir entdeckt hatten. Ich drückte den Griff der Pumpe herunter und hielt ein Rohr an meinen Handrücken. Ein kalter Luftstrom traf ihn. Nun lösten sich auch die letzten Entschuldigungen, die ich mir für Chris zurechtgelegt hatte, in Luft auf – hatte ich doch den

Beweis unmittelbar und wahrhaftig vor Augen. Etwas in mir zerbrach und ich ließ mich auf einen Stuhl sinken, für den Moment unfähig, mich weiter an der Suche zu beteiligen.

»Sieh mal an!«, riss mich Fabian aus meiner Schockstarre. Ich drehte mich zu ihm. Gerade holte er unter dem Bett einen Schuhkarton hervor und öffnete ihn. Er hob ein Paar rosa Mädchenschuhe heraus. Sie sahen neu aus. Auf der Schachtel stand Größe 33 und die Sohle passte wahrscheinlich zu den Abdrücken auf dem Dachboden. Ich erhob mich, trat an Fabian heran und blickte fassungslos in den Karton. Auf weißem Seidenpapier lag eine Tube Theaterblut, ganz ähnlich der, die ich letztes Halloween verwendet hatte, um meiner Verkleidung als Zombie den letzten Schliff zu verleihen.

Fabian reichte mir den Karton und die Schuhe, kniete sich vor das Bett und sah noch einmal darunter. »Hinten ist noch mehr«, sagte er und versuchte mit ausgestrecktem Arm, etwas hervorzuholen. In dem Augenblick hörten wir Chris' Auto vorfahren. Ich tauschte mit Fabian einen Blick, der so viel bedeutete wie »Mist!«.

Fabian sprang hoch. »Ich halte ihn auf. Hol du dieses Zeug unter dem Bett hervor. Ich glaube, es ist ein Projektor oder so etwas Ähnliches«, und schon war er aus dem Zimmer gestürmt.

Mit einem Ächzen schob ich das Bett beiseite und nahm den Apparat an mich. Es handelte sich tatsächlich um ein Vorführgerät und ich ahnte, wofür Chris es gebraucht hatte: Mit ihm hatte er das Bild von Ulrike an die Wohnzimmerwand projiziert. Ich schluckte mehrmals. Konnte es noch schlimmer werden?

Seltsame Geräusche ließen mich aufschrecken. Von draußen hörte ich Lärm, Geschrei – und einen dumpfen Schlag.

Danach eilige Schritte – und dann stand Chris vor mir.

Er sah mich mit einem eigenartigen Blick an, den ich noch nie zuvor an ihm gesehen hatte und der mich frösteln ließ.

»Ich ...«, begann ich, doch er unterbrach mich herrisch: »Was tust du hier?«

Anstatt einer Antwort drückte ich den Projektor an meine Brust, als könnte ich den Apparat dadurch unsichtbar machen. Oder mich.

»Verdammt, wie bist du aus dem Bunker herausgekommen?«

Ich sagte weiterhin kein Wort, aber mein gehetzter Blick zur Tür verriet mich.

»Ach, dein toller Freund hat dich wohl befreit.«

Die Erwähnung Fabians löste mich aus meiner Starre. »Was hast du mit ihm gemacht?«, krächzte ich. Ich wünschte, meine Stimme hätte selbstsicherer geklungen.

Chris' Lachen jagte mir einen Schauer über den Rücken. »Ins Land der Träume geschickt – hoffentlich für eine ganze Weile. Das ist die Strafe dafür, dass er sich in meine Angelegenheiten eingemischt hat.«

Seine Angelegenheiten? Ich dachte, ich hörte nicht richtig! Alle Wut und Enttäuschung brodelten in mir hoch. Chris hatte das Fass endgültig zum Überlaufen gebracht.

»Was heißt hier ›deine Angelegenheiten‹? Ich wäre in diesem verdammten Bunker fast gestorben! Die Decke ist eingestürzt. Wieso hast du mich dort eingesperrt? Weshalb hast du das alles getan?«, schrie ich ihn an. Mit Genugtuung hatte ich das Erschrecken in seinen Augen bemerkt, als er von dem Einsturz hörte. Aber bereits Sekunden später glich sein Gesicht wieder einer starren Maske. Seine Stimme klang hart, als er sagte: »Du willst wissen, warum?«

Unwillkürlich nickte ich, obwohl ich ahnte, dass er es mir ohnehin erzählt hätte. Weiter so, flüsterte meine innere Stimme, solange er redet, fallen ihm keine Dummheiten ein.

»Weil du ein nerviger, kleiner Schmarotzer bist, zum Beispiel. Du hättest heimfahren sollen, als du noch die Gelegenheit dazu hattest. Schließlich habe ich dich unzählige Male dazu aufgefordert.«

Ich schluckte in Anbetracht seiner harten Worte. Jetzt bloß keine Unsicherheit zeigen, Leni. Halte ihn weiter im Gespräch. »Wegen eines Sonnenstichs oder eines verstauchten Knöchels hätte ich meinen Urlaub abbrechen sollen?«, fragte ich möglichst harmlos.

»Du bist naiv. Dachtest du, du hättest wirklich einen Sonnenstich?« Chris lachte hämisch.

Mir verschlug es für einen Moment die Sprache und ich vergaß meine Vorsicht. »Du?«, rutschte es mir heraus. Mir fiel ein, wie fürsorglich er sich um mich gekümmert, mir Tee und Suppe gekocht hatte. »Die Kräuter ... es waren die Kräuter aus dem Garten, nicht wahr?«

Er applaudierte. »Bingo! Du bist gar nicht so dumm, wie ich dachte. Allerdings ging mir die nervige alte Nachbarin furchtbar auf den Keks. Sie schnüffelte öfter hier herum und wollte mich in irgendein dämliches Gespräch über Gartenarbeit verwickeln. Zum Glück konnte ich sie jedes Mal abwimmeln, ohne dass sie zuvor mit dir gesprochen hatte. Na ja, und von den Kräutern hätte ich mir mehr versprochen. Sie führten bei dir einfach nicht zum gewünschten Erfolg.«

»Und da hast du die Geistergeschichten erfunden und das mit meinem Bett warst wohl auch du, nicht wahr?«

»Ein genialer Streich von mir, das musst du zugeben.«

»Ich soll dich dazu beglückwünschen, weil du mich glauben hast lassen, ich wäre verrückt? No chance!«, gab ich zurück und wusste selbst nicht, woher ich auf einmal den Mut nahm. »Ich sag dir was: Der einzige Verrückte hier ist du! Schickst mich in den Bunker, verklebst die Kontakte an meinem Handyakku ...«

Chris hatte die Arme vor der Brust verschränkt und stand bedrohlich im Türrahmen. »Vergiss den Wein und die Taschenlampe nicht.«

»Den Wein?« Mir dämmerte, dass er auch den mit irgendetwas versetzt haben musste. Nicht umsonst war es mir so dreckig gegangen, nachdem ich von ihm getrunken hatte. Die Taschenlampe hatte er ebenfalls manipuliert – und das alles, weil er mich loswerden wollte?

»Hat dir der Magic-Mushroom-Trip nicht gefallen?«

Meine Augen weiteten sich vor Schreck. Er hatte den Wein tatsächlich mit Drogen versetzt? Kein Wunder, dass ich solche Halluzinationen hatte.

»Die Flasche war zu«, warf ich ein, in der Hoffnung, dass er nur geblufft hatte.

Er winkte ab. »Das war einfach. Ich habe mit einer Spritze durch den Korken gestochen. Allerdings finde ich die Wirkung enttäuschend für den Preis, den ich für die Pilze bezahlt hab. Du hättest die ganze Nacht außer Gefecht gesetzt sein sollen. Die Dunkelheit in dem Bunker und die Wahnvorstellungen hätten reichen müssen, damit du freiwillig abreist.«

»So hast du dir das also vorgestellt, ja? Gott sei Dank habe ich nicht alles ausgetrunken – und Einstein hat den Rest verschüttet. – Chris, was du getan hast, ist strafbar! Drogenbesitz, Freiheitsentzug, versuchter Totschlag ... keine Ahnung, was noch alles, aber du bist eindeutig dran.«

»Süße, dann muss ich dafür sorgen, dass keiner davon erfährt.«

Seine Antwort ließ mir das Blut in den Adern gefrieren und ich wünschte, ich hätte meine Klappe gehalten. Jetzt wusste ich alles, die ganze grausame Wahrheit seiner Psychospielchen – und mit diesem Wissen würde er mich natürlich nicht davonkommen lassen.

Er trat einen Schritt auf mich zu, ich wich zurück. Viel Platz blieb mir nicht, hinter mir war die Wand.

»Warum?«, fragte ich und versuchte, das Zittern in meiner Stimme zu unterdrücken. Wenn ich es schaffte, ihn weiter am Reden zu halten, würde mir vielleicht ein Ausweg einfallen. »Wir – du und ich – hatten es schön. Ich habe mich total gefreut, dass du hier bist. Was habe ich dir Schreckliches getan?«

»Allein, dass du hergekommen bist, war ein Fehler. Dieses Haus steht mir zu.«

»Aber Tante Helene war auch meine –«

Sein Gesicht verzog sich vor Schmerz und ich bekam fast Mitleid, als er sagte: »Sie war die, die meine Mutter, so gut es ging, ersetzt hat. Weißt du, was es heißt, plötzlich die Mutter zu verlieren? Und dann bei einem Vater aufzuwachsen, der kälter ist als jeder Eisberg? Der dich wegen einer Drei in Mathe zwei Wochen lang komplett ignoriert, als wärst du Luft?«

»Nein«, gab ich kleinlaut zurück.

»Bei Tante Helene hatte ich immer das Gefühl, eine Heimat zu haben, in diesem Haus gewollt und nicht bloß geduldet zu sein. Und dann kommst du … du hast ohnehin alles, hast immer alles gehabt.«

Nein, dachte ich, aber ich hütete mich, es auszusprechen, um Chris nicht zu provozieren. Ich hatte keinen Vater – zumindest keinen, der sich für mich interessierte. Wobei ich mich fragte, ob ich dadurch nicht das bessere Los gezogen hatte ... wenn es tatsächlich stimmte, was Chris da von sich gab.

»Meinst du nicht, das Haus ist groß genug für uns beide?«, versuchte ich, ihn zu überzeugen.

»Deine und meine Vorstellungen gehen meilenweit auseinander – du hast von nichts eine Ahnung.«

»Dann klär mich auf«, bat ich ihn.

»Du bist eine verwöhnte Göre, ein richtiges Kind. Jammerst wegen dem blöden Birnbaum, dabei ... ach, jetzt ist es ohnehin egal.«

»Nein, nein«, beeilte ich mich zu versichern. »Wenn du den Baum fällen willst, fälle ihn. Was noch?«

»Leni, du hast einfach keine Ahnung vom Leben.« Die Verachtung, die mir bei seinen Worten entgegenschlug, traf mich wie ein Peitschenhieb.

»Hast du mal darüber nachgedacht, dass es für mich ebenfalls nicht einfach war?«, sagte ich und hoffte, ihn dadurch weiterhin am Reden zu halten. Ich hatte nämlich keinen Plan, wie ich an ihm vorbei aus diesem Zimmer kommen sollte. Vielleicht konnte ich diesen blöden Projektor, der mittlerweile so schwer geworden war, dass meine Arme bereits wehtaten, als Wurfgeschoss verwenden? Doch dafür war ich zu weit weg von ihm. Von meinem Platz aus würde ich ihn niemals treffen.

»Als du bei Paps eingezogen bist, hat er vergessen, dass es mich gibt. Und Mom, die arbeitet rund um die Uhr. Die meiste Zeit bin ich allein, muss mich selbst versorgen. Meinst du, das ist besser als das, was du erlebt hast?«

Chris zögerte und ich trat einen Schritt auf ihn zu. Noch einen, dann wäre er in meiner Wurfweite.

»Deine Mutter liebt dich. Vater hat nie jemanden geliebt, außer sich und seine Firma.«

»Paps hat dir ein Auto geschenkt«, erinnerte ich ihn und bewegte mich weiter zu ihm hin.

»Ha! Das Auto, ja, natürlich. Klar, dass du das erwähnen musst. Soll ich dir sagen, was es mit dem auf sich hat? Er hat es mir nicht gekauft, weil er mir damit eine Freude machen wollte, sondern, weil er damit aller Welt seine Großzügigkeit zeigen konnte. Das ist mit allem so. Egal, worum es geht – das Einzige, was zählt, ist, was die anderen dazu sagen. Ihn interessieren nur Prestige und Profit. Weißt du, warum er mich aufgenommen hat?«

Ich schüttelte den Kopf und schob mich ein weiteres Stück an Chris heran, der das nicht einmal zu bemerken schien, denn er hatte sich in Rage geredet.

»Nur, weil sich alle das Maul über ihn zerrissen hätten und er herzlos erschienen wäre. Er hat es mir selbst gesagt. Ist gar nicht mal lange her.«

Ich konnte mir nicht vorstellen, dass Paps dermaßen gefühllos war, wie Chris ihn schilderte. Klar, er hatte seine Fehler, aber ich bezweifelte, dass Mom mit ihm zusammengekommen wäre, wenn er tatsächlich so berechnend war. Trotzdem wagte ich es nicht, Chris zu widersprechen.

»Das tut mir leid«, murmelte ich und trat einen letzten Schritt an ihn heran. Jetzt musste ich nur den richtigen Moment abwarten ...

»Auf dein Mitgefühl pfeife ich. Du stehst zwischen dem Haus und mir. Und nicht nur das: Du und dein Freund, ihr könnt mich in Schwierigkeiten bringen, in ernste Schwierigkeiten.« Er setzte sich in Bewegung, ich reagierte automatisch und warf mit aller Kraft, die ich aufbringen konnte, den Projektor in Richtung seines Kopfes.

Dann überschlugen sich die Ereignisse. Von draußen hörte ich Fabian rufen und Chris wich meinem Geschoss aus, sodass er nicht einmal einen Kratzer abbekam. Immerhin wurde er für einen Moment abgelenkt und ich versuchte, an ihm vorbeizusprinten. Leider war ich nicht schnell genug. Er holte mich sofort ein und hielt mich fest.

In diesem Moment stürzte Fabian herein und ging auf meinen Bruder los, der mich wohl oder übel freilassen musste, um sich gegen Fabians Hiebe zu verteidigen. Christopher war älter, größer und schwerer als Fabian. Außerdem hatte der schon vorhin einiges abbekommen. Chris schlug ihm die Faust in den Magen, sodass Fabian sich zusammenkrümmte. Eben holte Chris ein weiteres Mal aus, um Fabian endgültig den Rest zu geben, als von draußen Sirenen zu hören waren, die mit jeder Sekunde lauter wurden.

Chris keuchte. »Du Wichser, du hast die Polizei gerufen!« Er ließ von Fabian ab, stieß mich beiseite und rannte hinaus.

Ich stürzte zu Fabian, der sich den Magen hielt. »Es wurde höchste Zeit, dass die auftauchen«, sagte er und grinste mich schief an.

Ich hörte den Motor des Sportwagens aufjaulen und ihn mit quietschenden Reifen losfahren, doch angesichts Fabians Zustand interessierte mich Chris im Moment kein bisschen. Ein Polizeifahrzeug brauste am Haus vorbei, die Beamten hatten wohl Chris wegfahren sehen und folgten ihm nun.

»Kann ich dir irgendwie helfen? Soll ich einen Arzt rufen?«, fragte ich besorgt und legte einen Arm um Fabians Taille, um ihn zu stützen.

»Nein, nein. Ist nur halb so schlimm, wie's aussieht«, gab

er zurück. »Ich glaube, ein Kuss würde meine Schmerzen lindern.«

Diesen Wunsch erfüllte ich ihm nur zu gern.

Wir wurden von einem Klopfen an der Tür unterbrochen. Ich blickte Fabian fragend an, der zuckte die Achseln, also ging ich, um zu öffnen. Draußen standen zwei Polizeibeamte, die wissen wollten, weshalb wir sie gerufen hatten.

Ich bat sie herein und wir erzählten, was passiert war. Die Beamten machten sich fleißig Notizen und wir erfuhren, dass ein zweites Team angefordert worden war, um Chris' Sportwagen zu verfolgen, da die beiden Polizisten ihn davonrasen gesehen hatten.

»Gefahr scheint aktuell keine mehr zu bestehen«, sagte einer der Beamten und wandte sich zum Gehen. Ich wollte gerade widersprechen, als sein Diensthandy klingelte. Er nahm das Gespräch an und hörte zu. Seine Miene wurde immer ernster, dann beendete er das Telefonat und wandte sich an mich. »Das gelbe Cabrio gehört deinem Bruder?«, fragte er, obwohl ich ihm das eben erst erklärt hatte. Genervt verdrehte ich die Augen. »Ja. Meinem Halbbruder, um genau zu sein. Haben Ihre Kollegen ihn erwischt?«

»Nein, leider. Es hat einen Unfall gegeben ... an der Brücke. Dein Bruder ist gegen einen Pfeiler gefahren.«

Kapitel 26

Wenige Minuten später hielt das Polizeiauto ein paar Meter vor der Brücke. Die Dunkelheit wurde vom rotierenden Blaulicht der Einsatzfahrzeuge unterbrochen. Chris' Auto war nur noch Schrott und hatte sich mit der Motorhaube beinahe um die Säule mit der Gedenktafel gewickelt. Auf der Straße lagen überall Blech- und Plastikteile.

Ich schnallte mich ab, riss die Wagentür auf und lief zu der Unfallstelle.

Die Rettungskräfte waren gerade dabei, Chris vorsichtig aus dem Wrack zu bergen und auf eine Trage zu legen. Als sie es geschafft hatten, beugte sich sofort eine Notärztin über ihn, um ihn zu untersuchen. Ein Polizeibeamter sprach sie kurz an, sie sah in meine Richtung und winkte mich zu sich heran.

Mit zittrigen Knien rannte ich zu ihr hin. »Sie sind also die Schwester?«, fragte sie, während sie ununterbrochen weiterarbeitete. Ich brachte nur ein schwaches Nicken zustande, doch sie sah es aus den Augenwinkeln heraus und es schien ihr zu genügen. »Er lebt, aber er ist sehr schwer verletzt«, sagte sie. Unwillkürlich blickte ich in sein Gesicht. Er hatte die Augen geschlossen. Wenn ich nicht gewusst hätte, dass er es war, der da vor mir lag, ich hätte ihn nicht erkannt. Sein Gesicht war voller Blut, überall hatte er tiefe Schnitte, Kratzer, Abschürfungen und Schwellungen. Wahrscheinlich waren sein Kiefer und der Wangenknochen gebrochen. Sein Haar war von Glassplittern übersät. Unter der Decke, mit der er zugedeckt worden war, zeichneten sich die Beine unförmig ab.

Ich nahm seine Hand, die sich furchtbar klamm anfühlte. »Chris«, flüsterte ich, »warum musste es so enden?« Ich spürte, wie mir die Tränen über die Wangen liefen, einen kurzen Moment war ich mir sicher, dass Chris meinen Händedruck erwiderte, vielleicht war es auch Einbildung, denn gleich darauf wurde ich unsanft zur Seite gedrängt und Chaos brach aus.

Ich bekam mit, dass Chris keinen Puls mehr hatte. Die Ärztin verabreichte ihm Elektroschocks, um das Herz wieder zum Schlagen zu bringen, sie spritzte ihm irgendein Mittel, er wurde beatmet ... schließlich schüttelte die Notärztin den Kopf, löste die Pads mit den Kabeln von Chris' Brust, sah auf ihre Armbanduhr und sagte: »Zeitpunkt des Todes ... 23 Uhr 42.«

An das, was danach geschah, konnte ich mich nicht mehr erinnern. Ich wusste nicht einmal, wie ich heimgekommen war oder wie ich auf die Nachricht von Chris' Tod reagiert hatte. Es war, als hätte mein Unterbewusstsein alles gut weggepackt. Das Nächste, was ich mitbekam, war, dass ich im Wohnzimmer saß und plötzlich Mom in der Tür stand. »Oh, mein Mädchen«, sagte sie und umarmte mich, als wollte sie mich nie wieder loslassen.

»Mom? Was tust du hier?«, fragte ich ungläubig.

»Die Polizei hat mich verständigt«, antwortete sie und drückte mir einen Kuss aufs Haar.

»Chris ist tot.« Ich kam mir wie betäubt vor, ähnlich wie sich der Mund nach einer Spritze bei einer Zahnarztbehandlung anfühlt.

»Ich weiß«, gab sie zurück und streichelte meinen Kopf.

»Es tut mir alles so leid! Wir haben ihm vertraut. Sogar Frau Brünjes hat sich immer wieder von ihm abwimmeln lassen«, flüsterte sie traurig.

Eine ganze Weile saßen wir einfach nur da. Ihre Anwesenheit tröstete mich ein bisschen, doch die Trauer über Chris' Tod und der Schmerz darüber, mich so dermaßen in ihm getäuscht zu haben, saßen tief in mir.

»Wo steckt Fabian?« Ich war mir nicht sicher, nahm aber an, dass er bei mir geblieben war.

»Er ist heimgegangen, nachdem ich ankam. Er meinte, er wolle nicht stören. Scheint ein netter junger Mann zu sein.« Sie zwinkerte mir zu.

»Ja, das ist er. Mom?« Ich wandte mich ihr ganz zu und sah sie an.

»Was denn, mein Schatz?« Sie strich meine Locken aus dem Gesicht.

»Ich habe tausend Fragen. Wegen Paps. Und Tante Helene und ...«

Sanft nahm Mom meine zittrigen Hände in ihre und sagte: »Die werde ich dir beantworten, so gut ich kann ... nur nicht jetzt. Wir sollten versuchen zu schlafen. Ein bisschen, zumindest.«

»Du bleibst?«, fragte ich und war davon überzeugt, niemals in meinem Leben schlafen zu können, ohne Chris oder das zerstörte Auto vor Augen zu sehen.

»Natürlich, du bist das Wichtigste in meinem Leben, weißt du das nicht?«

Doch, aber es tat gut, es zu hören.

Mom hob meine Beine auf die Couch, deckte mich zu und kuschelte sich eng an mich. Mit der Gewissheit, dass sie auf mich aufpassen würde, fielen mir die Augen zu und ich schlief ein.

Ich wachte auf, hörte Mom in der Küche werkeln und schlief wieder ein. Erst um die Mittagszeit weckte mich meine Mutter, indem sie mich sanft am Rücken streichelte. »Leni, das Essen ist fertig.«

»Ich habe keinen Hunger«, murmelte ich mit geschlossenen Augen. Wenn es nach mir ginge, wollte ich bis morgen liegen bleiben – oder bis in alle Ewigkeit. Es war bloß eine Frage der Zeit gewesen, bis der Schlafmangel der letzten Tage seinen Tribut forderte. Abgesehen davon: Wenn ich schlief, musste ich nicht denken. Auf diese Weise konnte ich die schrecklichen Ereignisse ausblenden, wenigstens für eine Weile.

Mom ließ nicht locker. »Du musst ein bisschen was essen. Und Fabian war vorhin da, um nach dir zu sehen.«

Bei der Erwähnung seines Namens wurde ich auf einmal hellwach. »Fabian? Hat er was gesagt?«

Mom lächelte. »Nicht viel. Er hat gefragt, ob wir zum Abendessen in die Pizzeria kommen wollen.«

Ich setzte mich auf. »Was hast du geantwortet?«

»Dass ich das mit dir besprechen werde.«

»Okay, willst du?«

»Klar, ich liebe italienisches Essen.«

Somit war es abgemacht.

Mom überredete mich zu einem kleinen Spaziergang am Strand und ich merkte, wie gut mir das Meer tat. Es war, als würden die Wellen und der Wind meine düsteren Gedanken, die sich um Chris' Verrat und seinen Unfall drehten, mit auf ihre Reise nehmen.

Endlich fanden wir Zeit und Ruhe, um über die Dinge zu sprechen, die mir am Herzen lagen. »Chris hat behauptet, Paps wäre ausschließlich sein Ansehen wichtig gewesen, und nur deshalb habe er ihn überhaupt aufgenommen –

aus Sorge, was die anderen denken könnten, wenn er es nicht tun würde«, fing ich an.

»Du kennst deinen Vater«, gab Mom zurück.

»Schon, aber ...«

Meine Mutter unterbrach mich. »Leni, seit wann bildest du dir eine Meinung über jemanden, indem du dich auf das verlässt, was andere über ihn sagen?«

Ich dachte über ihre Worte nach.

»Im Leben gibt es nicht nur Schwarz und Weiß. Dein Vater war charmant und zielstrebig. Und er war sehr unglücklich, als ich ihn kennenlernte. Ich habe lange gebraucht, um mir selbst einzugestehen, dass ich mich in ihn verliebt hatte. Der Gedanke, dass er Frau und Kind hat, war schrecklich. Ich wollte niemals eine Ehe zerstören und auch keine heimliche Geliebte sein«, sprach sie weiter.

Gespannt hörte ich meiner Mutter zu. Über diese Dinge hatte sie nie zuvor so offen gesprochen.

»Dein Vater stellte sein Pflichtgefühl an erste Stelle, er fühlte sich für seine Familie verantwortlich – vielleicht ist er dennoch nicht aus reinem Pflichtbewusstsein bei ihr geblieben, sondern, weil es ihm tatsächlich wichtig war, was andere über ihn dachten«, räumte Mom ein.

Ich verstand. »Aber er hat sich dann doch scheiden lassen.«

»Offenbar hat die Ehe auch ohne mich nicht funktioniert.«

»Hat Paps nie erzählt, warum er sich von Chris' Mutter getrennt hat?«

»Er hat gesagt, er wolle nicht über Vergangenes reden, sondern in die Zukunft sehen. Ich war verliebt, ich war glücklich, deshalb akzeptierte ich seine Entscheidung. Es war für mich eine Erklärung, warum er Chris nur selten zu uns holte. Wenig später wurde ich mit dir schwanger, unser Leben war perfekt. Es gab so viel anderes zu tun, wichtigere Themen zu besprechen, als über seine zerrüttete Ehe zu reden. Er arbeitete irrsinnig viel, um uns ein gutes Leben zu ermöglichen. Natürlich hätte ich gern mehr Zeit mit ihm verbracht. Manchmal kam ich mir ... eingesperrt vor ... einsam, sogar als du bereits auf der Welt warst.«

»Und du hast dich darüber nicht beschwert?« Ich stellte es mir ätzend vor, wenn man mit dem Menschen, den man liebte, kaum Zeit verbringen konnte.

Mom seufzte. »Ja, manchmal, aber selten. Er musste ja seiner Exfrau und Chris Unterhalt zahlen – und ich konnte nicht arbeiten, weil du klein warst. Seine Firma war im Aufbau ... da spielten viele Faktoren mit.«

Ich blieb stehen und sah meiner Mutter ins Gesicht. »Wann hast du beschlossen, dass du dich von Paps trennen willst?«

Mom blies die Luft aus den Wangen. »Puh, ich weiß nicht. Es gab keinen speziellen Auslöser. Eines Morgens wachte ich auf, dein Vater lag neben mir, er war erst zwei Stunden zuvor nach Hause gekommen, und ich fragte mich, ob sich das jemals ändern würde. In diesem Moment wurde mir klar, wie weit wir uns voneinander entfernt hatten. Als ich mir vorstellte, er wäre öfter zu Hause, würde sich mehr uns kümmern ... wir hätten wahrscheinlich nicht einmal mehr gewusst, worüber wir miteinander reden sollten. Da erkannte ich, dass ich mir mein Leben anders vorgestellt hatte. Ich wollte nicht ständig auf jemanden warten müssen, verstehst du? Die Angst, ich würde vor lauter Warten etwas Wichtiges, Schönes, Gutes versäumen, wurde übermächtig. Am selben Nachmittag sagte ich deinem Vater, dass ich mich von ihm trennen würde.«

»Wie hat er reagiert?« Ich fand die Geschichte echt traurig. Beide hatten sich bemüht und waren trotzdem gescheitert.

»Einerseits war er geschockt, das hatte er nicht kommen sehen. Andererseits hatte ich den Eindruck, dass er sogar erleichtert darüber war. Der ständige Spagat zwischen Arbeit und zwei Familien rieb ihn auf.«

»Offenbar war er damals schon ein Workaholic.«

Mom lachte. »Genau. Trotzdem hat er sich nach der Trennung mehr Zeit für dich genommen als vorher. Auch um Christopher hat er sich gekümmert. Es schien, als hätte er durch mein Weggehen erkannt, dass Arbeit nicht alles in seinem Leben war.«

An diese Zeit erinnerte ich mich gut. Das waren die Wochenenden und Ferien gewesen, die wir mit Schwimmen und Wandern, aber nicht mehr in Riedeshagen verbracht hatten.

Mom und ich redeten, bis es dunkel wurde. Ich erzählte ihr von Ulrike und Mario, Tante Helene und den Großeltern. Ein Rätsel blieb, warum Ulrikes Existenz nach ihrem Tod so verheimlicht wurde. Lag es tatsächlich an ihrer Schwangerschaft? War die Schande für ihre Eltern zur damaligen Zeit einfach zu groß? Auch meine Mom wusste keine Antwort darauf und zuckte auf meine Fragen nur mit den Schultern. Sie selbst hatte ja von Ulrike erst durch meine Schatzsuche auf dem Dachboden erfahren. Paps hatte ihr nie von seiner verstorbenen Schwester erzählt, war er doch selbst noch so furchtbar jung gewesen, als sie starb.

»Was meinst du?«, fragte Mom vorsichtig. »Wollen wir morgen Ulrikes Grab suchen«? Ich nickte dankbar. Das hatte ich mir ohnehin vorgenommen und ich war froh, nicht allein hingehen zu müssen.

Sie erzählte mir das wenige, was sie über die Familie meines Vaters wusste. Seine Eltern hatte sie nur einmal getroffen, kurz bevor sie mit mir schwanger wurde.

»Dein Vater hatte kaum Kontakt zu ihnen«, sagte sie. »Er meinte, egal, was er tat, sie wären nie zufrieden mit ihm gewesen. Ehrlich gesagt, mich störte es nicht, dass wir uns nicht öfter sahen. In ihrer Gegenwart habe ich mich nie wohlgefühlt.«

Dann stimmte also der Eindruck, den ich durch die Briefe von meinen Großeltern gewonnen hatte, doch. Nun verstand ich, warum Ulrike Angst hatte, ihnen Mario vorzustellen. Sie hätten ihn nie akzeptiert.

»Und Tante Helene? Sie war Paps' – und Ulrikes – große Schwester und die netteste Tante, die man sich nur wünschen kann. Paps und sie schienen sich sehr nahezustehen.«

»Helene hat mit ihrer Wärme vieles ausgeglichen«, antwortete Mom. »Ich mochte sie – und dein Vater hat auf sie gehört. Sie war es, die ihm klargemacht hat, dass Christopher nach dem Tod der Mutter wenigstens seinen Vater braucht. Er hat sich die Entscheidung nicht leicht gemacht, wahrscheinlich hatte er Angst, er würde bei der Erziehung alles falsch machen. Aber ich weiß, dass er sein Bestes gegeben hat. Nur Christopher ... schon als kleiner Junge war er ... ein wenig sonderbar.«

»Wie meinst du das?« Für mich war Chris einfach mein Bruder gewesen.

»Ich habe ihn nur selten gesehen – und wer weiß, was seine Mutter ihm über mich erzählt hat –, aber selbst, als er sich einmal beim Radfahren den Fuß gebrochen hatte und furchtbare Schmerzen gehabt haben musste, wollte er sich nicht von mir trösten lassen. Er war immer eifersüchtig auf dich. Wenn ich mit dir gespielt oder dir ein Buch vorgelesen habe – solche Dinge halt –, sorgte er dafür, dass ich aufhören musste, indem er etwas angestellt hat. Dabei wollte er gar nichts von mir. Er hätte sich einfach dazusetzen, zuhören oder mitspielen können. Helene hatte mir erzählt – wir haben hin und wieder miteinander telefoniert, auch nachdem dein Vater und ich nicht mehr zusammen waren –, dass Christopher dich einmal auf den Birnbaum gelockt hat, als sie einkaufen war. Du bist eine geschlagene Stunde oben gesessen, weil er die Leiter weggestellt hat.«

Komisch, daran hatte ich bis heute gar nicht mehr gedacht, erst jetzt, als Mom davon erzählte, fiel mir die Begebenheit wieder ein. Damals hatte ich Chris angefleht, die Leiter wieder aufzustellen, aber er hatte gesagt, er wünschte, ich würde für immer dort oben bleiben. Später, als Tante Helene zurückgekommen und uns beide ausgeschimpft hatte, behauptete er, wir hätten ein Spiel gespielt. Mir wäre nie eingefallen, ihm in den Rücken zu fallen.

Und noch eine weitere Erinnerung tauchte aus meinem Gedächtnis auf. Chris und ich waren in der Ferienanlage gewesen, obwohl Tante Helene es verboten hatte. Von einem Augenblick auf den nächsten war er verschwunden, er hatte mich einfach alleingelassen. Zuerst dachte ich, er hätte sich versteckt. Ich suchte ihn überall, fand ihn aber nicht. Ich hatte keine Angst um mich. Den Weg zurück hätte ich gefunden, ich machte mir vielmehr Sorgen, dass ihm etwas zugestoßen sein könnte. Als ich ins Haus zurückkam, dämmerte es bereits. Tante Helene war ganz aufgelöst und meinte, sie wollte bald einen Suchtrupp nach mir losschicken.

Chris hatte erzählt, ich sei davongelaufen. Als er mich nach stundenlangem Suchen nicht gefunden hätte, wäre er schließlich heimgegangen, in der Hoffnung, ich wäre vielleicht dort.

Aus Sorge, Chris würde mich nicht mehr mitnehmen,

wenn ich ihn verriet, erzählte ich Tante Helene irgendeine abenteuerliche Geschichte.

So viel zu dem Wunsch, anderen stets gefallen zu wollen. Wie es aussah, hatte sich dieses Gen von Ulrike auf meinen Vater und von ihm auf mich vererbt. Und Chris? Er hatte ebenfalls auf seine Träume verzichtet, um Paps zu gefallen. Das schien sich wie ein roter Faden durch unsere Familiengeschichte zu ziehen, stellte ich ernüchtert fest.

Ich begann zu grübeln, wie oft ich Dinge tat, die ich selbst gar nicht tun wollte – nur, weil es andere von mir erwarteten oder, weil ich unter keinen Umständen jemanden verärgern wollte. Erschreckend häufig, musste ich mir eingestehen. Es wurde Zeit, das zu ändern.

Die erste Gelegenheit, meinen Vorsatz zu erfüllen, bot sich bereits beim Abendessen in der Pizzeria.

Das Restaurant war voller Gäste, Fabian hatte nicht mal Zeit, uns richtig zu begrüßen.

Da stellte ich mich ihm einfach in den Weg und küsste ihn vor allen Gästen. Er lachte laut auf und sah mich mit funkelnden Augen an. »Hey, die Leute warten auf ihre Pizza!«

Ich zuckte die Schultern. »Das ist mir herzlich egal«, gab ich zurück und fühlte mich gut dabei.

Mom hatte sich einen Leihwagen gemietet, als sie Hals über Kopf nach Riedeshagen aufgebrochen war. Den musste sie nun zurückbringen. Außerdem waren die freien Tage, die sie ihrem Chef abgerungen hatte, vorbei, sodass wir beide unsere Sachen packten.

Sie hatte mir die Wahl gelassen zu bleiben oder mit ihr nach Hause zu fahren. Vor ein paar Tagen hätte ich nicht mal darüber nachdenken müssen. Doch nach allem, was passiert war, mochte ich nicht alleine hier sein.

Fabian hatte sich extra freigenommen und war gekommen, um sich von mir zu verabschieden. Ihn zu verlassen, fiel mir furchtbar schwer. Trotzdem fühlte ich, dass meine Entscheidung richtig war.

»Pass auf dich auf«, flüsterte er und küsste mich noch einmal.

»Und du auf dich, auf Einstein – und auf deinen Opa.«

Er nickte. Danach sprachen wir nicht mehr, sondern hielten uns fest, bis meine Mom mit den restlichen Sachen aus dem Haus kam und die Tür absperrte.

Fabian hielt mir die Autotür auf, ich stieg ein.

»Ich schreibe dir«, versprach ich. »Richtige Briefe. Ich finde die viel schöner als Mails.«

»Ich ruf dich an«, versicherte er mir. »Und ich komme dich bald besuchen!«

Als meine Mom losfuhr, drehte ich mich um und starrte zurück, bis Fabian nicht mehr zu sehen war. Erst dann wandte ich mich in Fahrtrichtung und wischte die Tränen weg. Es war nicht nur ein Abschied von Fabian, Riedeshagen und dem Häuschen. Es war gleichzeitig ein Abschied von einem Teil von mir. Ich war nicht mehr dieselbe, die vor zwei Wochen hergekommen war.

Die Fahrt über besprachen wir, was mit dem Haus geschehen sollte. »Wirst du es nun verkaufen?«, fragte meine Mom neugierig. Nach Chris' Tod gehörte es schließlich mir allein – so hatte es Tante Helene in ihrem Testament bestimmt. Ich dachte an die schlimmen Erlebnisse, die Ängste, die ich ausgestanden hatte. Allerdings hatte ich auch eine ganze Menge Schönes erlebt.

Und inzwischen war ich ganz sicher, auch wenn ich niemandem davon erzählte: Ulrike war die ganze Zeit über an meiner Seite gewesen und hatte über mich gewacht – auf welche Art und Weise auch immer. Sie hatte mir schließlich mit ihrer Warnung im Bunker das Leben gerettet – selbst, wenn sie mir in einer meiner Halluzinationen infolge des Drogencocktails aus der Weinflasche erschienen war. Und der mysteriöse Anruf? Mir lief noch immer ein leichter Schauer über den Rücken, wenn ich daran dachte. Chris hatte sich nicht dafür verantwortlich gezeigt, Max ebenso wenig. Hatte mich also Ulrike tatsächlich warnen wollen? Vor Chris? Ich seufzte. Es würde wohl auf ewig ein Geheimnis blieben.

»Ich weiß noch nicht«, antwortete ich meiner Mom und drehte die Musik im Radio lauter. »Das muss ich mir in Ruhe überlegen.«

Epilog

Mit Fabian telefonierte ich während der letzten Ferientage beinahe täglich. Und wie ich es versprochen hatte, schrieb ich ihm Briefe. Seit er wieder studierte, hatte er jedoch kaum noch Zeit, deshalb freute ich mich besonders, als seine Nummer unerwartet auf meinem Handydisplay erschien.

Der Grund seines Anrufs stimmte mich allerdings traurig. Er berichtete, dass Mario gestorben war.

»Das tut mir sehr leid. Ich mochte ihn, obwohl ich ihn bloß einmal getroffen habe.«

»Er mochte dich auch und hat oft nach dir gefragt. Er hat dir einen Brief hinterlassen. Den würde ich dir gerne bringen.«

Mein Puls begann zu rasen, in meinen Ohren rauschte das Blut. Fabian wollte mich besuchen kommen!

Ich suchte nach den richtigen Worten, da sprach er bereits weiter: »Wenn es dir nicht passt, kann ich ihn auch schicken ...«

»Was? Spinnst du?! Ich mein, ich würde mich riesig freuen, wenn du herkommst. Mom hat bestimmt nichts dagegen und ich kann dir endlich Paula vorstellen, die ist total neugierig auf dich und ...«

Fabian lachte. Sofort sah ich seine Schokoladenaugen und die Grübchen auf seinen Wangen vor mir und meine Sehnsucht nach ihm wuchs ins Unermessliche.

»Was hältst du vom kommenden Wochenende?«, fragte er.

»Oh! Das ist ja schon in ...«

»In drei Tagen. Ich kann es kaum erwarten, dich wiederzusehen«, unterbrach er mich und fügte leise hinzu: »Ich vermisse dich schrecklich.«

»Ich dich auch. Jeden Tag.«

Wir machten ab, er solle mich anrufen, wenn er wusste, welchen Zug er nehmen würde.

Die Tage bis zu Fabians Besuch war ich total aufgekratzt, vor Aufregung konnte ich kaum schlafen. Paula konnte seinen Namen nicht mehr hören, ich sprach von nichts anderem.

Endlich war es so weit, ich stand auf dem Bahnhof und wartete am Bahnsteig auf das Einfahren des Zuges. Er war einer der Ersten, die ausstiegen. Kaum hatte er mich entdeckt, lief er auf mich zu und umarmte mich stürmisch. Während ich meine Arme um seinen Nacken schlang, wirbelte er mich durch die Luft und bedeckte mein Gesicht mit Küssen, erst danach gingen wir Hand in Hand zu mir nach Hause.

Seit den Vorkommnissen in Riedeshagen konnte ich keinen Tee mehr trinken. Das hatte ich Chris zu verdanken, dessen Kräutermischung – ich hatte sie »Elfengift« getauft – mir fiese Träume und Halluzinationen beschert hatte.

Deshalb machte ich für Fabian und mich heißen Kakao. Dazu gab es Kuchen, den Mom extra gebacken hatte, als sie hörte, dass Fabian kommen wollte. Außerdem hatte sie gemeint, er könne natürlich bei uns im Wohnzimmer schlafen und bräuchte sich kein Zimmer in der Jugendherberge nehmen – was ich echt großzügig von ihr fand.

Fabian trank einen Schluck von dem Kakao, wischte sich

den Mund mit der Serviette ab, holte aus seinem Rucksack ein weißes Kuvert und drückte es mir in die Hand. Auch wenn die Handschrift zittrig war, erkannte ich sie sofort wieder. Sie gehörte Mario. Er hatte meinen Namen auf die Vorderseite des Umschlags geschrieben.

»Weißt du, was drinsteht?«, fragte ich.

Fabian schüttelte den Kopf. »Er hat es mir nicht verraten. Nachdem er gestorben war, räumten wir die Lade seines Nachttischs aus und fanden den Brief. Wir haben ihn nicht geöffnet, er gehört schließlich dir.«

»Stört es dich, wenn ich ihn gleich lese?«

»Nein, mach nur. Ich muss ohnehin meine Eltern anrufen, um ihnen zu sagen, dass ich gut angekommen bin.«

Ich grinste. Offenbar war nicht nur meine Mom ängstlich.

Mit einem unbenutzten Messer schnitt ich den Umschlag auf und holte ein eng beschriebenes Blatt Papier heraus.

Leni,

ich habe lange darüber nachgedacht, wem ich das Geheimnis anvertrauen kann, das ich seit Ulrikes Tod in mir verschlossen halte. Ich habe versucht, es zu vergessen. Gelungen ist es mir nie, ich konnte es über all die Jahre bloß verdrängen. Doch alles holt einen irgendwann ein. Als ich Dich sah, wusste ich, dass die Zeit gekommen war, mich der Vergangenheit zu stellen. Dass Du Dich für unsere Geschichte – Ulrikes und meine – interessiert hast, macht Dich gewissermaßen zu meiner Verbündeten. Du sollst die Wahrheit über den Brückeneinsturz erfahren – und über die Schuld, die auf mir lastet und mit der ich leben lernen musste. Was Du mit diesen Informationen anfängst, überlasse ich Dir und Deinem wunderbaren Gespür für Deine

Mitmenschen. Ich vertraue darauf, dass Du das Richtige tun wirst.

Ich beginne mit Ulrikes Tod – die Vorgeschichte kennst Du ja bereits.

Dass Ulrike unter den Opfern war, erfuhr ich erst Tage später aus den Zeitungen. Diese Zeit, nicht zu wissen, warum sie nicht zu unserem Versteck kam, war schrecklich. Ich dachte, sie würde mich nicht mehr sehen wollen, hätte genug von mir.

Dass sie ausgerechnet auf der Brücke war, als diese einstürzte, war eine grausame Fügung des Schicksals, die Strafe für mein Schweigen. Ich hätte es verhindern können.

Lange hatte ich bereits den Verdacht, dass der Baumeister minderwertiges Material für den Brückenbau verwendete, den höheren Preis aber in Rechnung stellte. Zu meiner Ehrenrettung muss ich sagen, dass ich ihn zur Rede stellte. Doch wer war ich schon? Ein junger italienischer Arbeiter ohne Ausbildung. Wer würde einem wie mir Glauben schenken?, sagte er. Er würde dafür sorgen, dass ich nirgendwo mehr Arbeit bekam, und behaupten, ich hätte mir aus Rache für meine Kündigung Lügen ausgedacht.

Als Alternative bot er mir an, mich zum Vorarbeiter zu befördern, wenn ich meinen Mund hielt.

Ich weiß nicht, ob ich sein Angebot angenommen hätte, wenn ich Ulrike nicht so sehr geliebt hätte. Aber ich dachte daran, dass wir endlich heiraten konnten, weil ich als Vorarbeiter genug Geld verdienen würde, um ihr ein ordentliches Leben zu bieten. Ich wollte alles richtig machen und entschied mich für das Falsche. Hätte ich mich für das Richtige entschieden, wäre es dennoch falsch gewesen.

Wie es aussieht, war es uns einfach nicht bestimmt, ein gemeinsames Leben zu führen.

Nachdem ich von Ulrikes Tod erfahren hatte, wollte ich den Bauleiter anzeigen, doch er meinte, keiner würde mir abnehmen, dass ich, als Vorarbeiter, von dem schlechten Material auf der Baustelle nichts gewusst haben will. Im besten Fall würde ich der Mitwisserschaft beschuldigt, im schlimmsten Fall würde ich mit ihm ins Gefängnis wandern.

Es fehlte nicht viel und ich hätte mich von der nächsten Klippe gestürzt. Tatsächlich stand ich bereits oben, als mir klar wurde, dass Ulrike so etwas nicht gewollt hätte. Ich kehrte dem Baugewerbe den Rücken und kaufte mit dem Geld, das ich für Ulrike und mich gespart hatte, eine kleine Imbissbude am Strand. Was soll ich sagen? Das erste Jahr war hart, doch der Laden lief. Zwei Jahre später hatte ich genug beisammen, um die Pizzeria zu kaufen. Die Einsamkeit und meine Schuldgefühle sorgten dafür, dass ich mich in die Arbeit vergrub.

Irgendwann tat das Aufwachen in der Früh nicht mehr ganz so weh – ich hatte nicht mehr das Bedürfnis, in den Fluss zu springen. Ich konnte wieder lächeln und mich über Kleinigkeiten freuen – und dann trat Lucia in mein Leben. Ich hatte gedacht, ich würde nie wieder lieben können, doch ich lernte, dass es verschiedene Arten von Liebe gibt.

Ich habe nie wieder jemanden so sehr geliebt wie Ulrike. Lucia liebte ich auf eine andere, sanfte, beständige Art.

Ich habe es nie bereut, sie geheiratet zu haben. Sie war eine wundervolle Ehefrau und Mutter. Dennoch habe ich Ulrike und mein ungeborenes Kind nie vergessen – und welche Schuld ich auf mich geladen habe, ebenso wenig.

Verzeihen können ist das wunderbarste Geschenk, das ein Mensch seinen Mitmenschen angedeihen lassen kann. Die schwierigste Aufgabe ist es jedoch, sich selbst zu verzeihen. Nun, ich sehe den Tod auf meiner Schwelle stehen. Er wartet und ich glaube, dass ich mit meinem Leben zufrieden sein kann. Das Schicksal hat es schließlich doch gut mit mir gemeint. Alles wäre anders gekommen, hätte Ulrike an jenem Tag überlebt. Ich hätte Lucia nie geheiratet, ich hätte die Pizzeria nicht gekauft und meinen Sohn nicht bekommen. Fabian wäre nie geboren worden ... Du siehst – das meine ich mit »verzeihen«. Ich habe mich mit dem Schicksal ausgesöhnt und mir selbst vergeben. Einen Fehler, der zwar schrecklich ist, aber so etwas Wunderbares wie meinen Enkel Fabian zur Folge hat, kann man nicht verurteilen, findest Du nicht?

Als Du zur Tür hereinkamst, dachte ich einen Moment lang, Ulrike würde vor mir stehen. Du hast mir mit Deinem Besuch und Deinem Interesse an meiner Geschichte ein besonderes Geschenk gemacht. Dafür möchte ich Dir danken.

M

Ich ließ den Brief sinken und blinzelte die Tränen weg. Fabian, der gerade sein Telefonat beendet hatte, musterte mich besorgt. »Alles in Ordnung mit dir?«

Ich nickte und lächelte ihn tapfer an. Er zog mich an sich und ich legte meinen Kopf an seine Schulter.

Mario hatte geschrieben, es läge an mir zu entscheiden, was ich mit der Wahrheit anfing. Ich fand, seine Familie – vor allem Fabian – sollte ihn so in Erinnerung behalten, wie er gewesen war: gütig und weise.

»Was stand nun in dem Brief?«, fragte Fabian und streichelte meinen Arm.

Ich richtete mich auf und sah ihm in die Augen. »Das Ende einer gleichzeitig wundervollen und tragischen Liebesgeschichte.«

»Sonst nichts?«, fragte er lächelnd.

»Sonst nichts. Das reicht doch, oder?«

Es war an der Zeit, die Vergangenheit ruhen zu lassen. In meinem Herzen begann etwas zu heilen, irgendwann würde auch ich verzeihen können.

Das Böse hat seine guten Seiten – Die Arena Thriller

Tamina Berger

Engelsträne

Ida wollte es dieses Jahr im Internat ruhig angehen lassen. Aber seit ihre Freundin Jassi sie zur Theater-AG überredet hat, muss sie nicht nur mitansehen, wie Luisa mit ihrem Schwarm Lukas flirtet. Sie soll auch noch das Schul-Theaterstück schreiben! Als Ida bei ihren Recherchen schließlich auf die Story zweier verschwundener Internatsschülerinnen stößt, gerät sie plötzlich in Lebensgefahr.

264 Seiten • Klappenbroschur
ISBN 978-3-401-06864-0
Auch als E-Books erhältlich
www.arena-verlag.de

Frostengel

Theresa kann nicht glauben, dass ihre beste Freundin Julia Selbstmord begangen hat. In der Nacht, in der sie von der Brücke gesprungen sein soll, war sie nicht allein. Hat nicht der undurchschaubare Leon Julia seit Wochen verfolgt? Doch als Theresa anfängt, in Julias Vergangenheit nachzuforschen, erfährt sie Dinge, die besser nie ans Licht gekommen wären.

264 Seiten • Klappenbroschur
ISBN 978-3-401-06808-4
www.arena-thriller.de